Du même auteur

Les Nouveaux Voyageurs, Tome 1 : *Les Novices*

L'Alchimiste

Les Nouveaux Voyageurs

L'affrontement

Tome 2

EDILIVRE

Cet ouvrage a été composé par Edilivre

Immeuble Le Cargo, 157 boulevard Mac Donald – 75019 Paris
Tél. : 01 41 62 14 40 – Fax : 01 41 62 14 50
Mail : client@edilivre.com
www.edilivre.com

Imprimé en France
Texte intégral

Dépôt légal.

ISBN papier : 978-2-414-61048-8

Chapitre XX.
Albert Poisson 1
De la théorie du trombone. Toujours début septembre 2017, Paris, quai des Orfèvres

Drôle de mort que celle d'Albert Poisson, décédé à peine à 25 ans, en 1893 ! Sa mort fut bien prononcée par le médecin de famille : Arrêt cardiaque, semble-t-il !...

Et pourtant, tandis que sa naissance, normale quant à elle, était survenue en 1868, Napoléon III ne montra aucune surprise lorsqu'il le rencontra, quelques mois avant l'attentat d'Orsini, en 1858, soit juste dix années avant celle-ci ! L'Empereur ne posa aucune question, ne chercha pas la moindre réponse. Il voulait un *Voyageur*, quelqu'un capable de le prémunir du moindre danger. Il l'avait devant les yeux, sous la main, le reste importait peu !

Pourtant, l'Empereur n'oubliera jamais leur première rencontre, lorsque cet Albert Poisson, venu de nulle part, plein de culot, lui avait expliqué le déclin de sa chère Alchimie :

— Même si cette « science » de l'Alchimie prit sa source à l'époque antique en Égypte, d'abord réservée à une élite, notamment religieuse, elle connut son apogée aux XIV et XVe siècles, avant de décliner sans cesse par la suite, penchant d'ailleurs imperceptiblement vers le mysticisme, la cabale, voire la magie, avait-il affirmé à son Empereur avec une pointe de tristesse au fond de sa voix.

Albert Poisson ne dérogeait pas à ces codes imposés par les vrais Alchimistes, lui qui vivait plutôt modestement, se cachait comme ses illustres prédécesseurs sous une misérable apparence, voyageait quand il le pouvait de ville en ville, pour rencontrer d'autres Alchimistes, des savants, voire quelques puissants, comme Napoléon III. Il avait bien vu l'avènement inexorable de la chimie, notamment avec son confrère et néanmoins ami Théodore Tiffereau, et le déclin tout aussi flagrant de sa chère Alchimie. Certes, il croisait de-ci de-là encore quelques fervents partisans de l'Alchimie, mais il devait le plus souvent travailler en cachette et prouver en permanence à ses proches de l'aspect rationnel de ses travaux. Les adeptes se faisaient de plus en plus rares, et sa corporation de plus en plus associée à une certaine forme de folie. Sa rencontre avec l'Empereur représentait donc une aubaine, un moyen pour lui de prouver aux plus grands de ce monde que tout ceci n'était pas qu'un mythe. Pourtant, il l'apprit à ses dépens, l'Empereur ne vit en lui qu'un *gardien*, et ne chercha à aucun moment à révéler son existence, trop « honteuse » pour un homme comme lui, ni à vanter les mérites de l'Alchimie !

Albert Poisson le reconnaissait malgré lui : les rares alchimistes encore en activité, à part quelques exceptions, étaient décrits comme des bêtes curieuses, des attractions, pire des charlatans ! Les seuls encore respectés, comme Tiffereau, s'appuyaient en réalité sur la chimie moderne pour étayer leurs arguments et faire avancer leurs recherches. Au XIXe siècle, ces deux mondes s'affrontaient encore, mais depuis plusieurs années, voire décennies, l'Alchimie avait perdu le combat et ce n'étaient pas des charlatans comme Cagliostro et Etteila qui risquaient de redorer le blason d'une Alchimie en perte de vitesse. Albert Poisson avait malgré tout eu la chance de croiser le destin dantesque de celui qui était devenu son ami indéfectible, Cyliani. Il se remémorait souvent, avec émotion, dans quelles circonstances s'était produite leur première rencontre, rencontre qui n'aurait d'ailleurs jamais dû avoir lieu car Cyliani était officiellement décédé AVANT sa propre naissance, probablement peu après l'édition de son unique ouvrage, *Hermès dévoilé*, tandis qu'Albert Poisson naissait quant à lui 36 ans plus tard !

Et pourtant, la rencontre eut lieu bien des années après, très exactement en 1889, à Paris, lors d'une entrevue aussi mythique qu'improbable.

Cyliani appartenait à ces *philosophes hermétiques*, à la recherche de la pierre philosophale comme quête ultime, rien que pour l'amour de sa science et non pour produire de la fausse monnaie, de l'or égoïstement, car ce véritable Graal procurait un tel accomplissement de soi ! Pour Cyliani, le prix à payer avait été terrible : ses enfants, sa fortune, son travail, ses amis, et même un temps sa compagne ! Il avait tout perdu ! Certes, il avait fini par trouver LA Pierre Philosophale, il pouvait changer les métaux en or, guérir les maladies, accéder à l'immortalité, prolonger la vie au-delà des « bornes naturelles », mais il s'était retrouvé si seul ! Ses uniques compagnons restèrent Albert et quelques autres, tous Alchimistes, et si rares !

Cyliani comme lui avait bu l'Élixir, et tous deux le savaient, car celui qui l'avait ingurgité pouvait reconnaitre d'un coup d'œil les autres « goûteurs » de la fameuse *quintessence*, comme s'ils possédaient un teint, un éclat différent sur leur peau et leur regard.

Mais l'heure n'était pas encore à la rencontre, loin de là ! Albert Poisson, alias Le Commissaire, avait cette théorie du trombone à vérifier, et, enfermé depuis quelques heures à peine dans son caisson[1] du temps, il avait bien l'intention de s'y intéresser au plus vite !

— Si tu observes attentivement un trombone, lui avait enseigné un jour son maître à penser, tu peux te demander légitimement si cette théorie s'applique réellement, que tu partes de l'intérieur vers l'extérieur, ou bien dans l'autre sens ! Autrement dit, si tu pars de

[1] *Sorte de cuve allongée munie d'une ouverture de la taille d'un homme. Peut contenir 2 personnes, avec 2 paillasses maximum.*

l'intérieur vers l'extérieur, c'est bien pour te diriger vers le futur et vice versa vers le passé en venant de l'extérieur ![2]

Pour s'extraire de ce mauvais pas, le Commissaire n'avait pas le choix. Il devait revenir à un point précis, le point originel de toute cette histoire : Sa propre naissance ! Il lui « suffisait donc » de faire le chemin inverse, de revenir à la source de sa vie, revivre l'ensemble de cette histoire et éviter ainsi de se retrouver une nouvelle fois face au Contrôleur Général.

— On ne sait pas encore comment revenir à une étape intermédiaire, lui avait précisé son mentor. Tu seras donc obligé de revenir à la genèse de ton histoire, voir défiler toute ta vie, depuis le début. Tu n'auras pas le choix !

Mentalement, l'exercice s'avérait délicat, épuisant, le Commissaire le savait, il en connaissait les grandes lignes, mais il n'avait pas vraiment d'autre alternative et devait s'obliger à revenir en 1868. Pour y parvenir, il s'inspira de techniques rudimentaires de yoga apprises sur le tas : faire le vide, se débarrasser de toutes ses pensées bassement matérielles, revenir à la genèse de ses réflexions, néonatales, presque animales, voire bestiales, avant de commencer à ressentir comme des picotements, d'abord à ses extrémités, puis dans tout son corps.

Bien entendu, il n'avait pas prévu de stagner à l'état buccal, et revécu toute sa vie à une vitesse telle qu'il reconnut à peine les milliers de visages, de lieux, de décors et de paysages qui défilèrent devant ses yeux. Imaginez, de votre vivant, revoir toute votre existence défiler en quelques minutes. Tant d'émotions, de joies, de tristesse, d'indifférence, de honte… concentrées en quelques battements de

---

[2] *L'auteur souhaite ici laisser libre cours à votre imagination ou bien à votre logique ! Néanmoins, il tient à préciser que selon son point de vue, aller de l'intérieur vers l'extérieur permet en effet d'avancer vers le futur et qu'il avait bien l'intention de réaliser l'inverse !*

cils. L'histoire d'une vie, de sa vie, si riche qu'elle s'étalait sur plusieurs générations, comme un long métrage, quand la vôtre dure le temps d'un court métrage, un film passionnant truffé de maintes péripéties, quand le vôtre ressemble à un simple documentaire. Il dégusta ce fruit défendu jusqu'à la trogne !

Lorsqu'enfin il reconnut la masse familière du site des *Voyageurs*, il entreprit l'effort mental de ralentir progressivement son voyage, histoire d'aller ni trop vite ni trop loin, et de risquer de dépasser la séquence précise de sa vie qu'il cherchait à atteindre. Pas question de devoir renouveler cette expérience mentalement si éprouvante une nouvelle fois par simple précipitation !

Ce voyage dans le temps fut l'occasion de revivre en accéléré toute la période de sa vie durant laquelle il avait été le Commissaire. Il revisita avec plaisir certains moments clefs, comme le recrutement de Psychologue IV, l'arrivée de l'Architecte, la fin des travaux du site, l'apparition d'abord discrète des premiers usurpateurs, le recrutement des différentes générations de novices, des derniers voyageurs… Et aussi les départs, les décès, les disparus !

Enfin, il y avait eu cette fameuse scène durant laquelle il devait sortir précipitamment du site des *Voyageurs*… et se retrouver devant le 36 quai des Orfèvres, mais pas nécessairement dans un face-à-face avec le Contrôleur Général !

Quelques brèves secondes plus tard, l'homme de ménage entendait le bruit caractéristique de l'une des portes en train de coulisser discrètement de l'autre côté du hall qu'il venait à peine de quitter, et surgissant comme d'un diable d'une boîte, un homme d'âge mûr, les joues rouges et le regard jovial en train de se diriger droit vers lui d'un pas décidé. Attrapant le bout de carte de visite que l'homme de ménage, interloqué, tenait depuis peu dans sa main, l'homme s'engagea dans le couloir sombre qui menait aux étages supérieurs sans même prendre la peine de s'arrêter et lui procurer la moindre explication, excepté un :

— Bon voyage à vous ! Lancé à la cantonade.

Au lieu de sortir comme la première fois par le 36, le commissaire changea de direction, et choisit cette fois de passer par l'arrière, au 9 rue de Harlay, et sa porte dérobée vert sombre.

Mais le commissaire ne tarda pas à comprendre que son subterfuge s'avérait bien trop léger pour tromper quelqu'un de la trempe du Contrôleur Général, car à peine avait-il posé le pied sur le trottoir, marchant d'un pas décidé vers la place Dauphine, qu'il entendit dans son dos une voix tristement familière :

— Vous pensiez vraiment me tromper avec ce vulgaire stratagème ?!

Il lâcha discrètement le bout de carte de visite qu'il tenait jusqu'alors fermement entre ses doigts, le laissant tomber au sol, tout en s'avançant vers son interlocuteur pour mieux faire diversion.

Le Contrôleur Général ne souriait définitivement plus.

— Je vous pensais moins puéril que cela !

Le commissaire eut à peine le temps de comprendre que tous ces efforts avaient été faits en vain, qu'il allait se retrouver prisonnier de l'un de ces caissons du temps, emprisonné dans la soute du vaisseau *Infinity plane* de la brigade du temps.

— Cela devrait vous enlever l'envie de recommencer. Nous venons d'aggraver de dix ans votre châtiment, et vous serez désormais surveillé par deux gardes reliés à vos pensées 24 h/24.

Le véhicule de la brigade du temps disparu dans le ciel, il ne resta sur place qu'un bien étrange silence, comme l'étale avant que ne revienne le brouhaha de la rue. L'homme de ménage, qui avait cette fois suivi le commissaire dans les étages, arriva essoufflé, mais trop tard, sur le trottoir de la rue de Harlay, débarquant dans une rue et une place totalement vide. Après avoir soigneusement épongé son front, il s'apprêtait à repartir à sa lourde tâche, lorsqu'il remarqua au sol le bout de la carte de visite que l'homme venait de lui subtiliser. Il le ramassa et s'apprêtait à revenir vers l'entrée arrière du 36 lorsqu'il fut interpelé par un très vieil homme – compte tenu de sa voix, vite confirmé par sa silhouette – qui arrivait quant à lui de la place Dauphine.

— Surtout, ne l'abimez pas plus qu'elle ne l'est !

L'homme de ménage mit du temps à comprendre que l'homme parlait du petit bout de carte de visite qu'il tenait fébrilement entre ses doigts.

— Et pourquoi devrais-je… ? se surprit-il à répondre avec insolence.

— … Tout ceci vous dépasse, lança sur le même ton le vieil homme, avant de s'arrêter juste devant lui, la main droite tendue fermement vers la carte de visite.

— Une simple carte de visite ne vous intéresse pas, nous en sommes tous deux convaincus ?!

— Non, bien sûr… sauf si plusieurs personnes semblent soudainement s'y intéresser !

— Plusieurs, mais…

Le vieil homme venait à son tour de voir le groupe d'hommes qui s'approchait d'eux à grands pas.

— Je n'ai pas vraiment le temps de vous expliquer là…

L'homme de ménage lui tendit le bout de carte, plus par peur que par calcul, avant de s'évanouir dans les entrailles du 36. Après tout, leurs histoires ne le regardaient pas !

Quant au vieil homme, il resta un moment à narguer le groupe d'hommes en train de s'approcher dangereusement, tout en tripotant doucement le bout de carte de visite qu'il tenait précieusement entre ses doigts.

— Désolé les gars ! lança Cyliani, avant de disparaitre à son tour.

Chapitre XXI.
Albert Poisson 2
Les alchimistes

Seul dans son caisson du temps, le Commissaire, qui savait que deux hommes le surveillaient constamment, espérait secrètement que sa carte de visite – véritable bouteille à la mer – serait lue par qui de droit ! Il ne pouvait se douter à quel point la carte avait trouvé le meilleur des destinataires.

Dans la nuit, peu après son arrivée sur le site principal de la brigade du temps, le Commissaire, alias Albert Poisson, mourut d'un arrêt cérébral cette fois-ci, laissant derrière lui une partie de son mystère…

Le Contrôleur Général, appelé en urgence sur les lieux alors qu'il terminait sa nuit laborieusement, regarda longuement la dépouille du Commissaire, et malgré les assertions des médecins de la brigade, entendait comme un doute subsister au fond de son esprit, un doute qu'il ne parvenait pas à chasser de ses pensées, même si sa logique scientifique réfutait ses intuitions.

Le corps du Commissaire vint rejoindre le cimetière spécial des brigades du temps, rempli par ces gens rongés par le remords, qui avaient perdu toutes ces années de vie d'avoir trop joué avec le temps.

Une simple croix avec son vrai nom – Albert Poisson – allait accompagner sa dépouille définitivement horizontale. Il y avait pourtant un très discret détail que le Contrôleur Général aurait dû noter lorsqu'il avait interpelé le Commissaire quelques heures auparavant rue de Harlay. Au-dessus des escaliers, une silhouette observait toute la scène depuis l'arrière du bâtiment du quai des Orfèvres, une silhouette qui ressemblait à s'y méprendre à celle du Commissaire.

Lorsque ce dernier avait décidé de revenir à l'origine de sa vie, il avait pris contact avec son maître à penser, celui par qui tout était arrivé, celui qu'il considérait comme l'un des maîtres de l'alchimie, qui avait consacré sa vie et sacrifié ses proches à cet art : Cyliani !

Ils s'étaient donné rendez-vous bien après leurs morts respectives, dans un endroit où la foule était si dense que personne ne pourrait ni les suivre, ni lire leurs pensées, ni comprendre leurs propos… La **galerie des machines** de l'exposition universelle de 1889, immense nef de verre et de métal de 420 mètres de long sur 115 mètres de large, pour 43 mètres de hauteur. Un véritable exploit architectural qui malheureusement ne survécut pas à la folie des grandeurs des hommes, théâtre éphémère de leur rencontre dans le plus pur anonymat !

D'autres alchimistes s'étaient joints à eux, dont Tiffereau, contemporain de l'exposition, et Papus. Mais ces derniers prônaient bien plus la chimie moderne que l'alchimie et divergeaient souvent avec leurs amis. Cette fois pourtant, la raison de leur rencontre inédite, qui faisait suite à une longue et stérile controverse entre alchimistes et chimistes, concernait leur confrère et ami commun : Albert Poisson ! Celui-ci rencontrait un gros problème et avait besoin de ses pairs pour se défaire de l'emprise de la brigade du temps. Il voulait surtout éviter de compromettre l'avenir des *Voyageurs*. L'idée était de convaincre définitivement la brigade du temps de sa fin brutale pour qu'ils cessent de le pourchasser à travers le temps.

— Il faudrait une discrétion totale, et aucune pensée en ce sens ! Un observateur particulièrement attentif aurait reconnu Cyliani qui marchait dans l'une des allées de la galerie des machines, aux côtés d'Albert Poisson, précédant de quelques pas Théodore Tiffereau et Papus.

— Sinon, votre subterfuge sera immédiatement découvert. Oubliez, refoulez au plus profond de votre esprit l'existence même du cachet que je vais vous procurer dans quelques minutes, sinon tout ceci n'aura servi à rien. Cyliani s'amusait à vouvoyer son ami, qu'il connaissait pourtant depuis si longtemps…

— Mais pourquoi diable nous donner rendez-vous ici, au beau milieu d'une exposition universelle gigantesque, dans le bâtiment le plus dense de l'exposition, alors que nous aurions pu nous retrouver dans un lieu plus discret ! s'étonna Papus.

— Plus de trente-deux millions de visiteurs, vous pensez que les brigadiers du temps nous chercheraient ici, lui répondit Cyliani, tandis qu'ils s'étaient arrêtés devant la fabrique d'horloges Tissot.

— Et puis ajouta Tiffereau à l'adresse de ses deux amis, sans l'Alchimie, vous n'auriez jamais pu connaître cet évènement !

— C'est sûr que sans la transmutation, je serai mort depuis bien longtemps, lâcha Cyliani d'un sourire discret, tandis que les quatre hommes reprenaient leur lente progression au milieu des machines à raboter et à fabriquer les cigarettes, cernés par une foule si dense qu'ils avaient parfois du mal à rester groupés.

— Nous avons pris l'habitude de nous retrouver systématiquement dans des lieux publics, pour éviter justement d'être pris à partie si toutefois quelqu'un apprenait que nous étions Alchimistes.

— L'Alchimie n'est plus vraiment à la mode aujourd'hui, confirma d'un regard triste Cyliani. Mais parlons plutôt de votre, de ton… projet, mon cher Albert. Tu as été épinglé par la brigade du temps, à cause de tes voyages intempestifs dans le temps et…

— … surtout mes interventions contre le cours du temps, qui n'ont pas plu à mes anciens collègues…

— … et tu risques de purger 10 ans de vieillissement…

— … Si ce n'est plus, sachant que compte tenu de la situation actuelle des *Voyageurs*, je ne peux vraiment pas me permettre de perdre ce temps précieux.

Tandis que les quatre hommes venaient de s'arrêter en admiration devant les étalages de marteaux atmosphériques, Cyliani plongea sa main dans la poche de sa redingote et tendit discrètement un minuscule cachet à son ami Albert Poisson.

— Avec ça, tu seras mort pour le commun des mortels et l'ensemble du personnel de la brigade du temps. Même le Contrôleur Général n'y verra que du feu, et même s'il a un doute, il ne pourra jamais le prouver !

— Voilà qui est rassurant ! Tant que je ne suis pas mort pour moi, tout ira bien, sourit timidement le Commissaire. Et comment envisages-tu la suite ?

— La suite est plus compliquée. Nous devrons avoir accès à ton corps, sinon, tu resteras mort pour tout le monde, y compris pour toi, si j'ose dire, le restant de tes jours.

— Je vois bien, mais je ne sais absolument pas comment je pourrai vous dire où je serai enterré, car je n'ai pas la moindre idée de l'endroit où les brigades du temps pourraient m'emmener ?!

— C'est l'avantage d'être devenu immortel grâce à la science, le temps n'est plus un frein, et toutes les technologies du futur nous sont accessibles, à nous les alchimistes. J'ai subtilisé récemment un GPS[3] pour que nous puissions suivre ton corps à la trace après ta mort. Il nous « suffira » de récupérer ton corps et de te faire avaler un second élixir, celui qui te ramènera à la vie, lui précisa, se voulant rassurant, son ami Cyliani.

— Et par-dessus tout, comment éviter de croiser sans cesse ce Contrôleur Général ?! On dirait vraiment qu'il anticipe tous mes faits et gestes ?!

— Je te l'expliquerai seulement quand on aura récupéré ton corps, sinon tu risques de véhiculer cette information et de la lui procurer sans t'en rendre compte, par ta simple pensée. Moins tu en sais,

---

[3] *Le GPS a été inventé dans les années 60 aux États-Unis sous l'impulsion du président Richard Nixon !*

mieux ce sera pour tout le monde. C'est donc prématuré et on ne sait jamais comment tu contrôleras tes émotions !

— La confiance règne !

— Compte tenu des circonstances, l'extrême prudence est indispensable !

Les quatre hommes rejoignirent le Champs-de-Mars, passèrent au pied de la toute jeune tour Eiffel, qu'ils en profitèrent pour admirer, avant de remonter vers les Tuileries.

— Il faudra encore attendre onze ans avant d'avoir le métro, ironisa Albert Poisson.

— Le métro ? s'étonna Tiffeneau.

— C'est comme un train, qui permettra de traverser Paris d'ouest en est en moins d'une heure.

Puis, revenant à des considérations plus terre à terre.

— Mais pour le moment, le mieux est de rejoindre le 36, quai des Orfèvres à pieds, ce sera plus discret !

***

Quelques jours plus tôt, Cyliani avait eu pour mission par son ami d'errer durant quelques heures aux alentours du 36, profitant ce matin-là des rares rayons de soleil sur la capitale. Comme il s'en doutait, la scène avec son ami Albert Poisson – alias le Commissaire – et le Contrôleur Général s'était de nouveau produite, côté rue Harlay cette fois-ci, et comme ils l'avaient craint, le *Voyageur* fut embarqué sans ménagement dans l'*Infinity Plane.*

À peine le véhicule de la Brigade du Temps avait-il quitté le sol du quai des Orfèvres, que Cyliani approchait l'homme de ménage, en train de ramasser le petit bout de carte de visite laissé par le Commissaire en guise de message.

Sa présence n'était manifestement pas passée inaperçue, car plusieurs hommes s'étaient invités à la fête et s'apprêtaient à tenter de récupérer à leur tour le désormais fameux bout de carte de visite. Tout en les laissant s'approcher, sûr de son don, Cyliani se demandait comment ses hommes avaient pu être si vite au courant de leur présence sur les lieux.

— Le temps n'est plus très sûr ces jours-ci, s'était-il dit avant de disparaitre… au cœur du XIXe siècle.

Il ne savait pas vraiment qui étaient ces types, mais toujours est-il qu'ils ne ressemblaient pas à des brigadiers du temps !

Il s'agissait dorénavant de suivre la trace du Commissaire et pour cela, il avait choisi de rejoindre ses amis dans leur repaire préféré, au 51, rue de Montmorency, là où avaient vécu au XVe siècle le fameux Nicolas Flamel et son épouse Pernelle. Là, installés au 1er étage, se tenaient plusieurs Alchimistes réputés, dont Papus et Tiffeneau, que Cyliani ne quittait plus depuis plusieurs semaines. Les yeux rivés sur le GPS, il s'était installé confortablement dans l'un des canapés de la pièce principale du premier étage.

— Voyons où nos amis de la Brigade du Temps emmènent le Commissaire !

Cyliani fut agréablement surpris de constater que *l'infinity plane* s'immobilisa très peu de temps après avoir quitté le quai des Orfèvres. Lorsqu'il prit connaissance quelques instants plus tard de l'adresse exacte où le commissaire se retrouvait prisonnier de son caisson du temps, il ne put s'empêcher de sourire.

— Voilà qui est plutôt logique… Le pavillon de Breteuil ! Notre cher bureau international des poids et mesures [BIPM]. Ça va nous éviter un long et périlleux voyage !

Ses amis alchimistes s'étaient approchés de lui, Tiffeneau en tête.

— N'empêche, dit ce dernier, on ne connait pas bien les lieux, à part qu'il y a un grand parc autour du bâtiment principal.

— Nous avons un peu de temps devant nous. D'abord Albert va être enfermé dans son caisson, puis il va devoir attendre que l'attention se dissipe légèrement de sa personne, avant de pouvoir glisser le cachet sublingual sous sa langue rempli du fameux élixir concocté hier par mes soins. Le temps pour le produit de faire effet, nous aurons récupéré un plan détaillé du pavillon. Nous n'aurons alors qu'à attendre que le produit agisse et qu'il soit considéré comme mort pour nous glisser subrepticement sur le site afin de récupérer son corps.

— Bref, une simple formalité, ironisa Papus, loin d'être serein.

— N'empêche, plus c'est gros et risqué, mieux ça peut marcher ! affirma Tiffeneau, comme pour mieux se rassurer.

— Notre ami compte sur nous, c'est le seul moyen de l'aider à disparaitre et de se faire ainsi oublier de la brigade du temps. Pour le moment, Albert - Le Commissaire - ne bouge pas, son signal stagne au cœur même du pavillon principal.

— Le temps qu'ils le transfèrent là où sont stockés les caissons du temps…

— … probablement au sous-sol.

— Ironie du sort, tint à préciser Cyliani pour détendre l'atmosphère pesante qui régnait autour d'eux, figurez-vous que ce site avait été pressenti sous Napoléon III par les *Voyageurs* eux-mêmes pour devenir leur site principal ! Mais jugé trop excentré, il n'avait pas été retenu, d'autant qu'il ne proposait pas d'accès direct à la Seine, ou alors moyennant le perçage complexe et coûteux d'un long tunnel.

— Tu as raison ! Curieux que Le Commissaire n'ait pas reconnu le site lors de son premier séjour. Il s'était lui-même chargé personnellement de superviser sa visite, pour finalement arriver à la conclusion qu'il n'était pas adapté aux besoins des *Voyageurs*.

— Tiens, signala Papus aux aguets, le voilà qui se déplace légèrement…

— … Ils le transfèrent dans l'un des caveaux ultra-sécurisés situés à côté de celui du « Grand K[4] ».

[4] « Grand K » : là où est caché le Kilogramme de référence.

— À l'époque, Le Commissaire avait visité l'intégralité des infrastructures du site, mais il avait été tenu au secret et n'en a jamais parlé.

— À votre avis, dans combien de temps notre ami va-t-il pouvoir avaler sa dose d'élixir ?

— Il va surement attendre la nuit pour éviter d'attirer l'attention. Sa mort paraitra d'autant plus naturelle si elle survient durant sa première nuit dans le caisson.

— Son corps n'aura pas supporté d'être ainsi confiné !…

— … Et cela aura provoqué une attaque cardiaque.

***

Dans le silence insondable du caisson du temps, le Commissaire chercha d'abord à atteindre le vide mental le plus abouti. Voyant qu'il n'y parvenait pas, il inonda son esprit des derniers épisodes vécus, pour et avec les *Voyageurs*, et tout particulièrement la période récente et mouvementée du recrutement des derniers novices. Il revisita également avec délectation les dernières interactions avec ses plus proches amis, Psychologue IV, l'Architecte, Pénélope, décrochant même un de ses sourires dont il avait le secret, pour mieux capter son esprit et détourner son attention.

Lorsqu'enfin, au plus profond de la nuit, tandis que son esprit vagabondait entre souvenirs confus et somnolence, et qu'il devina que ses surveillants eux-mêmes cédaient peu à peu aux sirènes de Morphée, il s'empara d'un mouvement lent et le plus détaché possible de sa main droite, de la gélule concoctée par son ami Cyliani avant de la glisser doucement sous sa langue, cherchant à immédiatement en oublier jusqu'à son existence et à l'enfoncer au tréfonds de sa mémoire.

Tandis que les battements de son cœur s'amplifièrent contre sa volonté, il chercha à basculer son esprit dans les méandres du sommeil, le temps que le contenu de la gélule ne produise son effet.

***

Au petit matin, il n'y avait plus aucune réaction cérébrale chez le Commissaire, pas même un rêve quelconque. Les Brigadiers du temps – la relève du matin – firent irruption dans son caisson, pour découvrir son corps inanimé, allongé sans vie sur sa paillasse, déjà glacial. Une légère pression – inutile – des doigts d'un des brigadiers sur sa carotide renforça immédiatement leur inquiétude.

— Il est mort, confirma l'un des brigadiers.

— Sans aucun doute, ajouta son confrère. Allons en informer le Contrôleur Général !

Ce qui fut fait quelques instants plus tard, avec un Contrôleur Général des mauvais jours qui déboula, bougon, dans la salle des caissons.

Plusieurs fois, il entra puis ressortit du caisson, comme pour tenter de comprendre et de visualiser ce qu'il s'était réellement passé. On devinait bien à son visage qu'il sentait l'entourloupe, mais qu'il ne croisait pas le moindre indice pour le prouver.

Il alluma sa déjà énième cigarette de la journée. On savait à son regard lointain et ses aspirations saccadées qu'il était parti loin, dans des contrées insondables, peut-être même à la genèse de cette histoire, ou de tout autre récit qui pourrait lui donner les réponses à toutes les questions qui se bousculaient dans son esprit. Les réponses, manifestement incomplètes, s'évanouissaient au beau milieu des volutes de fumée qui enveloppaient son visage, et ne répondaient en rien à ses interrogations. Très en colère, il ne put empêcher une brève quinte de toux, comme un tic, preuve depuis son enfance d'une contrariété certaine. Il attendit de terminer sa cigarette jusqu'au filtre avant de ressortir une énième fois du caisson.

— Monsieur ?!

Le temps pressait, on ne pouvait laisser ainsi un corps se décomposer, l'odeur allait vite arriver, et son lot d'humiliation avec.

Malgré leurs différends, il ne pouvait faire subir cela au Commissaire, un ancien collègue de surcroit !

— Emmenez-le ! lâcha enfin le Contrôleur Général, laissant ainsi filer une histoire inachevée dans la chambre froide du caveau N° 4.

Il jeta d'une pichenette nerveuse son mégot dans un coin du caveau dans lequel il tourna encore un bon moment, puis remonta dans les bureaux de la brigade, un goût amer au fond de la gorge, goût qui ne le quitta pas de la journée.

C'est ainsi que le corps du commissaire fut soigneusement rangé dans l'une des cellules de la chambre froide, attendant sagement la suite de son destin, inachevé pour les uns, plein d'espoir pour les autres.

— Une drôle de fin pour un personnage si… atypique, se dit le Contrôleur Général avant de passer à un tout autre dossier.

***

Le lendemain, aux premières lueurs de la journée, Cyliani réveilla ses amis.

— C'est bon, notre ami est bel est bien mort ! Il réalisa après l'avoir dit toute l'absurdité de sa phrase, surtout pour quelqu'un de non initié.

— Es-tu certain de cela, s'inquiéta Papus, les yeux encore bouffis par la fatigue et une nuit trop courte.

— Plus aucune activité cérébrale[5] depuis deux bonnes heures, cela me semble évident ! D'autant que son corps a été déplacé au petit matin. Je parierai pour l'une de leurs chambres froides.

Tiffeneau s'était levé, plus impatient que les autres.

— De combien de temps dispose-t-on pour agir ?

---

[5] On parle ici de mort encéphalique. Cyliani a vécu tant de vies, qu'il a aussi été médecin dans des temps plus anciens.

— En général, pas plus de vingt-quatre heures pour ne pas risquer d'endommager le corps de notre ami et confirmer sa mort cérébrale. Et puis, ils ne vont pas le laisser là indéfiniment non plus ! Cyliani se voulait malgré tout rassurant, d'autant que personne ne viendra le réclamer.

— Il nous reste donc cette nuit pour agir ?!

— S'ils ne l'emmènent pas avant ?! s'inquiéta Tiffeneau.

— C'est un risque à courir, non ! répliqua Cyliani. Je me vois mal intervenir en plein jour. De toute façon, c'est moi qui vais faire le travail, ajouta-t-il, avec une légère pointe d'ironie dans sa voix.

— C'est tellement risqué qu'il vaut mieux qu'un seul d'entre nous ne s'y aventure…

— … Et c'est moi qui vous ai proposé cette solution, donc j'assume !

Papus retourna s'asseoir, manifestement inquiet.

— Si on découvre notre stratagème, on va encore nous accuser de cabale, de mysticisme et de magie.

Tiffeneau regarda ses deux amis et chercha à changer de sujet :

— À vous voir ainsi en « pleine santé », je m'imagine croisant un Artéphius[6] encore en pleine forme. Avec vous franchement, tout devient possible !

— Il ne faudrait tout de même pas exagérer le pouvoir de l'Alchimie, lui rétorqua, partagé, Papus.

— Et pourquoi pas ? intervint sèchement Cyliani. Je vais bien utiliser mon propre don pour me rendre là où se trouve mon ami pour le libérer.

— Justement, il n'y a pas que l'Alchimie dans cette histoire. C'est surtout l'apport de ton don qui va permettre cela !

— Oui, c'est vrai Papus, mais celui-là, franchement, j'ai attendu si longtemps avant de le découvrir !

---

[6] Alchimiste des temps anciens.

— Tu parles du GPS ?! Il faut bien reconnaitre que tout avait été fait pour que tu ne le découvres jamais, admit son ami Chimiste. Tu parviens à réaliser ta première transmutation très précisément le Jeudi saint de l'année 1831, devant ta chère compagne, et, de l'autre côté, le système GPS n'est commercialisé aux États-Unis qu'en 1973 ! Ton don et toi, vous ne deviez jamais vous rencontrer !!

— N'empêche, depuis, je m'en sers tout le temps, et c'est bien pratique ! Je n'ai qu'à lire la latitude et la longitude d'un lieu, et hop ! Je m'y retrouve instantanément !

Théodore Tiffereau s'était approché de l'une des fenêtres, comme s'il attendait la venue de quelqu'un.

— Attendons en effet la nuit, Cyliani ! Ce serait dommage que tu te retrouves nez à nez avec nos amis de la brigade du temps. Mais j'y pense, après y être arrivé, comment comptes-tu te déplacer en toute impunité sur le site ?!

— J'ai moi-même dû rater quelque chose, approuva Papus, prenant un air mystérieux.

Cyliani rassembla ses pensées avant de répondre à ses amis.

— Voyons, souvenez-vous de Paracelse, qui nous parle de *changer les métaux d'une espèce en une autre espèce*. La pierre philosophale ne donne-t-elle pas à celui qui la possède la science infuse et le pouvoir de commander aux puissances célestes ?

Cyliani prit alors un air encore plus grave, et se mit à parler bien moins fort qu'auparavant.

— Grâce à elle, j'ai pu recueillir le *Spiritus Mundi*, l'esprit du monde, cette substance répandue dans l'air. Comme le dit l'un de nos maîtres, souvenez-vous, l'Anonyme Chrétien, Alchimiste grec, qui avouait à propos de cette substance que « tout se compose de matières sulfureuses et mercurielles, le soufre, le mercure et le sel, mélangés à la terre, l'eau, l'air et le feu, permettent de changer mon état, ma nature même, je deviens alors tout et chacune de ces choses, et je peux ainsi me fondre parfaitement dans tout environnement. »

— Incroyable ! On sentait chez le vrai scientifique Tiffereau presque une pointe d'admiration, pour ne pas dire d'envie. Je ne pensais pas que l'Alchimie octroyait (au) tant de pouvoirs !

— Si ! Mais à quels prix ![7]

Se rendant abstinents de toute joie indécente, après l'évocation de la vie de leur ami, les deux Alchimistes se turent et respectèrent le silence obstiné et pesant de leur confrère. La journée se prolongea ainsi, à l'ombre de leur triste humeur. Quelques confrères eux aussi Alchimistes vinrent bien les saluer, mais sans s'éterniser.

Lorsqu'enfin la nuit fut presque intégralement tombée, Cyliani le premier, suivi quelques instants plus tard par ses deux amis, sortit enfin de sa torpeur.

— Allez ! Il est temps que je m'y rende. Mais avant, je dois boire mon fameux élixir, pour mieux me fondre dans le décor du pavillon de Breteuil.

— Çà à quel goût ? demanda Papus, avec le fol espoir de pouvoir le gouter au fond de son esprit.

— C'est infect, au cas où tu voudrais aussi le boire, infect pour mieux dégouter les curieux ! Aussi obscur que les écrits des Alchimistes, pour ne pas être compris du commun des mortels. Et en plus, l'effet dure très peu de temps, deux, trois heures tout au plus !

Entouré de ses amis, Cyliani s'approcha de la feuille sur laquelle il avait, au petit matin, noté soigneusement les coordonnées GPS du désormais fameux pavillon de Breteuil.

— Latitude, 48.829343 ; Longitude, 2.22017, à bientôt les amis, ajouta-t-il dans un souffle, avant que sa silhouette ne disparaisse brutalement comme par magie sous leurs yeux.

— Et voilà ! Je ne m'y ferais jamais ! Tiffeneau paraissait déjà épuisé à l'idée de devoir s'inquiéter pendant tout ce temps sans

---

[7] Cyliani fait ici allusion à son destin tragique, la perte de ses enfants notamment.

pouvoir agir. Nous restons là, impuissants, à attendre que nos amis reviennent. S'ils reviennent !

— Aie confiance, je suis certain que Cyliani est l'homme de la situation.

— Je n'en doute pas, Papus, n'empêche…

Lorsque Cyliani arriva au beau milieu du pavillon de Breteuil, malgré la nuit tombée, il régnait encore une agitation notable sur le site. Même à vingt heures, les hommes et les femmes de la brigade du temps s'affairaient, apparaissaient et disparaissaient de toutes les pièces du pavillon. Heureusement pour lui, Cyliani avait vu juste. Il était tout et rien, et personne ne pouvait ni le voir ni deviner sa présence. Il pouvait ainsi se déplacer en toute impunité lui aussi, dans chacune des pièces du pavillon, à la recherche d'un escalier pour pouvoir rejoindre les caves, là où le commissaire Albert Poisson, ou plutôt son cadavre, devait être entreposé, très probablement dans une morgue. Le corps du Commissaire devait y être conservé à une température positive de 2 à 4 degrés, car il n'était pas question que celui-ci reste à cet endroit bien longtemps.

Cyliani ne perdit pas trop de temps avant de trouver son chemin. Il n'eut qu'à suivre un groupe de brigadiers qui descendait vers les étages inférieurs. Son ami Albert devait surement se trouver là, dans l'une des cellules réfrigérantes devant lesquelles il se tint bientôt. Allait-il donc devoir ouvrir une par une ces trente cellules ? Il tenta de procéder par élimination. Manifestement, il existait trois tailles de cellules, certaines petites, surement pour des enfants, et d'autres, bien plus grandes, probablement pour les personnes obèses. Enfin, certaines affichaient sur le côté des numéros négatifs, d'autres positifs. Après déduction, il ne lui resta donc qu'à ouvrir les huit cellules de taille « normale » positives sélectionnées, ce qu'il fit avec abnégation.

Par chance, il reconnut le corps de son ami Albert Poisson dès la quatrième. Regardant vers l'entrée de la morgue pour s'assurer que personne n'arrivait, il s'empressa de légèrement redresser le corps de son ami, avant de lui entrouvrir la bouche, afin d'y déverser au plus vite le contenu de l'une des deux fioles qu'il tenait précieusement au creux de sa main. Dans le même temps, il sentait l'effet de son propre élixir s'estomper. Dans un instant, il allait devenir visible aux yeux de tous ! N'importe qui entrant dans la pièce le surprendrait debout à côté du corps inerte de son ami.

Il ne s'agissait pas de se tromper de fiole, et de lui donner d'abord celle qui lui permettrait de revenir à la vie, et non celle qui lui donnerait le pouvoir de se fondre dans le décor.

— Une bien mauvaise blague, murmura-t-il tout en refermant délicatement la bouche de son ami. Il ne te reste plus qu'à l'avaler, et lui laisser te faire de l'effet, pour que tu reviennes à la vie, ce qui ne devrait plus tarder.

À peine eut-il terminé sa phrase que le corps de son ami se redressa d'un bond, les yeux révulsés, poussant un grand bruit d'inspiration, comme lorsqu'un plongeur, à l'extrême limite, retrouve l'air libre après avoir manqué de peu de se noyer. Par un réflexe attendu, Cyliani empêcha son ami, d'une main ferme posée sur sa bouche, de continuer de faire du bruit, et d'alerter les brigadiers du temps d'un bruit inhabituel là où il n'y en avait jamais ! Comme Albert paraissait toujours aussi terrorisé et incapable de se souvenir de quelque chose, Cyliani s'approcha de son oreille et lui parla d'une voix douce et amicale.

— Ce n'est que ton ami Cyliani, tout va bien ! Regarde-moi !

Albert finit par reconnaitre le visage de son ami, en tous les cas, un visage connut, et cela eut pour effet immédiat de lui ramener un peu de calme.

— Bien ! Voilà qui est mieux ! Albert, continua de murmurer Cyliani sans le quitter des yeux, nous n'avons pas beaucoup de temps. Bois cette seconde fiole, et je ferai pareil, sinon, nous ne pourrons jamais partir d'ici !

À peine avait-il tendu la fiole à son ami que des bruits de pas résonnaient dans le couloir et s'approchaient dangereusement de la porte de la Morgue.

***

Lorsque le brigadier entra dans la pièce, tout était en ordre. Les deux alchimistes venaient à peine de refermer avec soin la porte de la cellule où se trouvait encore quelques instants plus tôt le corps inanimé d'Albert Poisson. Ils se tenaient bien là, tout près du brigadier, mais ce dernier ne pouvait ni les voir ni les deviner, tant ils étaient si bien masqués par l'effet puissant de l'élixir qu'ils venaient tous deux d'ingurgiter.

Cyliani attendit que la porte se referme sur le brigadier pour se retourner vers son ami.

— Tu es encore très faible, mais nous devons coûte que coûte rejoindre le rez-de-chaussée avant de ne plus pouvoir nous déplacer grâce à l'élixir !

Ce qu'ils parvinrent à faire non sans mal au bout de longues minutes de lutte, tant les jambes du Commissaire cédaient à chaque instant sous son poids dans les interminables escaliers qu'ils durent gravir marche après marche.

L'arrivée au rez-de-chaussée, toujours au beau milieu de l'agitation générale, fut comme une véritable libération pour Cyliani. Il serait bien resté quelques instants pour comprendre les raisons de cette agitation, à observer plus avant leurs allées et venues pour bien comprendre ce qu'il se passait, mais son ami restait vraiment trop faible pour qu'il prenne le moindre risque.

Sans perdre un instant, il lut à haute voix les coordonnées GPS de la maison de Nicolas Flamel :

— Latitude : 48.8635758 ; longitude : 2.35 31 607 !

À peine eut-il terminé d'énoncer le dernier chiffre qu'il sentit son corps se disloquer.

À leur arrivée dans l'ancienne demeure de l'Alchimiste, leurs deux amis les attendaient avec des regards remplis d'inquiétude.

— J'avoue que maintenant, je ne pourrai vraiment plus me passer de ce don ! avoua un Cyliani très fier de son coup, pour ponctuer leur arrivée.

— On commençait franchement à s'inquiéter, lui reprocha Papus.

— J'ai d'abord dû trouver l'endroit où son corps avait été entreposé. Puis, j'ai dû ouvrir presque toutes les cellules réfrigérées avant de retrouver notre ami.

Albert, malgré ses yeux grands ouverts, paraissait absent, lointain, ailleurs.

— Albert ?! Albert ?! répéta plusieurs fois Papus, accompagnant sa voix d'un geste de la main juste devant les yeux de son ami. Ça va ?!

Albert sursauta, comme s'il venait de sortir d'une longue et profonde torpeur. Il hésita avant de prononcer ses premiers mots, comme s'il craignait que sortir des mots de sa bouche s'avère douloureux.

— Ma foi, commença-t-il d'une voix hésitante et si discrète, qu'il obligea ses amis à se rapprocher et à tendre l'oreille, plutôt bien, ajouta-t-il tout en regardant attentivement son corps, comme s'il cherchait un indice précis, avant de prendre le temps de dévisager ses amis les uns après les autres.

Puis, d'une voix un peu plus ferme.

— Je vais vous faire un aveu. Franchement, je ne recommencerai pas de sitôt ! Cela provoque de telles sensations !! Et puis, depuis que Cyliani m'a réveillé, je m'attends à vomir à tout instant.

— L'important est que tu sois revenu parmi nous, sain et sauf, en sécurité, loin des brigadiers du temps. Ici, tu ne risques rien, d'autant que la maison est équipée d'un brouilleur du temps, qui empêche quiconque de pouvoir venir du passé, du futur, et même du présent !

Ici, ils ne peuvent te repérer. Et avant qu'ils ne découvrent la disparition de ton corps, probablement demain matin, tu seras déjà loin, reparti dans le passé pour rejouer la séquence…

— … selon la bonne vieille théorie du trombone, oui, je sais, termina d'un sourire encore un peu timide Albert Poisson. Mais avant cela, j'aimerais faire quelque chose pour gagner du temps du côté des *Voyageurs.*

— Un *clone holographique,* je suppose ?!

— Tu lis dans mes pensées ! Au cas où mon dernier voyage « trombone » tourne mal, pourrais-je en effet pouvoir rejoindre mes amis dans le passé et ainsi leur venir en aide.

— Sage idée ! Je t'arrange ça, même si j'ai confiance dans ce que je prépare, ajouta Cyliani. Mais n'oublie pas ! Tu peux rejoindre tes amis, faire illusion, *comme si* tu te trouvais auprès d'eux, mais tu n'as absolument pas le droit de leur dire où tu te trouves réellement ! Cela risquerait de fausser les deux périodes et de créer une distorsion temporelle, surtout si tes amis les *Voyageurs* cherchent à te venir en aide ici !

— Soit ! conclut son ami.

Et c'est ainsi qu'Albert Poisson, alias Le Commissaire, rejoignit, grâce à un *clone holographique,* ses amis quelques mois plus tôt, au moment exact où ils achevaient de tester les capacités des novices.

Chapitre XXII
Les Voyageurs 3,
Des mystères des usurpateurs

Dès son retour sous la forme de clone sur le site du 36, exactement au même endroit que là où il avait laissé ses amis *Voyageurs*, le Commissaire retrouva la psy derrière la vitre teintée qui donnait sur la salle Critias, tandis que venait de s'achever la scène de l'accrobranche durant laquelle les novices avaient sauvé un jeune couple des flammes[8]. Il jeta un rapide coup d'œil à sa consœur, qui avait apprécié comme lui ce premier vrai test grandeur nature des dons de leurs dernières recrues : Pénélope, Erwan et Vince. Les deux responsables venaient de décider de mettre un terme à ce test, et le Commissaire dès son retour actionna un bouton qui lui faisait face pour les rappeler sur le site. Ils auraient dû être « aspirés » par la navette des *Voyageurs* qui surplombait depuis quelques instants l'accrobranche, mais ils ne l'atteignirent jamais. Ils furent mystérieusement interceptés et se retrouvèrent dans un tout autre lieu : sur un quai de gare presque vide. Et pas n'importe quelle gare pour ceux qui l'auraient reconnu : la gare Saint-Lazare !

Autour d'eux, la plupart des gens possédaient d'étranges réveils placés autour de leurs cous, comme de véritables chaines. Certains semblaient attendre sur ces quais depuis des heures, voire des jours, peut-être même des mois, qu'un hypothétique train veuille bien entrer en gare et s'arrêter devant eux. Vu leurs mines défaites, il semblait évident que parmi eux, certains ne parviendraient jamais à

---

[8] Voir Tome 1, chapitre XVIII.

monter dans un train, quand, dans le même temps, d'autres ne pourraient jamais en descendre, car certains trains, après avoir quitté la gare, ne s'arrêtaient plus non plus.

Devant les jeunes novices, sur le quai 8 où ils étaient situés, un train arriva pourtant et longea lentement leur quai, provoquant la joie muette des *Voyageurs* qui attendaient à leur côté. La nouvelle épreuve consistait-elle à monter dedans ? Pénélope fut la première à émettre un doute. Il lui semblait qu'elle se souvenait du contexte, de la situation, et hésita nettement avant de monter dans ce dernier train arrivé comme par un curieux hasard sur leur quai.

— J'ai déjà vu ça quelque part !

Autour d'eux, des dizaines de personnes s'agitaient, apeurées. Certains cherchaient en effet à monter dans les wagons, d'autres hésitaient, comme eux, d'autres enfin restaient obstinément dedans, et semblaient ne plus oser en sortir. Ces derniers fuyaient d'ailleurs les regards des trois jeunes gens avec un mélange d'effroi et de surprise.

— Une nouvelle épreuve, certainement, se risqua Vince, plus vraiment sûr de rien.

Comme Erwan s'apprêtait à monter dans le wagon, Pénélope l'attrapa fermement par le bras.

— Je ne te le conseille pas ! lança-t-elle, d'une voix sèche. C'est un piège !

— Un piège ? Voyons c'est ridicule ! Erwan ne comprenait vraiment plus rien. Comment le sais-tu ?!

Vince, qui regardait en direction de la salle des pas perdus, pressa ses nouveaux compagnons d'agir au plus vite.

— Nous n'avons que très peu de temps pour nous décider ! L'agent s'apprête à annoncer le départ du train.

— Je ne comprends toujours pas pourquoi nous ne pourrions pas monter dedans ? s'étonna une fois encore Erwan.

Pénélope, qui sentait au fond d'elle-même qu'il ne fallait pas monter dedans, comprit alors qu'ils n'avaient plus vraiment le choix. En effet, juste derrière l'agent de départ, qui venait de déclencher la sonnerie annonçant la fermeture imminente des portes et le départ du train, une foule, ou plutôt une horde de gens pour le moins étranges, tous munis de ces réveils posés autour de leurs cous, s'avançaient lentement en direction du quai, droit vers eux, avec des regards qui ne donnaient pas envie de les voir de plus près.

— C'est un cauchemar ! s'exclama la jeune femme, en repensant à cette nouvelle épreuve, imaginée surement par des esprits torturés, avant d'entrer, la mort dans l'âme, dans le wagon.

Vince, quelque peu perdu, la suivit machinalement.

— Mais qui sont ces gens ? demanda-t-il, lorsqu'il arriva à sa hauteur.

— Je préfère ne pas le savoir, répondit-elle, au moment même où une ombre apparut soudain juste au-dessus de leurs têtes. Erwan, encore sur le quai, fut le premier à la reconnaitre.

— La navette ! s'écria-t-il avec soulagement, comme s'il venait de voir un ami, avant d'inciter ses camarades à sortir sans attendre du wagon.

Pénélope fut la plus prompte des deux à s'en extraire, et il fallut toute leur énergie pour l'aider à s'en échapper, tandis que les portes se refermaient sur le corps de Vince.

Sans trainer, car la foule – toujours aussi inquiétante – approchait, ils se faufilèrent entre les portes à peine entrouvertes de la navette, positionnée tout au bout du quai. Là, le Commissaire, debout à l'avant du premier sas, les attendait, un sourire, comment dire, presque immuable, au coin des lèvres.

— On dirait que nous sommes encore une fois arrivés à temps !

Pénélope, qui ne goutait pas franchement à ce type d'humour désinvolte, lui fit bien comprendre qu'elle attendait de plus amples explications qu'une simple boutade. Ce dernier, comme s'il avait deviné ses pensées, lui répondit, perdant d'un coup son sourire.

— Vous avez réellement été piégés. Une déviation dans notre programme d'entrainement que nous ne nous expliquons pas pour l'instant vous a fait arriver ici. Ils voulaient certainement vous obliger à vous rendre chez eux !

— Par le train ? s'étonna Erwan qui, comme Pénélope, n'avait pas non plus franchement apprécié la situation.

— Les usurpateurs sont friands de tous les modes de transport, excepté l'avion, bien trop surveillé à leur goût. Ils les utilisent comme… média, pour se déplacer encore plus vite.

— Et ces gens que nous avons vus, qui sont-ils ? D'où viennent-ils ? s'inquiéta Pénélope, toujours aussi remontée.

— Ce sont pour la majorité d'entre eux ce que nous appelons des *errants*, perdus dans le demi-monde ! affirma le Commissaire, soudain bien savant.

— Un *demi-monde*, rien que ça ? Vince, jusqu'alors plutôt absent de la conversation, s'était rapproché, et commençait à s'y intéresser sérieusement.

— Selon la rumeur, ou la légende, cela dépend du point de vue, il s'agit d'une sorte de monde intermédiaire, de purgatoire en quelque sorte, dans lequel des gens errent avant de disparaitre.

— De disparaitre ! Mais où ?

— Nous n'en savons rien pour le moment. Chaque année, des centaines de personnes disparaissent sans laisser la moindre trace. Nous n'avons jamais eu la possibilité d'en suivre un jusqu'au bout et, par conséquent, de savoir où ces gens disparaissent !

— Mais… comment devient-on un errant ?

— D'après ce que nous savons, on devient errant lorsque l'on subit des évènements négatifs dans sa vie ; on est plus fragile, on sombre, et on se met alors à errer et c'est là que…

— … Mais comment se fait-il que nous en voyions soudain autant, et surtout dans un lieu public aussi fréquenté que la gare

Saint-Lazare ? Avant, je ne les avais jamais remarqués, et encore moins vus ! s'étonna à son tour sincèrement la jeune femme.

— Vous avez raison, Pénélope. C'est effectivement la première fois qu'ils apparaissent ainsi en masse. C'est très certainement annonciateur d'évènements futurs en lien avec ce demi-monde. Mais je vous invite surtout à y réfléchir. Dès à présent, méfiez-vous : lorsque vous prenez le train, n'avez-vous jamais remarqué, au terminus, une personne qui se trouve déjà dans le wagon qui pénètre pourtant vide dans la gare ! L'avez-vous vu descendre ? Non ! Il arrive aussi parfois que vous remarquiez, si vous vous en donnez la peine, des gens qui ne montent jamais dans les trains. Évidemment, la plupart du temps, vous êtes trop pressés pour y prêter attention. Pourtant, si vous regardez bien, il est rare qu'un quai soit vide lors de votre arrivée. Faites attention lorsque vous montez dedans, il est probable que certains n'y montent jamais. Ces gens-là font partie des errants, ils sont à vos yeux presque invisibles, et ils naviguent ainsi des jours, des mois, peut-être des années - nous n'en savons encore rien - dans ce demi-monde, avant de disparaitre à jamais, oubliés de tous… Si vous étiez montés dans ce train, vous vous seriez peut-être retrouvés dedans, qui sait ? Nous n'aurions probablement rien pu faire pour vous en sortir et vous auriez certainement erré longtemps.

— Et si nous tentions, une nouvelle fois, de suivre l'un de ces trains ? demanda Pénélope, qui, manifestement, voulait en découdre, et repensait avec nostalgie à la vidéo projetée à son arrivée.

Le Commissaire, qui appréciait l'action, salua la proposition avec son habituel sourire et invita les autres novices à faire de même.

— Messieurs, il n'est peut-être pas trop tard pour découvrir enfin les mystères de ce demi-monde ! Mais cela comporte certainement des risques que je ne voudrais pas occulter. Alors, vous en êtes ou pas ?

Comment refuser pareille proposition, pour l'un comme pour l'autre, au risque de passer pour des lâches ! D'un geste presque simultané, les deux jeunes gens firent comprendre à leur hôte qu'ils étaient également de la partie.

— À la bonne heure, lança le Commissaire, qui transmit immédiatement dans son étrange langage l'ordre de décoller au pilote. La navette vira immédiatement de bord, avant de plonger nettement et en silence sur les voies, droit en direction de Clichy-Levallois. Devant eux, une bonne demi-douzaine de trains venait de quitter la gare au même moment.

— Ne nous trompons pas de train, murmura le Commissaire, cherchant ainsi à se convaincre lui-même de la pertinence de la manœuvre. Il sentit qu'il tenait pourtant là l'une des rares occasions de percer ce mystère.

À force de scruter les trains qui s'éloignaient simultanément de la gare, Pénélope, les yeux rivés sur les hublots, fut la première à le retrouver.

— C'est celui-là ! cria-t-elle, incapable de la moindre retenue.

— En êtes-vous certaine ?

— Absolument ! Je reconnais les étranges réveils autour du cou de certains passagers.

— Alors, ne perdons pas de temps, lança le vieil homme, avant de glisser un dernier ordre que seuls les *Voyageurs* les plus avertis auraient pu comprendre.

Immédiatement, la navette se cabra, avant de se placer au ras des rails, juste dans le sillage du fameux train. La navette passa alors à hauteur du pont Cardinet, suivant sans la moindre difficulté, le train remplit de ses étranges silhouettes. Le pilote de la navette eut même le loisir de s'avancer à sa hauteur pour mieux permettre aux novices, profondément troublés, de contempler par les hublots latéraux, ces hommes et ces femmes qui semblaient hanter les wagons archicombles – synonymes d'heures de pointe – et en paraissaient prisonniers depuis bien trop longtemps. Le ciel de Paris, d'un gris résigné, accompagnait avec application ce début de voyage morose et tristement silencieux.

Quelques rares volatiles grisâtres erraient dans les hauteurs mornes du 17e arrondissement, accompagnant avec une étrange nonchalance le train qui s'enfonçait dans les méandres de la proche banlieue, dans des croassements lugubres de mauvais augure. Pour le moment, le trajet emprunté ressemblait en tout point à celui que Pénélope avait découvert lors de son initiation. Bizarrement, cette poursuite s'avérait presque trop facile, et la jeune femme ne se priva pas pour le faire remarquer à ses voisins. Le commissaire lui répondit distraitement avec son optimisme habituel. Devant eux, le train s'obstina à ne pas s'arrêter et fila comme le vent jusqu'à la gare de Saint cloud, manquant par deux fois de percuter d'autres trains arrêtés quant à eux normalement en gare. À hauteur de l'embranchement Versailles rive droite St nom la Bretèche, la jeune femme s'attendit à ce que le train emprunte une fois encore LA mystérieuse voie, mais le train eut un comportement différent et continua sur la voie principale, en direction de la rive droite, déclenchant une nouvelle remarque de Pénélope.

— Tiens ?! Celui-ci ne nous emmène pas dans le drôle de tunnel.

— Non, en effet. Mieux ! Regardez devant nous !

Le train venait de s'arrêter à la gare de Sèvres, vomissant des hordes de passagers enfin libres sur le quai bondé, où les rares usagers attendant normalement leur train se demandaient ce qui leur arrivait. Les autres, comme drogués, n'allèrent pas plus loin que le bout de quai, avant de revenir sur leurs pas, et ainsi de suite. Prudent, le pilote de la navette avait décidé de stationner à distance respectable du train. Le commissaire parut vraiment contrarié.

— Ils se débarrassent de leurs passagers !

Vince voulait comprendre.

— Vous parlez de qui ?

— Les *usurpateurs*, voyons !

— Mais, pour quelles raisons feraient-ils cela ?

— Pour nous décourager de les suivre. Ils préfèrent perdre un train entier… d'esclaves, que de nous emmener vers leur repère !

— Et que vont devenir ces… gens ? s'inquiéta à haute voix Erwan.

— On va vite le savoir. Le commissaire se doutait déjà qu'ils ne resteraient pas là.

La sonnerie annonçant le départ imminent du train se mit soudain à retentir. Quelques usagers, restés à quai, apparemment pris de panique, se précipitèrent vers les wagons, mais rares furent ceux qui eurent le temps d'y monter, tant l'avertissement fut bref. Quant aux autres, toujours pour la plupart hagards et comme guidés par leurs drôles de réveils posés autour de leurs cous, ils continuèrent de tourner en rond, tandis que le train, sans perdre plus de temps, s'éloignait déjà.

— Ils les abandonnent aussi simplement ! précisa Vince.

— Une importante main-d'œuvre délaissée, preuve que notre présence les gêne vraiment !

— Mais, apparemment, ils considèrent qu'on les dérange encore !

En effet, sur le quai d'en face, arrivant du souterrain de la gare, trois silhouettes habillées comme de simples contrôleurs s'avançaient dans leur direction, regardant droit vers la navette.

— Sommes-nous bien en mode furtif ? S'inquiéta le Commissaire.

— Tout à fait, Monsieur, répondit, rassurant autant qu'il le pouvait, le copilote.

— Alors, nous avons un autre problème. Ces gens nous voient comme si nous étions devenus soudain visibles.

— Et ?

— Cela veut juste dire que notre système de défense est ici inactif. C'est la première fois que cela se produit de mémoire de *Voyageurs* !

Tandis que le train qu'ils suivaient s'éloignait dangereusement, et que la foule continuait de s'agglutiner sur le quai, les pseudos contrôleurs s'avancèrent cette fois jusqu'à l'extrémité du quai, se frayant difficilement un passage parmi la foule compacte qui avait envahi le quai. Ces derniers, une femme et deux hommes commencèrent par échanger quelques mots. Du côté des *Voyageurs*, on hésitait entre suivre le train qui disparaissait définitivement à l'horizon ou rester là, à attendre que l'attention de ces contrôleurs ne se détourne. Ils n'eurent pas longtemps à tergiverser, car les autres décidèrent pour eux. L'un des hommes sortit de l'intérieur de sa veste ce qui ressemblait fort à un boomerang et le lança de toutes ses forces d'un geste violent du bras en direction de la navette.

— Voulez-vous que… commença à dire Pénélope, mais il était trop tard, et l'objet lancé avec force atteignait déjà sa cible. L'impact, minime, n'eut aucune incidence sur la coque de la navette, mais ses passagers comprirent vite que quelque chose avait changé autour d'eux. Ce qu'ils découvrirent alors fut au-delà de leur imagination la plus débridée. Devant la navette, la gare avait disparu. En fait, tout ce qu'ils connaissaient s'était effacé, pour laisser place… à un véritable champ de bataille ! Mais pas n'importe lequel. Des hussards chargeaient des batteries d'artillerie. Les uniformes vert-de-gris côtoyaient les fameux pantalons garance et les képis rouge et noir de soldats français. Les bruits d'obus qui fusaient se mélangeaient aux hurlements d'ordres incompréhensibles et de cris de douleurs des blessés qui jonchaient les alentours et couvraient même parfois les bruits de balles s'échappant de ces fusils intarissables. Au loin, on devinait le bruit caractéristique de la fameuse mitrailleuse de Reffy, qui permit quelque temps aux Français de faire illusion durant la guerre franco-prussienne. Juste devant eux, des pièces de quatre répondaient timidement aux canons Krupp adverses, à chaque coup en train de bâtir leur propre légende. Le pilote avait instantanément compris que l'environnement était devenu hostile.

— Monsieur, nous nous trouvons au milieu d'un champ de bataille !

— Je le vois bien. Nous sommes au cœur d'un conflit d'envergure. Éloignons-nous quelque peu !

Tandis que les combats faisaient rage entre ce qui ressemblait fort à des Prussiens et des Français, la navette s'appliqua à reculer pour mettre un peu de distance entre elle et l'épicentre du conflit.

— 1870 ?

— Oui, vous avez raison Pénélope !

— Si je ne m'abuse, un boomerang, ça revient toujours à sa position initiale ?

— Espérons que vous ayez raison là aussi. Dans le cas contraire, je ne vois pas comment nous pourrions revenir à Sèvres ?

Tandis que le pilote, souvent au prix de manœuvres improbables, continuait d'éviter les tirs nourris des fusils et des canons, les passagers de la navette subissaient les événements et regardaient les alentours, impuissants, comme s'ils se trouvaient au spectacle.

— Et si on sortait ? suggéra naïvement Vince.

— Je ne vous le conseille pas, rétorqua sèchement le Commissaire. Si nous sortons, nous restons prisonniers ici. Le sortilège du boomerang ne concerne que la navette et ses passagers. Si nous nous en séparons, rien ne prouve que nous soyons « rappelés ».

— Et si… Pénélope n'eut pas le temps de terminer sa phrase, que la navette était percutée de plein fouet par l'un des projectiles qui circulaient sur le champ de bataille.

— Pilote au rapport ! On sentait dans la voix du Commissaire comme une inquiétude, un doute sur la nature même du projectile : et s'il s'agissait d'un obus ?

— Oui, monsieur, répondit ce dernier tout en vérifiant plusieurs écrans de contrôle. Monsieur ! Seule la coque du véhicule est atteinte. Aucune fonction vitale de la navette n'est endommagée !

Pénélope piétinait sur place.

— Voulez-vous que…

— Non, inutile ici. Votre don n'aurait très certainement aucun effet. Pire, vous obtiendriez l'effet inverse de celui escompté. Je crains que ralentir le temps alors que nous sommes prisonniers de la boucle d'un boomerang donne des effets pour le moins… Terrifiants.

— Alors, notre rôle consiste à rester là sans rien faire, et attendre qu'un projectile nous immobilise définitivement, lança Erwan, clairement agacé.

— Je n'ai pas dit cela. Mais je préfère que nous attendions le plus longtemps possible de voir ce qu'il se passe avant d'envisager une autre option !

Par ses propos, le Commissaire donnait l'impression de savoir exactement jusqu'où il était prêt à aller. Les événements lui donnèrent d'ailleurs en partie raison. La navette continua d'éviter les attaques des uns et des autres – qui ne lui étaient pas destinées – jusqu'à ce que « l'effet » boomerang daigne s'arrêter. Soudain, le champ de bataille disparut, pour laisser de nouveau place à la gare de Sèvres. Là, les pseudos contrôleurs les attendaient de pied ferme, manifestement déçus par le résultat. Quant aux *Voyageurs* à peine revenus sur place et de leurs premières émotions, un second choc sur le fuselage du même boomerang les envoya de nouveau dans les limbes du temps et de l'inquiétude.

Cette fois, ils ne reconnurent même plus l'endroit.

— On va finir par voir apparaître des Normands, fit remarquer Erwan.

— Ou des dinosaures ! Ajouta, ironique, Vince.

— Espérons que tout ceci reste pures élucubrations, conclut le Commissaire.

Tout autour d'eux, un véritable brasier sévissait. À croire que le feu accompagnait sans cesse les *Voyageurs* !

— Bon sang, on est à quelle époque cette fois ?

— Difficile à dire, avec toute cette fumée… La navette risquait à tout instant de se laisser encercler par les flammes et, sans la grande dextérité du pilote, ils auraient été depuis longtemps finis grillés dans un passé aussi hostile qu'anonyme.

Tout d'un coup, un bien étrange vaisseau arriva de l'horizon, pourfendant d'un coup la fumée de l'incendie, vaisseau qui ressemblait au symbole infini.

— Il ne manquait plus qu'eux, glissa avec un regret non déguisé le Commissaire. Décidément…

— De qui parlez-vous ?

— Des brigadiers du temps.

— Des qui ?

— Des brigadiers du temps. Des sortes de policiers du temps qui se posent comme garants du respect de la chronologie de ce temps. Des redresseurs de torts. Et là, je peux vous le dire, nous sommes nettement en infraction.

Le mystérieux véhicule n'était plus qu'à quelques dizaines de mètres lorsque les *Voyageurs* sentirent un troisième impact sur la coque de la navette.

— Pénélope !

La jeune femme comprit du tac au tac le message du Commissaire et, grâce à l'action de la jeune femme, qui s'empressa de claquer des doigts, avant même que la gare de Sèvres n'ait eu le temps de réapparaître. Le boomerang resta figé le long de la coque de la navette. Dans le même temps, le Commissaire activa son fameux *aspirodon* qui avait déjà fait ses preuves pour permettre à ses collaborateurs de continuer d'être libres de leurs mouvements.

— Nous n'avons que très peu de temps pour éviter son effet. À nous de faire le nécessaire pour échapper à la fois à ces lanceurs de boomerang et aux brigadiers du temps.

— Avec un peu de chance, notre mode furtif fonctionne du côté des brigadiers, et notre présence n'a pas été révélée.

— Juste prouvée, car nous avons manifestement été trahis !

— Sans l'ombre d'un doute. Il n'existe donc pas de code du temps dans votre… monde ?

— Si, mais comme partout, les bonnes manières se perdent !

— Admettons que toutes vos hypothèses farfelues s'avèrent exactes, on fait quoi maintenant !?

— Inversons le flux du temps ! Tous les regards se tournèrent vers le Commissaire.

— Mais comment ?

— C'est presque trop simple. Grâce à Pénélope, nous avons stoppé le temps. Relançons le boomerang en direction de son propriétaire, et nous inverserons le flux, tout en nous libérant dans le même temps de son sortilège.

— J'y vais ! Pour une fois, Vince s'était porté volontaire, sans vraiment demander leur avis aux autres, simplement parce qu'il rêvait de lancer au moins une fois dans sa vie ce type d'engins et accessoirement, prouver qu'il serait capable d'aider la communauté. Pour y parvenir, il dut, après être sorti, entreprendre une manœuvre des plus acrobatiques, s'agrippant à l'un des crochets utilisés habituellement dans les cas - rares - de remorquage de la navette, lors des périodes de maintenance notamment. Tandis qu'il se balançait dangereusement, le jeune homme attrapa de son bras libre le boomerang qui semblait comme collé au fuselage et, de toutes ses forces, le lança, en espérant qu'il retourne à ses expéditeurs.

— Mais comment diable cela peut-il fonctionner, murmura Pénélope, puisque le boomerang a été immobilisé par mon claquement de doigts !

— C'est aussi simple que logique, précisa Vince qui revenait auprès de ses amis. Une fois qu'un objet ou une personne immobilisée par toi rentre en contact avec quelqu'un libre de ses mouvements, celui-ci retrouve immédiatement sa liberté. Nous ne faisons que reproduire ce schéma en leur renvoyant le boomerang.

L'effet fut immédiat. La navette et ses occupants se retrouvèrent bien là où l'épisode du boomerang avait commencé. En revanche, ce qu'ils découvrirent juste au moment où celui-ci percuta l'un des mystérieux contrôleurs les terrifièrent de nouveau. Autour d'eux, un nouveau monde était apparu, de ceux qui, froids et hostiles, vous glacent un homme. Il était aisé de reconnaître le décor naturel et déjà familier de la gare de Sèvres, mais à part les courbes des voies bien connues qui n'apportèrent aucun réconfort à nos spectateurs, rien ne subsistait de leur monde. Les lumières de la nature s'étaient estompées, le paysage n'était plus que désolation, les humains plus que l'ombre d'eux-mêmes. Et surtout, ceux qui les avaient agressés, devenus comme des cadavres en puissance, affichaient une pâleur à en faire reculer plus d'un.

— Où sommes-nous encore tombés, glissa pour une fois timidement Pénélope, manifestement fort impressionnée par ce qu'elle voyait.

— Nous n'y sommes pas vraiment. Regardez, sur les côtés, nous apercevons bien notre monde. Ce n'est certainement qu'une extrapolation de leur propre monde.

— Et bien franchement, ça ne donne pas envie ! rétorqua Pénélope, de nouveau elle-même.

Sur le quai, l'un des deux hommes tenta bien d'attraper le boomerang, mais sans succès.

— Tirons-nous d'ici, lança avec une familiarité qu'ils ne lui connaissaient pas, un Commissaire soudain bien pressé d'en finir.

— Monsieur ? Redemanda prudent, le pilote, dans l'attente d'un ordre plus formel.

— Je vous donne l'ordre de quitter immédiatement ce site ! cria le Commissaire, donnant pour une fois l'impression de ne plus être maître de ses nerfs. Il paraissait soudain happé par une peur indescriptible, comme s'il avait vu quelque chose dont il connaissait la fin, et qu'il ne souhaitait pas revivre. Personne dans le cockpit, même parmi les « anciens », ne l'avait jamais vu comme ça !

Le pilote mit la barre à bâbord toute et poussa les gaz à leur maximum. La navette se cabra et répondit immédiatement à ses ordres, et heureusement pour les *Voyageurs* car leur monde était ni plus ni moins en train de se faire aspirer par l'autre, le gris, celui qui réveillait les peurs les plus primaires. Les *Voyageurs*, le visage collé aux hublots, eurent juste le temps d'apercevoir ce qu'ils auraient pu subir si le Commissaire n'avait pas réagi aussi vite. D'abord, concernant la foule, et leur vie, ou plutôt ce qu'il en restait. Elle se déroulait à l'envers, les vieux rajeunissaient, les jeunes disparaissaient, les arbres tombaient, les saisons s'enchainaient, et pour être même plus précis, l'hiver et l'automne semblaient revenir plus souvent que les deux autres saisons. Et surtout, ils purent très nettement distinguer leurs propres silhouettes en train de « souffrir » du temps. Celle de Pénélope, par exemple, rajeunissait à vue d'œil tout en cherchant par des claquements de doigts désespérés à empêcher de voir sa vie régresser ainsi. Mais, cela ne servait manifestement à rien et le temps d'un interminable regard de quelques secondes, elle se vit âgée tout au plus de 13 ans. Quant au corps d'Erwan, de ce qu'il eut le temps d'apercevoir, il semblait entendre plusieurs voix, et par conséquent plusieurs mots, et risquait à tout moment l'écartèlement, à devoir se rendre à plusieurs endroits à la fois.

— Toutes nos turpitudes ressortent, glissa un Commissaire qui savait déjà comment il allait être représenté, se voulant malgré tout confiant.

Ce fut l'apparition de sa silhouette qui déclencha le plus d'émotion. Il déambulait dans un bien étrange labyrinthe, habituellement la demeure de souris de laboratoire. Le décor, moyenâgeux, laissait à penser qu'il avait vu le jour à cette époque-là. Comme dans un jeu géant, il devait affronter des épreuves, disséminées dans les méandres dudit labyrinthe. Au détour d'un virage, par exemple, un combat échappé d'un tournoi l'attendait, avec chevaux et lances à sa disposition. Plus loin, des détrousseurs cherchaient à lui dérober ses biens à l'ombre d'un bosquet, quand ce n'était pas une sorcière qui tentait de lui jeter un sort. Et il termina sur un bûcher, en train de brûler, le corps incapable de se libérer de ses entraves. Des enfants approchaient de son corps en ébullition, et lui criaient :

— Menteur, menteur !! sans que personne, sauf le principal intéressé, ne puisse en comprendre l'allusion.

Vint alors le dernier d'entre eux, en la personne de Vince. Il n'eut pas le temps d'imaginer comment ce cauchemar qui se déroulait sous leurs yeux pouvait le représenter. Certes, il crut apercevoir une hydre à au moins cinq têtes, avec ses traits, mais la navette achevait son virage plus que serré sur la gauche, et l'empêcha de projeter son imaginaire dans cet étrange cauchemar.

— Vous aviez vu juste, Commissaire, glissa, pour la première fois admirative, Pénélope.

— Si je pouvais me tromper plus souvent, rétorqua-t-il, la voix soudainement remplie de lassitude, je le ferai volontiers ! En tous les cas, accéder à ce monde, si hostile soit-il, ne sera pas possible en frontal.

— Que suggérez-vous, Commissaire ?

— L'idéal serait de connaître une entrée, un accès, disons, plus discret, mais comme nous ne savons pas par où chercher, la probabilité que nous trouvions un indice, une piste, semble pour le moment très faible. Dites-vous bien que ce que nous venons de voir est exceptionnel, surtout en y réchappant. Rentrons voulez-vous, il ne servirait à rien d'insister !

Personne ne fut en mesure de contester sa décision, et tous ne cessèrent de revoir en boucle leurs silhouettes macabres durant le trajet du retour.

Chapitre XXIII
Les Voyageurs 4,
Toujours à propos des usurpateurs

Dès leur retour, ils s'installèrent de nouveau, dans un silence total, autour de la désormais fameuse table de la salle de réunion Critias. Vince, manifestement épuisé, se précipita le premier vers l'un des sièges. Quant à Pénélope, toujours très sûre d'elle, elle toisa ses camarades d'un regard empreint de mépris qui en disait long sur son opinion sur eux.

Psychologue IV, qui percevait toujours l'ensemble de leurs pensées, trouvait l'attitude de la jeune femme aussi inappropriée que puérile, mais également inquiétante pour la suite, et aurait aimé lui faire comprendre que l'humilité restait l'attitude la plus adéquate chez les *Voyageurs*, surtout dans de telles circonstances. De par son expérience, il lui paraissait évident que la jeune Pénélope n'était absolument pas prête, et qu'à la moindre confrontation délicate, elle atteindrait vite ses limites et risquerait de perdre plus que connaissance. Pourtant, la Psy ne chercha pas, pour le moment tout du moins, à influencer la jeune femme en ce sens. Elle espérait qu'un évènement extérieur l'amènerait à mûrir rapidement.

À l'opposé de cette jeune femme pleine d'assurance, la Psychologue percevait également les pensées d'Erwan, qui lui, continuait de se demander pourquoi il se trouvait là, et faisait preuve d'un énorme complexe d'infériorité, notamment vis-à-vis de la jeune femme, même si c'était bien lui qui venait de sauver le jeune couple des flammes. Il passait en revue tous les évènements qui s'étaient produits depuis sa sortie du cabinet de l'ORL, et il avait beau chercher, il ne parvenait franchement pas à faire ressortir quoi que ce soit de positif dans cette histoire. La mort de son amie, sa fuite pour échapper à la police, sa culpabilité, évidente aux yeux de tous, ce don à la fois si encombrant mais aussi si incomplet, qui l'avait obligé à fuir et disparaitre d'un coup de sa vie ; et enfin, pour couronner le tout, cette étrange confrérie des *Voyageurs* dont il ne savait pas grand-chose et qu'il avait été contraint là aussi de rejoindre, si ce n'était contre sa volonté, par la force des choses. Erwan était simplement en train de réaliser qu'il ne contrôlait plus rien de son destin, et que sa vie entière lui échappait.

La Psy entendait tout cela, et prenait acte de ce qu'ils leur restaient à faire chez les *Voyageurs* pour donner à ces novices ce dont ils avaient besoin afin qu'ils (re)trouvent confiance en eux, et passent du stade de simple novice à celui de *Voyageur* à part entière.

Quant à Vince, il restait des trois la personnalité la plus difficile à cerner. Ses pensées, complexes, s'entremêlaient, exacerbées par la métamorphose que subissait son corps ces derniers jours, les multiples développements de ses enveloppes. Tout ceci faisait ressortir deux aspects bien distincts de sa personnalité : d'un côté, le jeune homme ressentait une profonde jubilation devant ce don venu du ciel dont il imaginait déjà très bien les nombreuses opportunités : Par exemple, il s'imaginait parfaitement en train de « jouer » avec son don d'ubiquité, de s'amuser à passer d'un lieu à l'autre, de surprendre ainsi ses proches, ses collègues, trompant pourquoi pas jusqu'à la police, par des témoignages et des alibis troublants, des preuves irréfutables de sa présence sur un lieu, ce qui lui permettrait, en toute impunité, de commettre des méfaits ici et ailleurs. Du bout de son imagination, il perçut là un pouvoir considérable… De l'autre côté, vite découragé, comme souvent chez lui, il souffrait de cette incapacité persistante à maîtriser ses différentes enveloppes, à pouvoir les « faire vivre » simultanément, tout au moins deux d'entre elles, bref, à maîtriser ses multiples nouvelles vies qui s'offraient à lui. Malgré ses élucubrations négatives, le jeune homme était persuadé, au fond de lui-même, qu'il parviendrait, tôt ou tard, à trouver les ressources nécessaires, les compétences adéquates auprès de ces *Voyageurs*, afin d'apprendre à maitriser définitivement cette « ubiquité » qui se refusait encore à lui.

Le commissaire et son amie la Psy se retrouvaient donc face à trois jeunes gens bien différents, mais dont le point commun s'avérait flagrant ; ils avaient tous été profondément perturbés par cette évolution si brutale de leur situation, à la fois violente, injuste, voire incompréhensible, et s'avéraient incapables pour le moment de prendre en main leur destin et de supporter cette pression qu'ils allaient devoir gérer malgré eux. Pourtant, chez les *Voyageurs*, tout le monde investissait en eux et espérait que ces jeunes passent rapidement le cap du novice et puissent enfin leur venir en aide, car le danger menaçait de plus en plus. Les derniers évènements prouvaient d'ailleurs que toutes ces menaces convergeaient vers une seule cible : le site principal des *Voyageurs*, à Paris, objet de toutes les convoitises ! Les Usurpateurs ne cessaient de mieux se structurer, de recruter et d'amplifier leur pouvoir. Même si aujourd'hui encore, leurs exactions et méfaits semblaient localisés et peu coordonnés, les observateurs, veilleurs affectés à cette tâche ingrate au sein des *Voyageurs*, commençaient à y voir une réelle tentative de déstabilisation du pouvoir en place, mais aussi, et surtout, une volonté avouée de le fragiliser. La neutralisation d'Emma dans son labyrinthe des rêves, le kidnapping d'Annabelle, la mutilation d'Inspecteur A, dont les avant-bras restaient désespérément invisibles, et maintenant cette tentative d'interception à la gare Saint-Lazare des dernières recrues des *Voyageurs*. Autant de preuves que le danger approchait et qu'il fallait désormais agir vite, s'ils voulaient survivre. C'était bien là tout le problème pour le Commissaire et la Psy : ils devaient être capables de répondre dans l'urgence à toutes ces attaques et dans le même temps, gérer leurs forces en présence, notamment ces novices à peine recrutés, qui n'étaient manifestement pas prêts. Le Commissaire, dont le clone holographique faisait parfaitement illusion, devait, dans le même temps, gérer son autre lui : Albert Poisson, celui qui avait un lourd contentieux à gérer avec la brigade du temps. Quant à la Psy, elle le savait d'expérience : lancer dans le grand bain de tout ce *demi-monde,* dont l'existence devenait de plus en plus évidente, des novices mal préparés pouvaient mener à un résultat bien pire que tout et provoquer l'effet inverse de celui escompté. Combien de fois, en des périodes moins troubles, n'avait-elle pas vu justement certains de ces novices insuffisamment préparés échapper aux *Voyageurs*, glisser peu à peu, voire se laisser endoctriner de gré ou de force par ces maudits *usurpateurs.*

La Psy laissa de nouveau divaguer ses pensées tandis que les trois jeunes gens s'installaient de nouveau dans la salle Critias. Elle savait que l'un des meilleurs moyens de les préparer à affronter ces dangers consistait précisément en une description détaillée de ces derniers. Pour cela, les équipes de l'Architecte avaient préparé une formation **maximédia**, s'appuyant sur tous les médias existants, même les plus récents, comme la 4 D ou l'avatarision, ainsi que la réalité augmentée, dont ils venaient d'ailleurs tous les trois de goûter avec l'épisode de l'accrobranche. Il s'agissait bien de leur faire comprendre, à ces novices qui portaient bien leurs noms, l'étendue des pouvoirs de leurs ennemis et des dégâts qu'ils pouvaient et pourraient provoquer, que ce soit sur les membres des *Voyageurs*, et plus globalement, sur les hommes eux-mêmes, et ce monde, si inconscient de tous les dangers qu'il côtoyait sans le savoir, en croyant simplement vivre…

Après s'être concertée d'un regard avec le Commissaire, la Psy plongea la salle dans l'obscurité la plus totale. Il y eut d'abord un silence gêné, accompagnant cette obscurité brutale qui régnait soudain dans la pièce. Apparut progressivement au milieu d'un halo de lumière une silhouette comme échappée du mur, d'abord diffuse, puis de plus en plus nette, avant de s'avancer droit vers les novices, faisant sursauter Erwan, qui ne s'attendait ni à cela ni à quelque chose d'aussi réel. Ils se trouvaient bien en présence d'un homme de petite taille, assez enveloppé, et dont le visage plutôt bonhomme n'inspirait de prime abord aucune méfiance. Ce qui suivit prouva pourtant ô combien il ne fallait jamais se fier aux apparences. L'arrivée de cet homme fut accompagnée de l'apparition progressive au second plan d'un nouveau décor, provenant d'un amphithéâtre, très certainement d'une faculté. L'homme se tint quelques instants au bas des marches qui menaient à l'estrade et au bureau de l'enseignant – chercheur, puis il s'assit au premier rang, souvent déserté par les étudiants dans les amphis ! L'enseignant, quelques pas devant le tableau de taille imposante déroulait son cours magistral sur les prémisses de la Révolution française qu'il situait le 5 mai 1789, au moment même de l'ouverture des États généraux. L'amphithéâtre était bondé, plutôt silencieux d'ailleurs, ce qui, compte tenu de l'assistance, situait le cours dispensé en tout début de première année, lorsque les étudiants viennent d'arriver, ne se connaissent pas, et sont encore pleins de motivation et d'illusion.

Au premier rang, la silhouette se mit à fixer longuement du regard l'enseignant, avant de soudain lever ses deux mains parallèlement à son corps, les paumes ouvertes vers lui, un peu comme s'il voulait envelopper à distance la tête de l'enseignant. Le seul signe qui aurait pu alors alerter sa future victime fut un fort courant d'air, pourtant venu de nulle part – car toutes les issues de l'amphithéâtre étaient fermées à cet instant précis – qui propagea soudain un vent glacial sur l'enseignant. Ce dernier s'arrêta d'ailleurs quelques instants de parler, surpris par cet air à la provenance improbable, avant d'enchainer son cours sans se poser plus de questions.

La Psy choisit ce moment précis pour interrompre la projection, que les trois jeunes gens ne voyaient d'ailleurs même plus comme telle, tant les images en quatre dimensions s'avéraient parfaitement réalistes, et s'approcha de la silhouette désormais immobile de cet homme à l'apparence si sympathique.

— Analysons ensemble ce premier cas, que nous avons pu reconstituer à partir de témoignages et des caméras de surveillance du gouvernement, équipées de capteurs thermiques, et dont l'une était heureusement installée au fond à droite de l'amphi. Comme vous l'avez probablement deviné, nous sommes en présence d'un *Usurpateur*, l'un des plus chevronnés, dont nous connaissons l'existence depuis une vingtaine d'années. Il s'agit d'un effaceur de mémoires. Il lui suffit de se rapprocher de ses victimes, sans être vu si nécessaire, car il sait lui aussi se rendre invisible, et il aspire en quelques minutes leurs mémoires. Il a besoin de très peu de temps pour tout effacer et récupérer ainsi les souvenirs des autres. Mais regardez plutôt la suite !

La Psy, d'une légère pression sur sa télécommande, libéra une nouvelle fois les protagonistes de cette histoire. La silhouette énigmatique continua comme elle venait de l'expliquer « d'aspirer » toute la mémoire de l'enseignant, qui, au bout d'un moment, s'arrêta net de parler, incapable de continuer de réfléchir. Il ne pouvait plus s'adresser à ses élèves, car il ne savait plus rien ! Il resta là, les mains posées sur le bureau, la bouche entrouverte, les yeux rouges de peur. Très vite, les moqueries d'adolescents fusèrent, mais elles firent tout aussi rapidement place à une réelle inquiétude tant l'enseignant paraissait vraiment mal en point. Deux d'entre eux finirent par s'approcher de lui. Ils n'en tirèrent rien de plus qu'une sorte de grognement, de borborygme. Le surveillant fut tout aussi rapidement alerté, mais lorsqu'il arriva devant l'enseignant, il ne put que constater que ce dernier était devenu un légume, et qu'il n'y avait rien d'autre à faire que de l'emmener à l'hôpital.

La Psy passa en accéléré la fin de la scène, jusqu'au départ du corps de l'enseignant sur un brancard, devant les yeux médusés des étudiants, qui se demandaient encore ce qui avait bien pu lui arriver, avant de se lever de nouveau et d'activer la lumière de la pièce, en mode tamisé.

— Nous avons recensé des dizaines de cas comme celui-ci sur les dix dernières années. À chaque fois qu'un patient est admis comme ayant une « maladie inconnue », nous avons systématiquement accès à son dossier médical. Dans les cas similaires à celui-ci, avec une dégradation subite de la santé mentale du patient, nous vérifions si celle-ci ne pourrait pas être due à cet homme. Pour cela, nous espérons toujours avoir sous la main une caméra de surveillance bien placée. Grâce à nos investigations, nous avons recensé précisément deux cent quarante-huit cas identiques à celui-ci depuis le début de nos recherches. Nous constatons même une amplification du phénomène ces dernières années.

— Mais, dans quel but fait-il cela ?! Pénélope, comme souvent, avait été la première à réagir.

— Cela semble évident ! La mission de cet homme est de déstabiliser le pays en s'attaquant aux élites et aux intellectuels, simplement en les rendant totalement idiots. Il a pour le moment touché des philosophes, des scientifiques, des hommes politiques, des artistes et même des journalistes[9]. Ainsi, lorsqu'il n'y aura plus de têtes pensantes dans notre pays, il sera bien plus facile de le déstabiliser.

— Et vous dites que deux cent quarante-huit cas ont été recensés jusqu'à présent !

— Oui ! En réalité, deux cent quarante-huit cas identifiés comme tels, mais cette méthode d'effacement de la mémoire, donc de l'intelligence, n'est pas la seule que les *Usurpateurs* utilisent pour déstabiliser un pays. Vous le verrez tout à l'heure, d'autres méthodes tout aussi efficaces sont à leur disposition. Je suis certaine que de nombreux autres cas parfaitement maquillés échappent à notre vigilance, soit parce que l'entourage de la victime a tout fait pour préserver sa mémoire et étouffer l'affaire, soit parce que la dégénérescence subite de ces personnes a provoqué d'autres

---

[9] L'auteur fait part ici de son doute quant à la gravité de la disparition de journalistes…

complications ou réactions comme le suicide qui ont pu masquer la cause première.

— Et personne n'en parle, ne s'inquiète, ne s'insurge ?! Pourtant, deux cent quarante-huit cas, ce n'est pas anodin ?

— Non, et pourtant les autorités sont au courant, mais devant le risque de panique, elles ont souhaité que ce phénomène soit pour le moment passé sous silence.

— Comment peut-on, en tant que *Voyageurs*, l'empêcher de nuire ? Je ne vois pas comment je pourrai, moi, Pénélope, vous aider réellement à contrer cet homme ?

— Détrompez-vous ! Votre don, notamment la facette que vous venez de découvrir dans la séquence avec l'accrobranche, sera utile en toutes circonstances, même contre un homme comme lui. En revanche, vous avez raison : il faut d'abord l'identifier, le repérer, pour mieux le traquer. Après, il sera bien temps de lui tendre un piège… nous avons déjà une petite idée là-dessus. Imaginez seulement tous les souvenirs, toutes les mémoires qu'il a pu emmagasiner depuis toutes ces années, quelle somme de connaissances, de savoirs, il a pu stocker ! Si nous avons la chance de l'intercepter, nous n'aurons pas le droit de le supprimer comme ça, sans tenter d'en profiter pour récupérer toute cette science accumulée. C'est pour cela que nous avons mandaté les équipes de l'Architecte pour nous trouver un moyen de récupérer ces données, si l'opportunité se présente.

— Mais, que fait-il aujourd'hui de toutes ces informations ?

— Pour le moment, nous l'ignorons, mais je suis certain qu'il ne récupère pas tout ceci en vain. Nous supposons que cela permet aux *Usurpateurs* d'alimenter une base de données, mais dans quels buts ? Et pour qui ?

La Psy laissa quelques instants de répit à ses jeunes interlocuteurs pour digérer toutes ces informations, puis reprit de plus belle sa démonstration.

— « Celui qui efface la mémoire des gens » est à la fois l'un des usurpateurs les plus dangereux parmi les plus anciens, mais aussi l'un des plus actifs que nous connaissons. Là encore, je suis convaincue que l'histoire de ces Usurpateurs est indissociable de la nôtre. Et je comprends tout autant vos inquiétudes – légitimes – à tous les trois, dont je ressens de plus en plus nettement la manifestation. Vous le savez maintenant : vous risquez soit d'être victime de l'un de ces *Usurpateurs*, qui fera tout pour vous éliminer lorsque vous vous trouverez face à lui ; soit, compte tenu de la qualité de vos dons, ils chercheront plutôt à vous endoctriner, à vous récupérer au lieu de vous perdre. C'est bien pour cette raison que nous faisons tout pour vous préparer au mieux à tout ceci, pour que vous ayez aussi une certaine valeur… au risque qu'elle nous échappe. Mais…

Elle décida d'enchainer, pour chasser au plus vite cette idée.

— Deuxième cas, beaucoup plus récent, et tout aussi intéressant, même s'il reste pour moi plus anecdotique. Cette fois, pour reconstituer le parcours de cet *Usurpateur*, nous nous sommes basés sur les témoignages de proches des victimes et aussi sur notre propre expérience, car pour le coup, nous avons dû investir dans du matériel vidéo spécifique pour bien comprendre à qui nous avions affaire. Mais je ne vous en dis pas plus, ajouta-t-elle avec son sourire habituel, qu'elle retrouvait enfin après avoir été si grave ces dernières heures. De nouvelles images apparurent sur le mur de la salle Critias. Une voix féminine se mit à résonner dans la pièce et commença à raconter ce nouveau récit à la place de la Psy.

— Pour découvrir cette histoire, dit-elle avec une voix suave, vous devez vous rendre sur le compte *Instagram l'alchimiste 2.0* et chercher l'histoire d'Hughes le grand…

Chapitre XXIV
Les Voyageurs 5,
Celle qui anticipe les évènements

— Après l'intermède d'Hugues le Grand, nous souhaitions vous présenter une vieille connaissance de notre chère Pénélope.

Le Commissaire faisait évidemment allusion à cette jeune femme contre laquelle la jeune novice avait dû se battre avant d'être sauvée in extremis par les *Voyageurs*. Celle-ci avait l'étrange capacité de s'exempter du temps, de s'y déplacer très librement, et ce, sur de courtes périodes, comme si elle anticipait les évènements, en découpant en quelque sorte ce temps qui paraissait, dans ses mains, tel un jouet et surtout, ne plus rien à voir de linéaire. À cette allusion, Pénélope repensa aux deux attaques subies, preuve que son don devait être particulièrement prisé, et sa pensée, même furtive, n'échappa évidemment pas à la Psy, qui s'en empara immédiatement.

— Je vois, Pénélope, que tu te souviens bien de l'agression dont tu as été victime, et que tu te poses également les bonnes questions. Nous avons effectivement affaire à une jeune femme, que nous nommerons ici, pour le moment, « celle qui anticipe les évènements » : il s'agit en réalité d'AnnA, que nous suivons également depuis longtemps, ses débuts « publics » en réalité. Elle a commencé à faire parler d'elle à la télévision, lors d'un jeu bien connu, qui permet de gagner beaucoup d'argent si l'on est capable de répondre à un certain nombre de questions de plus en plus difficiles.

— Vous voulez parler de *Qui veut gagner des millions* ?!

— Oui, c'est exactement cela, mais regardez plutôt.

Tandis que les images bien connues de l'émission commençaient à apparaître sur le mur de la salle, la Psy les accompagna d'explications très poussées.

— Le plus incroyable dans cette histoire, c'est la manière dont s'est produit le déroulement du jeu. Au début, tout se passait normalement. Les questions simples s'enchaînaient et la jeune femme semblait très à l'aise, il n'y avait rien d'anormal. Tout ceci devint bien plus intrigant au moment d'atteindre les quatre dernières questions. Un candidat normal aurait longtemps hésité avant de répondre, aurait utilisé tous les jokers disponibles en espérant qu'ils lui permettent de trouver la bonne réponse. Dans le cas d'AnnA, il n'y avait presque aucune hésitation, je dis presque car en réalité, elle prenait juste le temps nécessaire pour avancer dans le temps de quelques secondes, histoire de récupérer la bonne réponse, avant de revenir au temps initial, et de donner, d'un sourire satisfait du coin des lèvres, la réponse au présentateur, Camille Combal, à la fois de plus en plus admiratif, mais aussi de plus en plus intrigué par tant de facilité, comme toute l'équipe de production, d'ailleurs. Bien entendu, pour la question – extrêmement difficile – à 1 million d'euros : À quelle heure Fouquet fut-il arrêté par d'Artagnan sur ordre de Louis XIV, elle répondit parfaitement à la question, midi, non sans avoir cette fois, « faussement » pris le temps de réfléchir. Elle venait de gagner simplement un million ! Après l'émission, l'équipe, accompagnée d'un huissier, revisionna maintes et maintes fois la vidéo, dans l'espoir de détecter une quelconque tricherie, comme, par exemple, une personne dans l'assistance qui tousse plusieurs fois afin de souffler les bonnes réponses au candidat, ou un geste dans son axe, mais ils ne trouvèrent rien qui permette d'invalider sa victoire. Après avoir été alertés par des articles de journaux qui vantaient son incroyable parcours, nous avons, quelques jours plus tard, récupéré la vidéo de l'émission avec tous les angles de caméras possibles. Regardez ! À mieux observer la séquence, y a-t-il quelque chose de particulier que vous auriez remarqué dans cette vidéo, dans l'attitude de la jeune femme notamment, qui pourrait expliquer avec quelle insolente facilité elle sut répondre à toutes ces questions, sans faire appel au moindre joker ?

Les trois jeunes gens se regardèrent, mais, à part hausser les épaules puérilement et répondre par la négative d'un signe de la tête, ils éludèrent la question.

— Bien ! Je vais vous éclairer. C'est en visionnant image par image cette vidéo que nous avons compris. Cette jeune femme possède bien le pouvoir de se déplacer légèrement dans le temps. Nous avons réussi à le découvrir par de très légers changements d'attitude sur son visage, exactement comme lorsque vous faites un montage vidéo, et qu'au moment de la coupure, l'image ne s'enchaine pas parfaitement. C'est uniquement perceptible image par image. Nous avions ainsi la preuve qu'elle se projetait dans le temps, récupérait la réponse, puis revenait quelques instants plus tard, ce qui pouvait faire croire aux téléspectateurs, durant sa très brève absence, qu'elle réfléchissait. Vous n'imaginez pas le nombre d'images subliminales qui trainent aujourd'hui à la télévision, même si leur usage est interdit depuis longtemps. Enregistrez des publicités, par exemple, et revisionnez-les image par image. Vous auriez des surprises ! Tout ce qui est inexplicable n'est pas forcément inexpliqué, sachez-le !

Fort de cette preuve, nous avons tenté de l'intercepter, mais il était trop tard. Les *Usurpateurs* étaient déjà passés par là et nous avons même totalement perdu sa trace durant de longs mois, jusqu'au mois dernier, une première fois, puis avec Pénélope, l'autre jour. Le mois dernier, lorsque nous l'avons de nouveau identifié, c'était totalement par hasard. Elle se produisait de nouveau à la télévision, déguisée et totalement méconnaissable. Elle participait cette fois-là à un tour de magie dans lequel il était question de passage entre plusieurs portes, espacées chacune d'elles de cinq bons mètres. Entre deux portes, elle pouvait ne mettre qu'une seconde pour couvrir la distance qui les séparait, ce qui était humainement impossible. Malgré les trucages, les flashs qui ajoutaient volontairement à la confusion, elle fascinait car tout le monde se demandait bien comment elle s'y prenait : jeu de miroirs, jumeaux, tout y passa. Le présentateur, aux anges, jubilait de proposer à ses invités et aux téléspectateurs un spectacle d'une telle qualité. Cela a fait tellement de bruit que c'est arrivé jusqu'à nous.

Vince souriait car il ne pouvait s'empêcher de penser à son propre don.

— Dès que nous avons été alertés, nous avons effectivement pensé au don d'ubiquité, mais à mieux y regarder, continua la Psy, il s'agissait de la même jeune femme que lors du jeu télévisé. Nous avons ici, sur le site - comme vous le savez - toute une équipe qui récupère l'ensemble des images des télévisions et des caméras de surveillance de France. Grâce à un progiciel ultra-puissant, développé en interne par l'Architecte et ses équipes, qui s'appuie également sur une base de données enrichie chaque mois, nous savons capturer uniquement les séquences, en fonction de milliers de critères entrés dans notre base, considérées comme « particulières », dans lesquelles se produisent des évènements « hors normes », permettant ainsi, à partir de milliers d'heures par jour, de n'en sélectionner que quelques dizaines. À partir de ces données-là, le logiciel scanne, en vitesse accélérée, les heures d'images restantes et réalise une seconde sélection, avec bout à bout, tout ce qui va pouvoir nous intéresser : nous appelons cela le *digest.* C'est comme cela que nous avons appris ton existence Pénélope, lorsque tu t'amusais à jouer avec le temps dans la rue, sans parler de la séquence hallucinante de l'esplanade de la Défense. Un vrai moment d'inconscience totale de ta part ! Imagine : si nous, nous étions au courant, les Usurpateurs l'étaient évidemment aussi. Cela s'est joué à très peu de choses qu'ils ne t'endoctrinent avant que nous ayons eu le temps d'intervenir. Pareil pour toi Erwan, lorsque tu étais poursuivi par les policiers, en plein Paris, et par les *Usurpateurs* eux-mêmes, nous suivions ta fuite en direct, prêts à intervenir. Tu as même réussi à échapper à notre surveillance et à celle de tout le monde, policier et Usurpateur, grâce à ton don, comme quoi !

La Psy s'interrompit quelques instants, le temps de boire un verre d'eau et de se rasseoir. Manifestement perdue quelques instants dans les pensées des novices, elle mit un certain temps avant de reprendre ses esprits, et son monologue dans la foulée.

— De quoi je vous parlais, finit-elle par dire, distraite par les pensées furtives de ses interlocuteurs.

— Vous en étiez à cette jeune femme retrouvée lors d'un spectacle de magie, répondit Vince, qui se surprit lui-même à se passionner pour cette histoire. En réalité, il avait une idée de reconversion en tête, lui qui, avec son don d'ubiquité, s'imaginait pouvoir gagner des fortunes dans un spectacle comme celui-là !

La Psy répondit avec indulgence à son soudain enthousiasme par un sourire entendu et complice.

— Avant de te reconvertir, tu auras certainement fort à faire, suggéra-t-elle avant d'enchainer. Bref, nous venions d'être alertés et notre équipe de veilleurs scannait déjà l'émission à la recherche d'indices, de preuves que nous étions bien en présence d'un être doté de l'un de ces dons, lorsque la machine reconnut formellement son visage. Il s'agissait bien d'AnnA ! Malheureusement, l'émission n'étant pas en direct ; le temps de contacter la production, d'obtenir son nom, ses coordonnées, cela ne servit à rien, car tout était faux, à part son prénom. Il fut impossible par les voies « légales », de retrouver la jeune femme, jusqu'à l'épisode de l'autre jour, où, malgré toi Pénélope, nous avons pu l'approcher de très près ! Je dois t'avouer qu'une partie de l'équipe a tenté de la capturer après ton sauvetage. Tu venais d'être rapatriée dans la navette lorsqu'elle a soudainement disparu, littéralement volatilisée, alors qu'elle se trouvait emprisonnée dans l'un de nos filets. Notre équipe avait pourtant la conviction qu'elle n'était pas bien loin. En réalité, elle avait simplement reculé de quelques instants dans le temps pour se retrouver juste avant votre affrontement. Cela lui permettait d'anticiper en permanence notre lancé de filet. Chaque fois, nous pensions la tenir, et chaque fois elle disparaissait. Notre équipe testait un tout nouvel équipement que l'Architecte lui-même venait d'achever, le

« Variatemps », qui s'avéra encore bien trop imparfait pour pouvoir faire jeu égal avec cette AnnA. Son utilisateur pouvait certes explorer le temps dans un espace de quelques minutes avant le temps Zéro, dans un temps lent ou un temps rapide. Il permettait ainsi de suivre – au début – le rythme endiablé de la jeune femme, lorsqu'elle avançait et reculait sans la moindre contrainte sur la *timeline*, d'un simple geste sur une sorte de cadran, installé à sa ceinture. Imaginez nos *Voyageurs* naviguant tant bien que mal dans le labyrinthe du temps : quelques secondes avant, un peu après, pendant, vite ou lentement, en train de poursuivre cette jeune femme, véritable fantôme du temps, sans succès. Très vite, notre équipe comprit qu'ils ne pourraient la suivre et ne savaient même plus où Anna était partie, n'ayant aucun moyen de savoir si elle avait décidé d'avancer ou de reculer. Ils commencèrent à se perdre dans le tourbillon du temps, vous savez, comme lorsque l'on tourne trop vite sur soi-même et que l'on perd l'équilibre. La fameuse AnnA se paya même le luxe, comme dans un jeu, de revenir nous narguer plusieurs fois à la même seconde, lorsque nous jetions sur elle le filet anti Usurpateur, pour tenter de la neutraliser. Puis, certainement las de jouer avec nous, elle s'éclipsa dans une sorte de temps intermédiaire et multiplia les apparitions dans des nanosecondes, apparitions tellement brèves qu'il devint impossible à l'œil nu de les déceler, et même avec la vidéo, nous avons dû analyser ces séquences image par image afin de retrouver trace de sa silhouette. Enfin, elle s'évapora totalement. Depuis, elle se cache. Nous avons récupéré les caractéristiques exclusives de son visage, de sa silhouette et même de sa démarche avec plus de soixante-dix paramètres, dans notre base de données, mais sans aucun résultat pour le moment.

L'aveu d'impuissance des *Voyageurs* face à toutes ces formes de menaces révélait des failles inquiétantes, dans une organisation qui paraissait jusqu'alors pourtant aussi solide que vouée à la discrétion. Même si dans le cas d'AnnA, ils étaient parvenus à la ficher, leur permettant ainsi de détecter sa présence dès qu'elle se manifesterait de nouveau, ils dépendaient de son bon vouloir de réapparaitre.

Vince, qui sentait dans le silence soudain de ses interlocuteurs comme une espérance, une attente, se décida à s'exprimer.

— J'ai peut-être une idée, lança-t-il au bout de quelques instants.

— Je sais, je viens de la percevoir, répondit la Psy, quelque peu rassurée quant à l'investissement grandissant de leurs nouvelles recrues ; mais allez-y, je vous laisse exposer votre idée à nos amis.

— C'est assez simple en fait. Dans un premier temps, nous devons provoquer cette AnnA. Dès qu'elle sera repérée, il faudra ensuite être capable d'installer sur elle un émetteur, ce qui nous permettra de mieux anticiper ses mouvements à travers les différents temps. Il « suffira » alors que l'on s'équipe de votre « variatemps » pour mieux la suivre et tenter de la mettre hors d'état de nuire. En revanche, je ne vois pas trop comment l'attirer au départ, à moins de…

— … Si, tu as raison, je pense que nous devons simplement provoquer sa curiosité, glissa Pénélope. Elle aime jouer ! Qu'à cela ne tienne, invitons-la à se joindre à nous. Après l'avoir détectée, ce sera à moi de la suivre. Désolée si je me mets de nouveau en avant, mais avec mes nouvelles capacités, je parle de celles qui vont me permettre d'avancer et de reculer dans le temps, je pourrais éparpiller plusieurs parties de son corps dans différentes directions temporelles. Je n'imagine pas qu'elle puisse résister à cela.

Dans sa voix, et c'était nouveau, transpirait de la haine, et surtout un profond esprit de revanche.

— Bien, Pénélope, admettons que tu sois la plus à même de la poursuivre dans le dédale du temps, si tu parviens à l'approcher, comment feras-tu pour la maîtriser ? Lui demanda la Psy, un rien provocateur.

Pénélope la regarda froidement, droit dans les yeux.

— J'y arriverai, je dois y arriver, c'est tout !

Les autres se regardèrent, le temps d'un bref regard, tout aussi interpelés par tant de certitude que dubitatifs quant au succès d'une telle entreprise.

— Je vous propose que nous reparlions d'AnnA lorsqu'une véritable occasion se présentera. Cela m'étonnerait que la jeune femme se montre de sitôt. Je retiens la proposition de Vince de « provoquer sa curiosité ». Je vous propose plutôt de continuer l'analyse des forces adverses en présence et de nous concentrer sur *celui qui traverse les miroirs*, que tu connais aussi déjà Pénélope, pour l'avoir rencontré dans ta propre cuisine ! Il faut dire, chère amie, que suite à ton entrée en matière tonitruante, tu as très vite fait parler de toi ! Tout le monde t'avait repérée dès la première manifestation peu discrète de ton don. Voilà pourquoi deux des usurpateurs chevronnés parmi les plus dangereux ont déjà tenté de te kidnapper, et même de te tuer. *Celui qui traverse* ou plutôt qui *voyage à travers les miroirs* est un *Usurpateur* de la première génération. Je ne saurai lui donner un âge précis, mais celui-ci est certainement à trois chiffres aujourd'hui. Il représente lui aussi un terrible danger, surtout dès qu'il existe quelque part un miroir, il peut alors débarquer dans ces lieux innombrables à tout moment. C'est d'ailleurs pour cette raison que nous avons enlevé sur le site des *Voyageurs* tout ce qui pourrait ressembler, de près ou de loin, à un miroir, sauf quelques glaces ultra-encadrées, qui vous donnent l'illusion que rien n'est différent.

Chapitre XXV.
Albert Poisson 3

Cyliani, né il y a si longtemps, maniait la patience avec une dextérité admirable. Il attendit plusieurs heures que son ami revienne de la *mise en place* de son clone holographique sans broncher. À son retour, le Commissaire avait retrouvé toute sa superbe habituelle, et aucune séquelle ne semblait avoir subsisté de l'épisode de la théorie du trombone.

— Maintenant que tu as pu sécuriser ton passé pour un bon moment, si nous revenions à la genèse de ta venue ici ?!

— Tu as bien raison ! répondit un Albert Poisson quelque peu soulagé, rassuré. Pouvoir de nouveau venir en aide à ses amis, même loin et à travers une illusion holographique, lui redonnait un moral d'acier.

— Cela fait deux fois que j'échoue devant le Contrôleur Général, ajouta-t-il, très remonté, il est temps de reprendre la main !

— Pour le moment, il te croit - vraiment - mort. Nous avons, tu as, pour une fois, un vrai coup d'avance sur eux ! Mais tu ne pourras échouer une troisième fois, car le Contrôleur Général t'immobilisera alors définitivement dans le temps. Je ne pourrai plus rien pour toi, et tu ne le supporteras pas longtemps.

— J'en ai parfaitement conscience, mais franchement, le risque en vaut la peine. Je ne peux vraiment pas me permettre d'abandonner les *Voyageurs* maintenant.

— J'imagine, Cyliani, que ton plan est infaillible ? On sentait un Papus plein d'interrogations.

— J'espère que je ne vous décevrai pas, confirma son ami, avant de s'asseoir confortablement, car il avait besoin de temps pour exposer son plan.

— Albert, tu te souviens de la théorie du trombone, n'est-ce pas ?!

— Évidemment, puisque je l'ai pratiqué il y a quelques heures à peine !

— Sauf, cher Albert, que tu n'as pratiqué qu'une seule version de cette théorie. Oui, je parle de celle qui consiste à partir de l'extérieur du trombone pour rejoindre l'intérieur, autrement dit de partir du passé pour rejoindre le présent…

— … Et on voit le résultat, un retour aux sources pour rien, puisque j'ai échoué à chaque fois…

— … Justement, Albert, revenir du passé est devenu trop prévisible pour nos amis de la brigade du temps, puisqu'ils connaissent les moindres détails de ta vie. Le Contrôleur Général et ses amis n'ont qu'à te suivre à la trace, refaire les principales dates clés de ta vie pour anticiper le moindre de tes mouvements, t'intercepter et te suivre jusqu'à l'épisode du 36.

— Et donc, comment faire pour éviter cela ?

— Revenir du futur ! De là d'où tu n'es pas encore vraiment allé, même si tu as déjà pratiqué ce type de voyage, notamment pour Napoléon III !

— Revenir de ma seconde mort du coup ?

— En quelque sorte.

— Curieusement, cela provoque une angoisse morbide. Même si je l'ai déjà vécu, se voir mourir est toujours si violent ! Et quand tu peux revenir après… ce qui n'est pas donné à tout le monde, rares sont ceux qui du coup peuvent en témoigner ! Alors la violence reste très présente car tu te souviens !

— Je le sais bien, mais nous n'avons pas vraiment le choix si nous voulons une bonne fois pour toutes surprendre la brigade du temps !

— De toute façon, mon clone holographique ne va pas faire illusion bien longtemps ! Connaissant mon amie la psy, elle va très vite comprendre qu'il ne s'agit pas vraiment de moi !

— Il faut que tu gagnes du temps de ce côté. En revanche, j'insiste, revenir de son futur reste une expérience très traumatisante, bien plus que venir du passé, donc…

— … On y va ! coupa court le Commissaire, qui, lorsqu'il réagissait comme cela, faisait oublier sa première personnalité, plus effacée, plus discrète, celle d'Albert Poisson. Il y avait un peu de Docteur Jekyll et M. Hyde en lui ! Il n'aurait jamais pu imaginer qu'il allait être capable de dire la phrase qui sortit alors de sa bouche.

— On a l'impression que je suis prisonnier d'un jeu vidéo et que je ne parviens pas à passer au niveau supérieur !

— Encore un joli anachronisme pour toi qui a surtout vécu au XIXe siècle, en sourit Papus.

— Personne ne pourrait comprendre de quoi tu parles à ton époque, ajouta Tiffereau,

— … Et l'inverse non plus, conclut Albert.

— Bien, messieurs, nous avons mieux à faire que de plaisanter au sujet d'anachronismes, vous ne croyez pas ! abrégea sèchement Cyliani, qui connaissait l'ampleur de la tâche qui les attendait, et surtout pour son ami Albert Poisson.

— Avant tout, je dois mettre notre ami en condition. Commence par avaler cet élixir, tu veux bien !

— Encore un !

— Oui, mais celui-ci à d'autres vertus, différentes des deux premiers. Il doit permettre de fluidifier tes déplacements dans le temps, de voyager encore plus vite, de simplifier le moindre de tes gestes, et enfin d'accélérer ta vie à l'infini.

— Si tu le dis !

Cyliani prit bien soin de faire avaler l'intégralité du contenu de la fiole à son ami, car chaque goutte comptait !

— Après, nous allons devoir tâtonner, car nous ne connaissons jamais, et fort heureusement, la date exacte de sa mort ! Mais si nous allons trop loin, tu le sauras tout de suite, car le monde t'apparaitra alors… en monochrome.

— Tu veux aller jusqu'où pour ta première tentative ? interrogea Tiffereau.

— Et Albert pourra revenir ? ajouta Papus.

— Attendez, une question à la fois, voulez-vous ! Je comprends que vous soyez inquiets, mais n'ajoutez pas de l'inquiétude à l'inquiétude ! Je tenterai bien 2080 pour la première tentative, même si je pense que c'est trop loin. Et oui, on peut faire revenir Albert, surtout si la destination temporelle s'avère hors sujet ! Avec ceci, tu resteras en contact permanent avec moi, ajouta Cyliani en lui tendant une oreillette.

Albert Poisson, alias le Commissaire, trépignait sur son siège.

— Alors, allons-y, pour la dernière fois, je suis prêt à y aller, quoi qu'il m'en coûte !

C'est ainsi que Cyliani, usant du propre don de déplacement dans le temps de son ami, décuplé par l'élixir qu'il venait d'avaler, l'envoya d'un mot en 2080, au beau milieu de Paris, en haut d'un lieu emblématique, l'Arc de Triomphe.

— On ne sait jamais, précisa Cyliani à ses amis restés à ses côtés, tandis que le corps d'Albert disparaissait sous leurs yeux, avec le réchauffement climatique, le parc des Tuileries sera probablement inondé !

À peine arrivé, Albert comprit qu'il était allé trop loin. Ce qu'il vit – en monochrome – l'emplit de terreur, mais il préféra fermer les yeux, et invita son ami à le rappeler, ce que ce dernier fit sans attendre.

— Alors ?! Papus fut le premier dont il entendit la voix.

— Rien de bon, murmura le *Voyageur* comme s'il craignait que des oreilles indiscrètes ne l'entendent… et surtout, que du monochrome, pour couper court aux autres questions qui l'auraient embarrassé.

Malgré tout, ce qu'il avait entraperçu lui fit comprendre que tout ce pour quoi il s'était battu n'avait probablement servi à rien. Mais était-il certain de ce qu'il avait vu ?

— Tentons 2050 dans ce cas ? Trente ans plus tôt, on peut imaginer que tu es arrivé jusque-là ! Tout le monde est d'accord ? Cyliani voulait manifestement avancer rapidement dans le processus.

Mais le résultat s'avéra presque le même, à savoir des paysages monochromes, même si la désolation ne semblait pas aussi marquée. Albert ferma les yeux de nouveau, en guise de signal.

— Monochrome encore ! souffla-t-il, sans plus de détail.

— Eh bien, nous sommes déjà en 2017 ! À peine trente années nous séparent de ce que tu as pu voir.

— 2030 ?!

— Va pour 2030 !

Cette fois, Albert découvrit un Paris intact, avec surtout tout le décor en couleurs. Ils devaient désormais affiner pour atteindre l'extrémité de son propre futur.

— On est obligé d'aller jusque-là ? s'interrogea Albert tandis qu'il venait de rejoindre ses amis.

— Oui ! Si tu veux pouvoir revenir exactement là où tu le souhaites, tu dois obligatoirement repartir de la dernière seconde de ta vie. Nous sommes de toute façon très proches de cette date désormais !

Albert se montra surpris par l'assertion de son ami.

— Ah bon, mais comment peux-tu en être si sûr ?!

— Les couleurs n'étaient pas aussi franches et vives que tu pouvais le penser. Repartons en 2032, et je suis certain que nous serons à quelques semaines seulement de la date de ta mort.

2032, 1er août. Les couleurs, bien pâles, qui entouraient le *voyageur*, confirmèrent les propos de son ami. Pour la première fois de sa si longue vie, Albert ressentit un sentiment dont il avait très rarement gouté, sauf peut-être durant son enfance : la peur ! Peur de découvrir un futur peu enviable, des amis en grande difficulté, un corps meurtri, plus que la peur de mourir elle-même. Même s'il avait approché d'une forme certaine d'immortalité, il admettait, de par son éducation, que tout ceci pouvait enfin avoir une fin.

Le commissaire débarqua en haut des Champs-Élysées, au pied de l'Arc de Triomphe. Il ne voyait pas à deux mètres tant le brouillard était dense. Empruntant l'avenue la plus célèbre de Paris par le côté droit, il devinait plus les immeubles qu'il longeait qu'il ne les voyait, comme autant de fantasmes de sa mémoire rétinienne. Tout autour de lui, le brouillard épais et poisseux plombait l'atmosphère et la rendait pesante. Parfois, au détour d'un léger relâchement de ce brouillard, apparaissait telle ou telle architecture inconnue de notre *Voyageur*.

— Je ne reconnais pas grand-chose de Paris en 2032 ! Même si je devine l'architecture à travers le brouillard, je sens qu'elle a bien changé. J'ai surtout peur de ce que je vais découvrir au 36 !

— Tu n'es pas obligé d'aller jusque-là Albert ?!

— Si justement, parce que je sais que c'est là que je vais et que je veux mourir !

L'avenue des Champs-Élysées était devenue intégralement piétonnière. Mais çà, le Commissaire n'en fut pas surpris, car depuis les années 2020, nombreux militaient même pour que la ville entière soit comme cela.

Après avoir passé la masse incontournable du drugstore, il devina les ombres d'autres magasins moins célèbres dont les marques ne lui disaient rien. À hauteur des rues de Galilée à droite et Balzac à gauche, devenues elles aussi piétonnières, un gigantesque bassin trônait au beau milieu de l'avenue. D'au moins trente à quarante mètres de large, le commissaire n'en devinait que les contours et encore moins la longueur. Il le suivit jusqu'au croisement avec l'avenue Georges V et son éternelle boutique Louis Vuitton.

Sans relâche, le Commissaire décrivait tout ce qu'il voyait scrupuleusement à son ami Cyliani, qui, de l'autre côté de l'oreillette, n'en ratait pas une miette.

Sortis de nulle part, comme vomis parfois par le brouillard, le Commissaire croisait quelques rares passants fantasmagoriques, ni hostiles ni curieux, plutôt perdus et tâtonnant dans cette ville fantôme.

Après avoir passé Ladurée et Hermès, il découvrit un nouveau bassin, aux formes initiales plus arrondies que le premier, qu'il longea durant de longues minutes, trop heureux d'avoir ainsi un point de repère simple à suivre pour rejoindre sans se perdre la place de la Concorde. Puis, à hauteur de la rue Pierre Charron, il croisa, toujours sur sa droite, de nouvelles boutiques dont il connaissait les marques depuis les années 20 : Tesla, Space X, avec des slogans accrocheurs, preuves des tendances du moment comme *embarquement immédiat pour l'espace*, qui côtoyaient des restaurants de luxe, aux devantures accrocheuses qui vantaient les mérites, portraits vidéo géants à l'appui, de leurs chefs célèbres et étoilés.

À gauche, il aperçut là encore au détour d'une éclaircie inattendue Disney Store, qui, dans son esprit, faisait figure de dinosaure sur cette avenue pleine d'histoires. Enfin, quelques affiches de cinéma, aperçues presque par accident, prouvaient qu'ils avaient eux aussi su résister au temps.

Le bassin continuait ainsi jusqu'à une immense fontaine, comme posée là, en lieu et place du rond-point des Champs-Élysées. Le Commissaire remarqua, non loin de là, l'entrée du métro protégée par un dôme de verre. Pendant de longues minutes, tandis qu'il contournait la fontaine par la droite et passait devant l'avenue

Montaigne, il ne croisa plus personne et s'en inquiéta auprès de ses amis.

— Le brouillard ne se dissipe toujours pas. Je ne reconnais pas grand-chose et j'ai l'impression qu'il n'y a plus personne !

Ses amis sentirent bien dans le son de sa voix comme une profonde inquiétude.

— En même temps, il n'y a plus de bruit non plus, à part celui de l'eau de la fontaine…

Plusieurs silhouettes hostiles, croisées soudainement, achevèrent de l'inquiéter.

— Des policiers armés jusqu'aux dents ! Attendez, je vais me fondre dans le brouillard le plus épais. Je n'ai pas très envie de devoir leur expliquer d'où je viens.

Sans perdre un instant, il entreprit un léger détour, là où le brouillard paraissait le plus dense, se retournant régulièrement pour s'assurer qu'il n'était pas suivi.

— Bien ! je pense que je les ai semés !

Il continua, d'un pas plus rapide, de longer la deuxième partie du bassin, écho parfait du premier. Même s'il ne voyait rien, tout le long de la partie basse des Champs-Élysées, il entendit de nombreux bruits sourds d'attractions de fête foraine.

— En 2032 ! Franchement, je m'attendais à des choses plus modernes que des stands de fête foraine, et…

— … Attention Albert, ce n'est que de la perception et…

— … Attends ! Un enfant fonce droit sur moi !

— Un enfant ?! Mais que te veut-il ?

L'enfant s'accrocha à ses deux jambes. Il devait avoir huit ans tout au plus, et semblait terrorisé.

— Monsieur ! cria-t-il, le visage collé à ses jambes. Le Commissaire, attendrit, ne se méfia pas et se pencha sur cet enfant, qui paraissait plus désorienté qu'hostile et dangereux.

Une silhouette de femme apparut soudainement dans leur champ de vision.

— Encore un hologramme, mais de médiocre qualité, pensa furtivement le Commissaire.

— Mirum ! revient dans la cité, tu es en danger sur terre[10] !

Le Commissaire eut à peine le temps de regarder une nouvelle fois le visage du jeune garçon, qu'il disparaissait dans les limbes du brouillard.

— Étrange rencontre ! Et que voulait-elle dire en parlant de revenir dans la cité[10] ?

— Aucune idée. Tu sais, c'est la première fois que je m'aventure aussi loin dans le futur.

Quelques dizaines de mètres plus bas, à hauteur de l'avenue Winston-Churchill, Albert Poisson décida de s'octroyer un peu de repos, après être tombé nez à nez avec un banc.

— Ces péripéties ne sont plus de mon âge !

— Tu dois pourtant continuer coûte que coûte.

— Allez ! lança l'alchimiste pour mieux s'encourager.

Se relevant, il décida même d'accélérer le pas, impatient d'atteindre la place de la Concorde, ce qu'il réussit peu de temps après. Place changée en véritable amphithéâtre romain, et remplie d'eau de surcroit ! Encerclé par un brouillard de plus en plus oppressant, notre alchimiste devinait de-ci de-là des silhouettes fantasmagoriques. Il songea un instant à de véritables batailles navales, de vraies naumachies[11] !

Compte tenu des descriptions que lui procurait le Commissaire, Cyliani s'attendait désormais à tout !

---

[10] *L'auteur de ce récit fait référence à un autre roman à venir, avec une cité flottante au-dessus de Paris.*

[11] *Antiquité : représentation d'un combat naval ; bassin où se déroulait cette représentation.*

— Et encore, je suis certain que tu n'es pas au bout de tes surprises.

— De ce que je devine à la vue des premières ombres, le jardin des Tuileries est devenu la forêt des Tuileries !

— Passe par la droite, et emprunte le quai des Tuileries.

À peine quelques brefs instants plus tard, le Commissaire revenait à la charge.

— Il n'y a plus de quai des Tuileries ! cet endroit a été lui aussi supplanté par une véritable forêt vierge.

— Tu risques quoi ?!

— Je te le dirai lorsque je me serai fait égorger entre deux troncs d'arbres.

— Le brouillard te protègera !

— Si tu le dis, tu dois le croire !

Le Commissaire, ou plutôt Albert Poisson, avec son caractère bien plus timoré que son « double », s'enfonça dans la « forêt » des Tuileries, la peur au ventre, avec une visibilité qui n'excédait pas les cinq mètres à certains endroits.

— Si je ne me perds pas entre-temps, marmonna-t-il…

Il entendit soudain au loin, sur sa gauche, un cri de frayeur, plutôt masculin, mais ne chercha pas à en identifier la provenance exacte. Il ne possédait aucune arme sur lui, contrairement à son habitude en tant que Commissaire.

— Si j'atteins le pont Royal, je suis sauvé !

Il avait parlé trop vite. Au détour d'une éclaircie autour de lui, qui du coup assombrit quelque peu son avenir, apparut comme dans un cauchemar une horde de *errants*, munis de leurs réveils caractéristiques pendus autour de leurs cous. Ils végétaient, attendaient manifestement quelque chose ou quelqu'un. À la vue du Commissaire, ils se levèrent tous d'un bond et commencèrent à avancer dans sa direction.

— Mon Dieu ! Je viens d'être repéré par ces maudits errants !

— Et que te veulent-ils ?

— Sûrement pas du bien ! Et... Si ma mort survenait là, tout bêtement...

— Je ne peux pas y croire, mon ami, tu vas évidemment trouver une échappatoire !

— On dirait un mauvais film d'horreur...

— Encore un anachronisme. Tu ne crois pas qu'il...

— ... je vois d'autres personnes, sans réveil cette fois, venir dans ma direction par la droite, et je...

Comme le Commissaire se tut brutalement, Cyliani n'attendit pas pour le relancer.

— Albert ?!

Puis, se tournant vers les autres Alchimistes, Tiffereau et Papus en tête, comme s'il cherchait des témoins de la scène, et s'adressant à eux :

— On le ramène ici, ou alors on...

— ... Pour une fois, aucune trace des brigades du temps. La voix du Commissaire était saccadée. C'est déjà ça ! en revanche, on dirait que tous les Usurpateurs connus et surveillés se sont donné rendez-vous ici, juste à quelques pas de moi ! Je reconnais AnnA, *celui qui efface la mémoire*, *celui qui traverse les miroirs*, qui rend invisible... Ils sont tous là, comme s'ils étaient venus me narguer.

— Es-tu certain qu'ils sont bien... réels ?!

Cyliani, loin de son ami, se sentait si impuissant.

— Je me vois mal aller les tripoter pour m'assurer qu'ils sont réellement ici, à Paris, devant moi, en 2032. Il me manque plus que les fantômes des Novices que j'ai recrutés, et ma vie serait résumée là en un regard ! Mais... tu as peut-être raison, ils semblent si statiques... je m'attends à voir débarquer Emma de son rêve interminable et la boucle serait bouclée !

Mais nul Emma à l'horizon, car le Commissaire ne rêvait pas, lui. Tout ceci était bien réel, mais pas situé exactement en 2032 ! Certains de ces évènements et protagonistes donnaient l'impression qu'ils apparaissaient en même temps alors que ce n'était pas le cas !

— Je fais comment pour me sortir de là ?! Je ne peux pas avancer mais ils n'approchent pas non plus. On est dans une sorte de léthargie !

— Alors reviens en arrière, emprunte le pont de la Concorde et passe rive gauche !

— Ce sera surement pareil ! je tente, de toute façon, cela ne sert à rien de rester là ! Le brouillard recommence à épaissir. Je préfère retrouver le bitume que de rester là.

Le Commissaire revint sur ses pas et chercha tant bien que mal à rejoindre le pont de la Concorde dont ils venaient de parler.

À quelques pas de lui, il découvrit une scène inimaginable. Des dizaines, voire des centaines de bateaux, véhicules flottants, et même volants comme des drones-taxis, bref, tout ce qui pouvait flotter et voler semblait s'être donné rendez-vous sur la Seine.

— Le dernier endroit où on peut manifestement se déplacer autrement qu'à pied ou à vélo !

— Et comment ça se présente en face, quai Anatole France ?

— Hostile ! Je ne vois vraiment pas d'autre… Si ! je vais descendre au niveau du port de la Concorde. Là, je pourrai peut-être emprunter l'un de ces véhicules flottant ou volant pour rejoindre l'ile de la Cité.

— Mais tu n'as pas d'argent !

— J'improviserai !

Et voilà le Commissaire en train de descendre depuis le quai des Tuileries, vers les bords de Seine. Sur le port en effet, plusieurs propriétaires de véhicules en tout genre attendaient des touristes comme lui.

Son choix s'arrêta sur un drôle de type, habillé un peu comme un moine, le visage à moitié caché par une grande capuche, qui semblait dormir dans son bateau malgré ses yeux mi-clos.

— Vous… travaillez aujourd'hui ? Lui lança, avec une pointe d'ironie, le Commissaire.

L'homme parut en effet s'extraire d'un profond sommeil, ou revenir de si loin qu'il mit un peu de temps avant d'émerger et commencer à bouger. Il se redressa et s'avança vers son visiteur.

— À votre service, monsieur ! L'homme avait retrouvé toute sa forme en très peu de temps.

— Je dois me rendre île de la Cité, c'est bien dans vos cordes ?

— Parfaitement !

Le Commissaire avait affaire à un taiseux, et ça lui allait plutôt bien.

— En revanche, je n'ai pas d'argent pour vous régler.

— Aucun problème. Cela fait bien longtemps que nous n'utilisons plus d'argent pour les transactions, Monsieur ?! L'homme dévisagea soudain le Commissaire avec un net regain d'intérêt. Son passager venait du passé ! Il avait été bien négligent au moment de le laisser monter à bord.

— Ah ! Du troc alors ?! Je n'ai pas non plus grand-chose à vous offrir, à part…

— … Je ne parlais pas de cela non plus ! Il y a d'autres moyens très efficaces et sans risque d'honorer une transaction. Donner un peu de son temps de vie, par exemple.

— Vous voulez dire, vieillir un peu plus, payer de son temps si j'ose dire.

— C'est exactement cela !

Le Commissaire s'interrompit quelques instants, surpris par cette révélation.

— En même temps, je ne suis plus à quelques heures près, chuchota-t-il, comme s'il ne se parlait qu'à lui-même, et accessoirement à son ami Cyliani, qui ne manquait pas un mot de cette conversation. Et, combien cette course me coûtera-t-elle ?

— Environ 15 minutes de votre temps. La durée de la course en quelque sorte.

— Eh bien ! Dans ce cas, allons-y !

Et c'est ainsi, en 2032, dans un Paris inattendu et presque inconnu, que le Commissaire, alias Albert Poisson, se retrouvait en train de naviguer sur la Seine, dans une sorte de Zodiac grisâtre, parfois presque invisible sur l'eau, piloté par un homme des plus mystérieux, entouré de centaines de véhicules volants ou marins, en train de véhiculer des Parisiens d'un bout à l'autre de la capitale.

Au moment de passer devant Le Louvre, il ne put manquer malgré un brouillard intermittent un gigantesque dôme de verre qui entourait le musée.

— Le Louvre est recouvert d'un dôme de verre ?

— Oui, absolument.

— Pour quelles raisons ?

L'homme ne posa aucune question, mais il avait déjà pas mal de réponses quant à l'identité de son passager.

— En fait, tous les monuments de valeur, même la tour Eiffel, sont protégés depuis le milieu des années 2020 par de gigantesques dômes de verre. On avait commencé à sécuriser les entrées de certains sites avec du verre blindé, comme le Tour Eiffel justement, mais apparemment cela ne suffisait pas. Des fanatiques ont choisi d'attaquer ces sites emblématiques avec des drones kamikazes. L'Arc de Triomphe a été grandement endommagé à l'époque, et restauré depuis. Le sacré cœur n'a pas eu cette chance et fut totalement détruit par l'un d'entre eux. Les fanatiques ne prenaient plus de risques : ils balançaient leurs drones en se gardant bien d'être dessous !

Le Commissaire ne put que le constater par lui-même. Aucun monument de valeur n'avait été épargné : La Conciergerie, l'hôtel de la monnaie, Notre-Dame, tous étaient protégés par ces fameux dômes.

À la vue de l'île de la Cité, le Commissaire eut un pincement au cœur, surtout lorsqu'il devina sur son flanc droit l'entrée des sous-marins, bâtie à l'époque avec l'aide de l'Architecte.

Plusieurs fois, le pilote salua d'autres pilotes qui venaient dans l'autre sens.

— En réalité, votre métier c'est…

— … Pour le gouvernement et la police, je suis un simple taxi fluvial. Pour les amis et ceux que j'aide volontiers, je suis passeur.

— Passeur ! Voilà qui est intéressant ! Mais passeur jusqu'à quel point.

Le Zodiac amorça son arrivée le long du square du vert galant, en commençant par ralentir, puis accosta tout en douceur à quelques mètres en contrebas du Pont-Neuf, côté square.

— Passeur universel ![12]

Le Commissaire avait bien reconnu la couleur de la peau de son interlocuteur, comme Cyliani et quelques autres. Toujours ce teint si caractéristique !

— Alchimiste ?!

— On le dit aussi !

D'un regard discret mais sans ambiguïté, l'homme invita son passager à descendre sur le quai, manifestement peu enclin à poursuivre cette conversation.

— Si toutefois, vous avez besoin une nouvelle fois de mes services, voici ma photo. Ce sont les nouvelles cartes de visite. Il suffit de leur ôter leur film plastique, et je reçois un appel instantanément.

---

[12] Passeur universel : sorte d'alchimiste altruiste qui fait profiter de ses dons aux autres.

Le Commissaire, qui n'avait pas non plus envie de perdre plus de temps avant d'affronter enfin son destin, apprécia à la fois la forme et le fond et ne rechigna pas à s'emparer de la carte de son passeur.

— Je n'y manquerai pas ! Avant de remonter d'un pas vif en direction de la place Dauphine, et surtout du 36.

— Tu ne me perds pas sa carte cette fois ! lui glissa Cyliani. Rencontre très intéressante, et qui pourrait s'avérer utile à l'occasion.

Le Commissaire hésita avant de s'engager place Dauphine.

— Et si tout ce pour quoi je me suis battu n'existait plus ?

— Attends de voir avant de tirer des conclusions hâtives !

Lorsqu'il déboucha sur la tristement célèbre rue Harlay, avec en ligne de mire la place Dauphine, il ne put s'empêcher de ralentir le pas…

— Si je me souviens bien, la sortie de secours N° 2 n'est plus très loin. Il faut juste que je retrouve le chemin pour atteindre ce tronçon des catacombes qui mène au site. Je ne l'ai pas emprunté souvent, et uniquement pour sortir…

Il tourna en rond quelques instants, avant d'avoir un déclic.

— Ah oui, voilà ! Je dois d'abord entrer dans le parking du Pont-Neuf, avant de me rendre devant la place N° 27, trouver la porte cachée dans le mur et dont la poignée est masquée, et…

Le cœur battant, le Commissaire refit le chemin inverse qu'il avait emprunté si rarement, vérifiant plusieurs fois qu'il n'était pas suivi. Lorsqu'enfin il atteignit les quelques mètres de catacombes qui le séparaient de la porte de sortie de secours N° 2, son cœur battait si fort qu'il avait l'impression d'être devenu sourd.

— Surement les effets de l'Élixir, lui souffla son ami pour le rassurer. Il exacerbe tout, même les émotions.

— Comment ne pourrai-je pas être ému ! Nous nous trouvons en 2032, tout semble pour l'instant « intact », alors que Paris est totalement métamorphosé, même si je crains vraiment ce que je vais découvrir de l'autre côté de cette porte. Avant, il serait bien que je me souvienne de mon code… Ah oui, ça doit être celui-ci.

Fébrile, il saisit un code, avant de se retrouver dans une sorte de sas.

— Ouf ! il reste la reconnaissance digitale, puis…

Une dernière porte avec reconnaissance de l'iris… avant de pouvoir atteindre le couloir Nord, et pénétrer réellement dans la cité des *Voyageurs.*

À peine eut-il posé le pied sur le sol familier, sorte de revêtement à mi-chemin entre le carrelage et le béton ciré, qu'une douce lumière fit son apparition, révélant un décor… intact !

— Incroyable ! Rien n'a bougé ! À commencer par notre installation électrique autonome ! À quelle date sommes-nous exactement ?

— Le 29 février 2032, un dimanche, pour être très précis, lui souffla son ami dans l'oreillette.

— Ah oui ! c'est une année bissextile. Tiens, il y a un journal posé sur l'un des guéridons du Hall B !

— Un journal, lequel ?

— Tu ne me croiras pas…

— … Il s'agit du N 14 de la Bougie du Sapeur !

— La bougie du sapeur. N'est-ce pas le journal qui ne parait que les 29 février ?

— Exact ! Cela veut donc dire…

— … Qu'il y a quelqu'un sur le site !

Mais le Commissaire n'avait pas franchement envie de se précipiter pour savoir de qui il s'agissait. La peur le tenaillait. Plein de nostalgie, il prit tout son temps pour revisiter les lieux qu'il affectionnait par-dessus tout, à commencer par la salle de l'Architecte, le hangar aux véhicules, la salle Napoléon III, les chambres, qu'il inspecta l'une après l'autre, repensant dans chacune d'elles à leurs propriétaires respectifs. Sans oublier bien sûr la salle de vidéosurveillance et celle des archives vidéo, avant de terminer sa visite méticuleuse par son point de départ, entre le SAS A et le SAS B.

Le Commissaire resta là quelques instants, refusant encore l'inéluctable : sa propre mort, dont il le doutait plus !

La voix lointaine de son ami Cyliani dans l'oreillette le décida à se remuer.

— Les effets de l'élixir s'estompent ! Je ne pourrais bientôt plus te garantir de te ramener ici !

Qu'importe ! se dit le Commissaire. À quoi bon tenter d'échapper aux brigades du temps, puisque de toute façon il avait fait tout cela pour rien ! À moins qu'il ait une bonne surprise là-haut, même s'il n'y croyait plus vraiment. Les bonnes surprises s'avéraient trop rares en ce bas monde, il était bien placé pour le savoir.

— En tous les cas, j'ai au moins à faire à quelqu'un qui fait preuve d'humour !

L'état du hall A s'avéra en tout point identique à celui du hall B. Tout semblait intact, presque immaculé, comme si quelqu'un prenait soin du lieu, même avec un soin maniaque, car c'était impeccable !

Sans vraiment comprendre pour quelle raison, il savait exactement où il devait se rendre, et ce d'ailleurs, dès son arrivée sur les lieux.

— Ainsi, mon destin ne peut s'achever que dans la grande salle des Hublots ?! Marmonna-t-il à son ami Cyliani.

Mais plus personne ne l'entendait. Sans s'en rendre compte, il venait de perdre tout contact avec ses amis et le monde extérieur. Il était désormais seul, face à son destin, en 2032, très certainement quelques minutes à peine avant sa propre mort !

Chapitre XXVI
Les Voyageurs 6,
Le passe-miroir

La Psy s'était tue un instant, comme si une voix intérieure l'avait interrompu, puis reprit, non sans un léger rictus.

— Rassurez-vous, Pénélope, tout nouvel arrivant sur le site, a fortiori un novice, est fouillé dès son arrivée, et nous analysons intégralement ses affaires personnelles. J'espère que vous ne nous en tiendrez pas rigueur !

— Ce type de détail pourtant essentiel n'est pas censé être ébruité dès votre arrivée. Cela pourrait déplaire à certains d'entre vous, conclut le Commissaire dans un éclat de rire nerveux.

— Cet Usurpateur est l'un des plus dangereux que nous connaissions. Il est sournois, vicieux, imprévisible, reprit la Psy. Bien avant d'être enrôlé par les Usurpateurs, cet homme, dont nous ne savons presque rien, usait déjà de son don depuis plusieurs années notamment pour commettre des cambriolages dont les enquêtes ne donnaient jamais rien. Particulièrement malin, il change constamment de lieux, et ne revient jamais là où il a déjà commis ses méfaits. Il se comporte de manière si discrète, travaillant toujours en solo, que nous n'avons découvert son existence que bien plus tard, et une nouvelle fois totalement par hasard. Sans le savoir, il a tenté de visiter et de cambrioler l'appartement de l'un des nôtres, en plein Paris. Un soir donc, tandis qu'inspecteur C testait, comme à son habitude, une nouvelle technologie vidéo chez lui, *celui qui traverse les miroirs* y fit une intrusion, l'assomma dans son sommeil, et lui déroba tous ses objets de valeur. Pourquoi ce choix : le mystère reste entier, même aujourd'hui. Ce que l'homme aux miroirs ignorait, c'était qu'inspecteur C avait truffé son appartement de capteurs de mouvements thermiques, reliés à des caméras elles aussi thermiques, et sa présence déclencha tous les équipements en même temps. Le moindre déplacement du *passe-miroir* fut filmé, puis décortiqué, disséqué. Imaginez la surprise d'Inspecteur C lorsqu'il reprit connaissance. Je vous propose d'ailleurs de revivre toute cette séquence comme si nous y étions.

La nuit s'était manifestement réfugiée depuis longtemps dans les contreforts du petit matin. Inspecteur C reprenait peu à peu connaissance sous le regard stoïque de sa caméra N 5. La fatigue extrême – il avait déjà grandement abusé d'un travail usant et tardif – associée au terrible coup reçu derrière la tête firent qu'il eut beaucoup de mal à reprendre ses esprits et à se relever. Pendant tout ce temps, tandis qu'il gisait à terre, inconscient, la bonne dizaine de caméras qu'il avait fini d'installer la veille, invisibles pour des yeux non experts, n'avaient cessé de filmer les moindres mouvements générés et détectés dans son appartement. Depuis le départ de l'intrus, les caméras s'étaient petit à petit arrêtées de filmer, une par une, faute de mouvement. Donc, lorsqu'il reprit connaissance et que son corps se mit enfin à bouger, les caméras reprirent du service. Il mit d'abord du temps avant de réaliser ce qu'il venait de lui arriver, mais lorsqu'il comprit enfin qu'il venait d'être victime d'un cambriolage, Inspecteur C se précipita dans le placard de sa chambre, là où il avait caché sa console informatique, et s'empressa de visionner les enregistrements vidéo qu'il espérait avoir obtenus grâce à sa toute nouvelle installation. L'aubaine était trop belle !

Ce qu'il découvrit alors le précipita dans une excitation telle qu'il ne put attendre plus longtemps avant de partager cette découverte avec ses amis *Voyageurs*, malgré l'heure tardive ou matinale, selon les points de vue ! Il appela le site des Voyageurs en PCV en composant le 3006, non pas pour éviter de payer les communications, mais pour permettre à son interlocuteur, à l'autre bout du fil, d'identifier par un code convenu à l'avance celui qui cherchait à entrer en contact avec eux, à savoir le code personnel d'inspecteur C (727), ainsi que celui à qui il voulait précisément parler (285), en l'occurrence le Commissaire. Ainsi, en quelques secondes à peine, inspecteur C fut mis en relation avec l'interlocuteur désigné par le code.

— Inspecteur C ? lança la voix familière du Commissaire à l'autre bout de la ligne, avec une légère pointe d'inquiétude – tout aussi inhabituelle que la procédure était rare – au fond de sa voix.

— Commissaire ! Il faut que je vous voie de toute urgence ! J'ai quelque chose d'incroyable à vous montrer !

— Inspecteur C, il est près de 5 heures du matin, êtes-vous certain que cela nécessitait de me réveiller en pleine nuit ?!

— Oui Monsieur, sinon, je ne me serais pas permis.

— Bien, dans ce cas, répondit-il d'une voix malgré tout fatiguée, nous vous attendons de pied ferme, avec un solide café !

— Et des glaçons aussi, si vous voulez bien ? précisa-t-il en se tenant la nuque.

— Ce sera fait, conclut le Commissaire sans poser plus de questions.

Et Inspecteur C de raccrocher et de filer, par ses propres moyens, sur un simple scooter d'apparence antique[13], vers le site principal des *Voyageurs*.

À l'approche du site, il gara soigneusement son scooter dans la rue de Harlay, puis emprunta, non sans avoir bien vérifié que personne ne le suivait, la rampe qui menait à la partie basse du quai des Orfèvres, et emprunta le passage dit « des anciennes catacombes ». Au bout de ce dernier, il se présenta devant la porte solidement blindée de l'entrée N°3, entra un code à plusieurs chiffres sur le clavier placé à cet effet sur le côté, et arriva quelques mètres plus tard dans le hall A. Là, stoïques, l'attendaient le Commissaire,

[13] Ndlr : ce scooter était passé par les ateliers de l'Architecte et de son équipe…

accompagné de l'un des membres de l'équipe d'Inspecteur C, stagiaire N° 5, dont le visage profondément marqué par plusieurs traces d'oreillers prouvait la difficulté qu'il avait eue de se lever en pleine nuit.

Dans la salle de visionnage, un thermos rempli de café attendait les trois hommes. Posé sur le côté, trônait le fameux sac de glace qu'Inspecteur C s'appliqua immédiatement sur la nuque, tout en s'affairant sur la console de la machine de visionnage.

— Vous allez très vite comprendre ! glissa-t-il, volontairement énigmatique.

Il sortit enfin de sa sacoche un disque dur externe, qu'il s'empressa de relier à l'ordinateur central à l'aide d'un double câble USB.

— Je pense que je vais encore réussir à vous bluffer, souffla-t-il, les yeux rivés sur l'écran principal, attendant que les premières images apparaissent.

Au début, les deux hommes ne virent rien de plus que le modeste F3 d'Inspecteur C, l'un des rares à continuer de dormir à l'extérieur du site, situation qui avait plusieurs fois déclenché la colère du Commissaire, car cela représentait une vraie faille de sécurité pour les *Voyageurs !* L'inspecteur C avait toujours évoqué une couverture sans convaincre son supérieur.

— Attendez, c'est plus loin !

Inspecteur C déclencha l'avance rapide, avant de s'arrêter juste au moment où la fameuse silhouette faisait son entrée dans le champ de vision de l'une des caméras.

— Ah ! Voilà le passage que je voulais vous montrer. Attendez, du coup, je dois reculer légèrement.

— Un cambrioleur, suggéra instinctivement le Commissaire.

— Mieux que cela !

Inspecteur C positionna la séquence vidéo juste avant l'apparition furtive que les deux hommes venaient de découvrir, et lança le programme full vidéo qui propose de synchroniser les images des 10 caméras présentes dans son appartement, les affichant simultanément sous forme de mosaïque sur l'écran principal. Avant de se plonger totalement dans ce flot d'images, le Commissaire nota curieusement d'un coup rapide sur l'horloge de l'appartement qu'il était 4 h 30 précise du matin au moment des faits.

Et là, enfin, pour la première fois, plusieurs membres des *Voyageurs* firent la connaissance de celui qu'ils nommèrent plus tard *celui qui traverse les miroirs* ou plutôt le *passe-miroir*. Autant la caméra N° 1 ne permettait pas de distinguer précisément l'arrivée de cet homme chez Inspecteur C, autant la caméra N° 4, idéalement positionnée dans l'axe du miroir placé dans la petite entrée de son appartement, apporta un témoignage saisissant pour une première rencontre, aussi violente qu'inattendue. Dès les premières images captées, un œil averti, les pupilles fixées sur ledit miroir, aurait d'abord remarqué comme des effets de brise de mer sur une petite partie de la surface du miroir, avant de la contaminer dans son ensemble. Puis, celui-ci s'était comme déchiré en deux, avant d'accueillir en son centre une silhouette massive venue de nulle part, silhouette qui ne perdit pas beaucoup de temps à s'extraire du miroir, et se glisser dans l'appartement, avant de venir assommer Inspecteur C, qui évidemment ne pouvait se douter de rien, profondément plongé dans son sommeil, tout ceci dans un silence et un timing parfait.

— Incroyable ! Laissa échapper, presque admiratif, stagiaire N 5, je n'avais jamais vu ça auparavant !

Le Commissaire, plus aguerri, n'en montra pas moins lui aussi un profond étonnement. Il commençait à se dire qu'Inspecteur C faisait finalement bien d'habiter à l'extérieur du site !

— Un don pareil, dans de si mauvaises mains, ne peut que provoquer des dégâts terribles !

Ses propos furent immédiatement confirmés par les images qui suivirent. L'objectif de la silhouette du « Passe-miroir » était manifestement de voler le plus de biens de valeurs possible en un minimum de temps. Pour cela, il s'était muni depuis quelques instants d'une sorte de paire de lunettes, qui lui permirent, compte tenu de la facilité déconcertante avec laquelle il les trouvait, de détecter très rapidement à quels endroits Inspecteur C avait pu cacher ses biens : billets, bijoux… des choses parfaitement monnayables. Après trois minutes chrono maximum, l'homme avait terminé son larcin, enlevé ses lunettes depuis longtemps, et repartait comme il était venu, les mains pleines, s'évaporant en un instant dans le même miroir, qui reprit instantanément son aspect originel.

— Pratique. Pas d'effraction ! Ajouta, songeur, Inspecteur C, voilà pourquoi ce type ne risque pas d'être poursuivi, ni même identifié !

— Hasard ou coïncidence ? s'interrogea à son tour à haute voix le Commissaire.

— Hasard, Monsieur.

— Je suis certain, inspecteur, que si vous croisez les données des déclarations de vols enregistrées sur les six derniers mois dans les différents commissariats parisiens, vous retrouverez la trace de notre nouvel ami, même si personne n'a fait le rapprochement pour le moment !

— Je fais de suite cette recherche… ; et inspecteur C, qui paraissait soudain aller beaucoup mieux, de s'affairer sur l'ordinateur de la salle de visionnage, afin de lancer au plus vite la recherche, à partir de différents critères statistiques et morphologiques.

Tandis que le serveur interrogeait les bases de données de la police et de la gendarmerie, Inspecteur C prit l'initiative de repasser une nouvelle fois la séquence, en se focalisant sur les deux meilleurs angles de caméras. Et là, après avoir optimisé la résolution et le zoom, et ce malgré l'obscurité, un détail qui leur avait échappé acheva de les convaincre qu'il s'agissait bien d'un *usurpateur*, et pas des moindres ! Ils découvrirent en effet que le visage de l'homme évoluait, un peu comme s'il possédait une fonction de morphing, ce qui lui permettait de prendre différentes identités, et ce constamment, sans jamais devoir révéler la sienne. En l'occurrence, il reproduisait les visages des personnes familières des gens chez qui il était, à partir de portraits couramment exhibés dans les appartements.

— Incroyable ! Ce type s'inspire des portraits et des photos qu'il y a chez moi. Je peux, malgré les lunettes, me reconnaitre, ainsi que mon frère, mon père, et même ma mère dans les visages qu'il affiche. À aucun moment, je ne peux distinguer un autre visage que ceux que je connais.

— Cela vaudrait le coup, image par image, précisément aux moments où il passe d'un visage à l'autre, de vérifier ce détail, suggéra le Commissaire, qui s'apprêtait déjà à réveiller la Psy pour l'informer de ce nouveau danger et obtenir au plus vite le profil psychologique de ce nouvel *usurpateur*.

— Attendez ! Il y a un autre détail qui… non ! C'est incroyable !

Le Commissaire, qui s'était déjà éloigné de quelques mètres, prêt à prendre congé, dut revenir sur ses pas, tant le ton dramatique d'Inspecteur C ne souffrait une nouvelle fois d'aucune ambigüité.

— Ce type est vraiment… démoniaque, lança le plus jeune des trois, qui venait à son tour de comprendre ce que venait de découvrir juste avant Inspecteur C.

— Permettez, Commissaire, que je vous repasse les dernières images.

La toute dernière séquence fut projetée plein écran, avec le meilleur angle de caméra possible. Le Commissaire ne put alors que constater ce que les deux hommes venaient de qualifier d'incroyable. Au beau milieu de la phase de transformation du visage de cet homme, ce dernier avait nettement pris l'apparence de celui du Commissaire lui-même.

Soudain, ce dernier comprit.

— Éteignez l'ordinateur ! ordonna-t-il dans un souffle. Mais il était déjà trop tard, le *passe-miroir* se tenait déjà à hauteur de l'encablure de la porte d'entrée de la pièce. Il regardait les trois hommes et surtout leur étonnement d'un sourire entendu qui ne présageait rien de bon pour la suite.

Vince, de plus en plus enfoncé dans son fauteuil, se permit d'interrompre le récit du Commissaire, car une question lui brûlait les lèvres depuis quelques instants.

— Attendez ! Dans ce cas, comment se ferait-il qu'aujourd'hui, ce *passe-miroir* ne risque pas de débarquer ici, dans les locaux des *Voyageurs* ?!

Le Commissaire, absorbé par son récit, dut faire un effort sur lui-même pour s'en extraire et répondre à la question du jeune homme.

— … Excellente question ! Finit-il par répondre après un temps d'hésitation. La réponse est très simple et uniquement d'ordre technique. Depuis cet épisode, dont je tiens vraiment à vous raconter la suite - et fin –, nous avons installé un brouilleur de fréquences, ce qui empêche quiconque de pénétrer dans nos locaux par l'intermédiaire des images. Nous avons depuis également installé les salles de visionnage et de projection, ainsi que cette salle de réunion, dans des caissons étanches, à l'abri de toute tentative d'intrusion extérieure. Nous avons enfin, comme je vous le laissais entendre tout à l'heure, supprimé le moindre miroir du site et tous les dangers qui vont avec…

Le Commissaire se tourna alors vers les deux autres jeunes gens, manifestement impatients de connaitre la suite du récit.

— D'autres questions avant que je ne continue ?

Le silence éloquent de ses interlocuteurs lui prouva qu'ils étaient toujours aussi captivés. Il ne se fit pas prier pour reprendre son récit.

— Nous nous trouvions donc dans une sale posture, pris au piège par cet *usurpateur* dont nous ne connaissions encore que peu de choses sauf qu'il paraissait terriblement redoutable ! De plus, nous étions coincés dans cette salle de projection, sans aucune autre issue que celle où se tenait cet homme, sur le pas de la porte, nous privant ainsi de toute échappatoire. Qu'allait-il nous faire ? Nous n'en savions évidemment rien, et nous étions donc dans l'incapacité d'anticiper quoi que ce soit. Lui si ! Il s'attaqua sans perdre de temps à sa première victime. Il choisit tout simplement la plus proche de lui, et c'était de moi dont il s'agissait ! Il s'approcha donc et fit mine d'un geste sec et précis de dessiner dans le vide un grand rectangle – probablement le cadre d'un miroir – et lança cette forme imaginaire dans ma direction. Je sentis immédiatement comme un grand froid passer sur tout mon corps, et je me retrouvais au même endroit qu'auparavant, mais dans un lieu devenu soudain terriblement sombre, et dont la décoration, totalement vétuste, laissait à penser que l'endroit avait été abandonné. J'étais surtout seul ! Je sortis sans attendre de la salle de visionnage, pour me précipiter en direction du hall A. Là encore, tout paraissait abandonné, et depuis longtemps, compte tenu de l'état de délabrement du site. J'avais beau crier, appeler, je n'entendis rien d'autre que l'écho de plus en plus désespéré de ma propre voix. Seul, tristement seul… dans un probable futur bien nauséabond.

Passé la surprise, je tentais de me concentrer sur les souvenirs les plus anciens de mes déplacements dans ce futur, à la recherche d'indices qui puissent me prouver que le site des *Voyageurs* avait été réellement abandonné. J'éprouvais exactement la même sensation que lorsque l'on jette dans l'un de ces puits magiques un objet appartenant à une personne, et que l'on est soudain transporté dans le futur de celle-ci.

Le bruit de mes pas fébriles accompagnait un désarroi de plus en plus marqué à mesure que je progressais sur les marches qui menaient à la grande salle. Soudain, tandis que je m'époumonais pour la énième fois, toujours à la recherche d'un hypothétique survivant, d'un signe qui puisse m'expliquer ce qu'il s'était passé, mon œil fut agrippé par un détail dont je me souviens encore très précisément aujourd'hui : la pendule géante, qui trône sur le mur central du hall A, avait ses aiguilles qui avançaient à l'envers. En fait, pour être précis, les aiguilles avançaient dans le bon sens, mais c'étaient les chiffres du cadran qui avaient été inversés. Je me retrouvais donc manifestement à l'opposé du flux de temps habituel. Apeuré, je retournais dans la salle de projection, mais évidemment, il n'y avait plus personne et le matériel semblait avoir été lui aussi abandonné, depuis un bon moment, au regard de l'épaisse couche de poussière qui recouvrait la console. J'étais certain que si je restais là pendant très longtemps (mais cette notion abstraite avait-elle encore du sens dans un lieu pareil), je finirais peut-être par me retrouver à mon époque, car il était évident que l'endroit où m'avait envoyé le « asse-miroir » se trouvait dans le futur, et qu'il me faisait reculer inexorablement vers ce passé d'où je venais, mais je n'avais en revanche aucune idée de la distance qu'il me restait à parcourir pour rejoindre ce présent dans lequel l'homme nous avait intercepté. Je sais, tout ceci est complexe à comprendre. Bref ! L'homme au miroir se tenait encore et toujours devant moi, et aussi devant mes nombreuses interrogations, souriant de me voir ainsi perdu, déboussolé, moi qui avais, semble-t-il, la réputation d'un solide baroudeur du temps. Contrairement à ce que j'aurais pu penser, il ne se montra nullement agressif envers moi à ce moment-là. Au contraire, d'un geste conciliant, il m'invita à m'asseoir sur l'un des fauteuils de la salle de projection que je venais à peine de quitter, avant de prendre place à mes côtés, tandis que je sentais poindre en moi une de ces migraines…

— Malgré votre grande expérience, connue et louée de tous, même de vos plus fervents opposants, que je côtoie régulièrement, je constate avec plaisir que vous êtes cette fois désemparé, dans ce temps soudain dénué de repères. Détrompez-vous ! Même si la première impression est bien de vous trouver au beau milieu d'une grande désorganisation, le temps ne saurait se dérouler sans une extrême rigueur, et en l'occurrence avec une parfaite symétrie.

Devant ma moue de désapprobation, le *passe-miroir* se fit plus explicite.

— Comme vous le savez désormais, j'ai la capacité de voyager dans l'espace, mais aussi dans le temps, pourvu que je croise la route d'un miroir, et même de simples reflets qui peuvent me permettre de me transporter partout où je le souhaite. Pour ce qui est du temps, je vous dois malgré tout des précisions. Le temps auquel j'accède grâce à ces véhicules est un temps parallèle, autrement dit un temps qui se déroule légèrement en décalé, j'entends par rapport au temps que vous connaissez, et où les évènements peuvent s'avérer très différents de ceux qui se produisent dans votre réalité temporelle. Pour mieux illustrer mes propos, que d'aucuns pourraient juger complexes, j'ai souhaité que vous puissiez confronter nos deux mondes, surtout en choisissant une unité de lieu, en l'occurrence ce site, endroit qui vous est particulièrement cher ! Nous vivons ainsi dans des mondes à la fois très proches, mais dont quelques minutes de décalage peuvent les rendre très éloignés. Ainsi, dans le monde que je fréquente, survenant légèrement après le vôtre, nous avons la possibilité d'éviter certaines erreurs que vous auriez pu commettre dans le vôtre… Notre histoire n'est donc pas tout à fait la même que la vôtre, et…

— … Dans ce cas, si vous êtes, comme vous le prétendez, en léger décalage avec « notre » monde, comment expliquez-vous que ce site soit totalement abandonné. J'imagine mal en effet que son abandon puisse survenir aussi vite que vous le prétendez !

— … Bien, glissa le *passe-miroir* dans un sourire gourmand, je vois que vous comprenez vite ! Votre réputation n'était pas usurpée. Dans ce cas, je vous propose plutôt ceci…

À peine avait-il achevé sa phrase que l'on se retrouva, toujours au même endroit, à une époque encore indéterminée, mais que j'imaginais cette fois surement dans un futur proche. Des combats faisaient rages au beau milieu du hall A, entre mes amis que je reconnus un par un, et des adversaires qui devaient certainement être les amis du *passe-miroir*. J'avais beau crier encore et encore pour tenter d'en avertir certains, à défaut de les sauver, je les vis tomber un par un, sans que personne ne puisse m'entendre ou que je parvienne à empêcher quoi que ce soit, y compris leur mort, inéluctable dans le jeu de mon adversaire.

Manifestement, le *passe-miroir* trouvait tout ceci fort drôle et il ne se gêna pas pour me le faire savoir.

— Je réalise que j'ai oublié de vous préciser un détail fort important : lorsque vous venez du monde d'après, et que vous vous retrouvez dans le monde d'aujourd'hui, ou vice versa, vous ne pouvez à aucun moment interagir. Il n'y a rien à faire et je comprends que cela puisse être très douloureux pour vous. En revanche, si vous décidez de rester dans le monde d'après, vous serez le bienvenu…

— Je suis convaincu que votre humour est sans limites. Néanmoins, je peux dès maintenant vous éclairer sur un point : j'ai sans hésiter une nette préférence pour le monde d'aujourd'hui !

— Allons ! Attendez au moins d'en savoir un peu plus avant de prendre une décision hâtive. Imaginez, par exemple, un monde dans lequel les Américains n'auraient pas fait exploser la bombe atomique, un monde où les révolutionnaires n'auraient pas osé mettre en place la terreur, un monde où César n'aurait pas été assassiné, un monde qui aurait pu éviter l'effondrement des tours jumelles, Pearl Harbour, l'Holocauste, un monde…

— … Meilleur, j'imagine. Encore un adepte de l'uchronie !

— Oui ! Pour ceux qui y vivent, cela ne fait aucun doute. Et pour vous, je suis certain que vous y viendrez un jour très prochain, le plus tôt étant d'ailleurs le mieux. Je suis, nous sommes ici pour cela…

— … Et vous pensez qu'en me montrant simplement ce que vous venez de me décrire, ce monde « meilleur » selon vous, vous parviendrez à convaincre le plus grand nombre d'entre nous que le nôtre est mauvais ?

— J'en suis intimement convaincu !

— Permettez-moi d'en douter, et de vous retourner le raisonnement. Imaginez si notre monde n'avait pas décidé tout ce qui est bon sur cette terre, vous n'en seriez pas là non plus !

— Je ne suis pas convaincu que vous ayez tant d'exemples que cela ! Et puis, c'est faux, car nous ne faisons pas seulement suivre votre monde, nous prenons aussi parfois des initiatives pour améliorer notre quotidien, initiatives qui pourraient d'ailleurs intéresser le vôtre s'il ne se montrait pas si aveugle. Par exemple, ici, tout le monde perçoit le même salaire, les souvenirs, rêves, mais aussi cauchemars de chacun d'entre nous sont récoltés dans un gigantesque serveur qui centralise ainsi toutes les phobies de notre monde, pour mieux les faire disparaitre. En à peu près 500 ans, nous sommes ainsi parvenus à supprimer près de 30 000 phobies, peurs, et nous ne comptons pas nous arrêter là.

— Si je comprends bien, vous espérez donc, un jour, remplacer notre monde par le vôtre, considérant qu'il est meilleur en tout point.

— C'est parfaitement exact, et c'est notre vœu le plus cher.

— Et comment comptez-vous vous y prendre pour le remplacer, sans que tout le monde ne s'en aperçoive ?

— Ah çà ! Il est encore trop tôt pour que je vous fasse part de tout ceci…

J'allais répondre à cet homme qui, à mon sens, était devenu complètement fou, lorsqu'un nouvel évènement pour le moins perturbant survint alors. Je venais d'entrer dans mon propre champ de vision, et mon « moi » du monde d'aujourd'hui se précipitait comme à son habitude tête baissée, sans la moindre hésitation, dans le combat, avec son arme préférée, vous savez, celle en forme de tentacules de pieuvre.

Je me regardais ainsi en train de m'agiter, de combattre avec toujours autant d'acharnement. Tout en m'observant, mi-surpris mi-inquiet de l'issue de cette scène, je me mis là encore à fouiller dans les souvenirs de mes voyages dans le futur, à la recherche d'une trace de ce combat. Cette amnésie constante représentait vraiment un handicap. Et soudain, une idée me vint : et si *passe-miroir* avait voulu me faire croire que nous étions revenus dans le monde d'aujourd'hui, alors que nous nous trouvions en réalité encore dans leur satané monde d'après ?! Pour le vérifier, il me suffisait de me rendre dans la bibliothèque, et de m'assurer dans l'un des nombreux livres d'histoires à quelle date nous nous trouvions. Je me levais d'un bond, et je me dirigeais d'un pas décidé vers elle, suivi de près par un *passe-miroir* pour une fois intrigué. Lorsqu'il comprit où je voulais me rendre, il m'agrippa par le bras et m'invita à m'arrêter.

— Ce ne sera pas nécessaire de vous y rendre. Vous avez vu juste. La mystification n'a pas fonctionné, c'est d'ailleurs l'une des rares fois, conclut-il, presque admiratif.

Nous retournâmes lentement au hall A, que nous venions à peine de traverser, désormais convaincu pour ma part que tout ceci n'était qu'illusion, et pressé d'achever cette mascarade lorsque *passe-miroir* disparut soudain, alors qu'il se tenait juste à mes côtés l'instant précédent. Je me retrouvais donc seul dans ce monde parallèle, sans moyen « connu » d'en sortir. J'errais ainsi de longues minutes dans les couloirs désolés du site des *Voyageurs*, incapable d'organiser mes pensées.

Au bout d'un moment, je décidais, faute de mieux, de pousser plus avant mes investigations et de tenter de sortir du site, mais je découvris bien vite que cela ne serait pas possible, car toutes les sorties que je connaissais avaient été soigneusement condamnées !

Le « périscope », qui permettait de voir à l'extérieur, grâce à une caméra de surveillance amovible positionnée juste au-dessus de notre site, s'avéra lui aussi en panne, car il ne me renvoya que du noir, à moins qu'à l'extérieur, il fasse soudain si sombre qu'il était devenu inopérant. J'étais donc enfermé dans cette sorte de tombeau, certes que je connaissais et auquel j'étais extrêmement attaché, mais seul, désespérément seul, prisonnier… Avenir, passé, présent, tout s'entrechoquait. Il m'était soudain devenu impossible de me situer dans ce dédale du temps. Il me vint alors une nouvelle idée. C'était peut-être stupide, mais cela valait la peine d'essayer. Je me précipitais à la salle de visionnage, avec cette idée désormais entêtante qui trottait dans mon esprit. J'allumais, fébrile, le serveur qui pilotait l'ensemble des machines de la pièce, et, fort heureusement, ce dernier accepta de démarrer. Dès que j'eus la main sur l'ordinateur, je cherchais à accéder à la banque des données des images enregistrées par les caméras de surveillance, dont la synthèse des évènements majeurs de chaque journée était automatiquement numérisée sur le disque dur de plusieurs téras du site. C'est alors seulement que je compris où, et surtout quand nous nous trouvions !

Le Commissaire stoppa un instant son récit, autant pour goûter aux réactions de ses jeunes interlocuteurs, que pour reprendre son souffle et boire une rasade d'eau. Ils étaient médusés tous les trois, et même Pénélope, la moins disposée à s'enthousiasmer, avait baissé la tête et écoutait enfin avec la plus grande attention.

— Voyez que notre première rencontre avec notre *passe-miroir* n'a pas été de tout repos et nous a révélé bien des choses dont nous-mêmes ignorions l'existence ! Alors, me direz-vous, comment ai-je réussi à m'en sortir, puisque je suis ici avec vous aujourd'hui ? En fait, enchaina-t-il sans leur laisser le temps de lui répondre, cela n'a pas été aussi compliqué que cela. Le plus délicat fut de calculer très précisément l'espace-temps qui existait entre les deux mondes. Pour cela, j'ai simplement eu à revisionner la fameuse séquence vidéo de l'appartement d'inspecteur C, et à noter l'heure qui s'affichait ainsi dans leur monde, le monde « d'après ». Il y avait très exactement 23 heures de décalage. Comme j'ai justement le don de me déplacer dans le temps, je me suis empressé de l'exercer et de reculer de ces 23 heures, et je me suis retrouvé comme je l'espérais dans la salle de projection, avec inspecteur C, son collaborateur… et notre *passe-miroir*, revenu dans notre temps pour « s'occuper » des deux autres.

En arrivant, ou plutôt en revenant dans « mon temps », l'attitude de mes deux camarades, pour le moins empruntée, voire figée, me fit comprendre qu'ils étaient en train de subir le même sort que moi. (Surtout, que, caché derrière eux, avachi sur l'un des sièges, j'aperçus mon corps !) Leurs visages immobiles, comme s'ils dormaient debout malgré leurs yeux grands ouverts, se comportèrent exactement comme le mien, qui ne bougeait plus du tout. Nous étions comme des personnages de cire fraichement installés dans un musée. Ce salaud utilisait les techniques des Alchimistes pour changer les objets ou les personnes en métaux ! À tel point que le *passe-miroir* dut croire que j'étais moi aussi toujours dans le même état. Maintenant que j'étais de retour, comment pouvais-je faire pour le mettre hors d'état de nuire et sauver ainsi mes compagnons ? Pendant que je réfléchissais en silence, tout en cherchant à rester le plus figé possible, je sentis soudain, sur le côté, qu'il s'approchait de moi, presque à me toucher.

— Je vois que vous avez plus de ressources que ce à quoi je m'attendais. Mais tout ceci n'a plus grande importance ! Vous avez de la chance, d'autres sujets bien plus importants m'attendent ! acheva-t-il avant de s'évanouir comme il était apparu, me laissant avec les deux autres « statues », seuls dans la salle de visionnage.

À peine venait-il de disparaitre que la Psy faisait son apparition. Elle comprit immédiatement qu'il y avait une anomalie et eut le réflexe de se concentrer immédiatement sur les pensées de nos deux amis.

— Où sont-ils Commissaire ? Je ne ressens rien, ou plutôt si, mais c'est très lointain, confus, comme s'il s'agissait d'une réminiscence, d'un écho…

— Normal, chère amie, répondis-je du tac au tac, me surprenant moi-même sur ma capacité à parler, malgré ma sensation d'engourdissement, ces deux hommes se trouvent en pleine transmutation. Il faut la stopper ! Je viens de croiser un vrai spécimen d'*usurpateur* de la pire espèce que j'aurais aimé vous présenter, mais avec ce qui vient de se produire, j'opterai plutôt pour une certaine prudence !

— Prudence ! Voilà un mot suffisamment rare dans votre bouche pour que cela m'inquiète.

— Oui, il y a vraiment lieu de s'inquiéter. Cet adversaire-là est de taille !

— Je vous crois volontiers, mais pour eux, que puis-je faire ? Comment puis-je leur porter secours ?

— Pour vous, je n'en sais encore rien. Moi, je dois utiliser d'anciennes méthodes que je croyais oubliées depuis longtemps et aller les chercher quelques heures dans le passé.

— Vous semblez épuisé. Croyez-vous que cela soit prudent ?!

— Je pense que nous n'avons pas vraiment le choix. On ne peut pas les laisser comme ça de toute façon !

La Psy devint soudain si pâle que le Commissaire se sentit obligé de se justifier.

— Je vous assure, je sais encore ce que je fais.

— Non, non, il ne s'agit pas de cela ! glissa-t-elle dans un souffle, posant même sa main sur l'encablure de la porte, comme pour mieux éviter de tomber.

— Je viens de résoudre, grâce à vous, une énigme qui me résistait jusqu'à maintenant. Un détail fondamental m'avait jusqu'alors échappé. Les pensées lointaines de nos deux amis m'ont éclairé sur toutes ces « voix » que j'entendais périodiquement, et que je ne parvenais pas à interpréter. Désormais, tout ceci me parait évident ! J'entendais ces bribes de pensées - souvent torturées d'ailleurs - sans vraiment parvenir à les identifier, tant elles paraissaient confuses, morcelées, et surtout si lointaines ! J'avais beau me concentrer, tenter de les capter, et surtout d'en connaitre la provenance, rien n'y faisait, elles m'échappaient sans cesse, et je ne pouvais encore moins les influencer. Je sais désormais d'où elles venaient…

— Restez là, et observez nos corps pendant que je retourne les chercher ! J'espère surtout qu'ils sont bien là-bas, dans ce « monde d'après », et toujours sur le même site, et non pas perdus dans l'une de ces mises en scène dont ce *passe-miroir* a le secret, comme il a tenté de me le faire croire tout à l'heure. Et que je n'interviendrais pas trop tard pour les ramener à la vie !

Je pris une grande inspiration, avant de tenter de me projeter dans ce fameux monde d'après. Mais cela ne s'avéra pas aussi simple que cela. Il ne s'agissait pas, pour moi, de me rendre simplement dans le passé, 23 heures plus tôt que le moment présent, mais bien de trouver un moyen de m'y glisser, tout en sachant comment en revenir. Bien évidemment, ma première tentative s'avéra être un échec et je me retrouvais en réalité seulement deux heures plus tard, tandis que tout le monde s'était réveillé sur le site des *Voyageurs*, et que régnait une véritable effervescence, notamment dans la salle de visionnage, où l'équipe de jour avait remplacé depuis longtemps celle de nuit. Mon arrivée subite et inopinée provoqua un certain émoi et je décidais de m'éclipser rapidement, prétextant en marmonnant une autre urgence avec mon air sévère qui passait très bien dans ces circonstances. Heureusement, je n'eus aucune difficulté à rejoindre la Psy, qui m'attendait d'ailleurs.

— En revenir s'est avéré bien plus simple, en revanche, pour y retourner…

À son regard, je pouvais deviner qu'elle ne voyait aucune solution, dans un domaine a fortiori qu'elle ne maîtrisait pas vraiment. Je tournais en rond, conscient que le temps s'écoulait, toujours à la recherche d'une issue pour nos deux amis dont les silhouettes figées faisaient vraiment peine à voir. Une nouvelle idée totalement absurde me vint alors à l'esprit. Elle me parut tellement loufoque que je n'osais même pas y penser, de peur que la psy ne la découvre et se moque de moi ! L'idée consistait à me rendre partiellement dans le futur, c'est-à-dire à la fois d'avancer dans le temps vers une destination précise, tout en cherchant à reculer dans le même temps pour retrouver ce temps parallèle. Je préférais de moi-même éliminer cette hypothèse, qui risquait de m'envoyer, je ne savais où, ou plutôt à coup sûr dans les limbes du temps, sans issue… perdu à jamais dans ce foutu dédale du temps. Une seconde idée, tout aussi saugrenue de prime abord, me vint immédiatement après que j'eus à peine chassé la première. Elle se matérialisait par un simple réveil, comme on en avait dans les années 70, objet auquel je repensais pour en avoir aperçu un certain nombre dans le monde d'après, comme si ce temps, même légèrement décalé par rapport au nôtre, provoquait dans la population qui le peuplait un véritable complexe, de toujours vivre après les autres, de ne jamais pouvoir anticiper ! Ces milliers de réveils me revenaient un à un à l'esprit comme autant de symboles, et je les interprétais volontiers désormais comme des sortes de balises, d'outils de communication qui devraient pouvoir me permettre de dialoguer avec ce monde, de communiquer avec, de m'y rendre… Plus j'y pensais, et plus cela semblait une évidence…

— Je crois avoir trouvé une solution. Vous vous souvenez, notre ami l'Architecte collectionne les réveils ?!

— Oui, et après… ?

— Je viens d'avoir une vision à leur sujet. Dans ce monde d'après, il y a des réveils partout, comme si tous ses habitants étaient obsédés par le temps. Je suis certain que tout ceci a une signification.

Et je décidais de laisser en plan ma collègue, le temps d'aller réclamer un réveil à mon ami l'Architecte, qui rechigna d'ailleurs à me le donner, tant il tenait à sa collection, et surtout à ce type d'ancien modèle que l'on ne trouvait plus. Je lui promis néanmoins de faire de mon mieux pour en retrouver un autre si nécessaire, durant l'un de mes voyages. Je lui expliquais qu'il s'agissait d'un cas de force majeure et que nous n'avions pas le choix. De retour auprès de mon amie psychologue, qui se demandait où je voulais en venir avec ce réveil, tant mes pensées s'avéraient confuses, je me mis à regarder cet objet sous toutes les coutures sans trop savoir quoi en faire. Je restais là, avec toujours en tête mes pauvres collègues, obstinément immobiles, avec mon imagination en train d'inventer ce qu'ils vivaient alors dans ce monde d'après, lorsqu'une idée enfin lumineuse me traversa l'esprit. Personne d'autre que moi n'avait dû, jusqu'alors, avoir une pensée aussi absurde, et pourtant elle venait de germer dans mon esprit décidément bien torturé depuis ma rencontre avec ce maudit *passe-miroir* ! Psychologue IV, à qui je ne pouvais pas cacher grand-chose, me regarda en silence, avec une moue d'étonnement, voire de désapprobation dans le regard. Pourtant, elle me laissa faire. Je tenais fermement le réveil de la main gauche, et, sans savoir vraiment pourquoi et comment, comme si mon esprit était simplement guidé par une mystérieuse voix intérieure qui me décrivait les différentes étapes à suivre, je posais d'abord l'index sur le bouton qui se trouvait à l'arrière du réveil, nécessaire pour régler l'aiguille de l'heure. Je le tenais fermement afin d'empêcher l'aiguille de bouger. De l'autre main, j'ôtais ensuite le verre plastifié protecteur, avant de forcer la grande aiguille à avancer. Au début, rien de particulier ne se produisit, même si je sentais une forte pression entre mes deux mains. Puis, il y eut soudain comme un déclic, et la grande aiguille se mit à reculer rapidement, comme si le réveil venait d'être brisé.

Dans le même temps, tandis que mes yeux, appliqués, restaient rivés sur le réveil, je vis sur les côtés le décor autour de moi se mettre à tourner, d'abord presque de manière infime, puis de plus en plus vite, à une vitesse rapidement proportionnelle à la vitesse de rotation que je donnais à la grande aiguille autour de son axe. Pour m'en assurer, j'arrêtais de faire tourner l'aiguille quelques instants, et le décor s'arrêta net de tourner autour de moi. Ce qui me semblait fascinant, c'était qu'au-delà de ce décor qui s'était mis à bouger de manière enivrante, les personnages des *Voyageurs* qui se tenaient près de moi – comme Psychologue IV – apparaissaient ou disparaissaient au gré des mouvements de la grande aiguille du réveil.

Après quelques secondes d'obscurité la plus totale, je me mis à atterrir doucement dans ce qui devait être le fameux monde d'après, je dis « devait », car il y avait des signes qui ne trompaient pas, comme ces dizaines de réveils qui m'accueillirent à mon arrivée, en tout point semblables à celui que je tenais toujours aussi fermement dans ma main. Je m'empressais de le ranger dans la poche de ma veste, car il était temps que je me mette en quête de mes amis. Comme lors de ma précédente venue, le site des *voyageurs* dans lequel je déambulais ressemblait fort à celui que je connaissais, même s'il paraissait abandonné depuis bien longtemps.

Au fond de moi, j'espérais retrouver au plus vite mes compagnons. Je les rejoignis sans attendre, mais, comme je le craignais, dans un état de santé déplorable. Ils se tenaient tous les deux dans la grande salle à manger, juste sous les hublots géants. Inspecteur C, en larmes, tenait dans ses bras le corps inanimé de son assistant. Il ne m'avait manifestement pas encore vu arriver, tandis que je l'entendis parler entre deux sanglots.

— … Rien pu faire. J'aurais dû l'en empêcher… J'étais responsable de lui…

Le Commissaire, dont la joie d'avoir retrouvé ses camarades, avait vite laissé place à une profonde tristesse, s'approcha doucement d'eux, prenant malgré tout soin de provoquer du bruit pour signaler sa présence. Cela n'empêcha pas inspecteur C de sursauter lorsqu'il comprit l'arrivée de quelqu'un derrière lui. Rassuré après avoir reconnu le Commissaire, ses larmes redoublèrent comme si la présence du vieil homme avait aussi provoqué chez lui comme une sorte d'exutoire.

— Je n'ai rien pu faire Commissaire, répéta-t-il plusieurs fois en s'excusant.

— Je sais Inspecteur C, mais je suis persuadé que vous avez tenté tout ce que vous pouviez pour le sauver. Racontez-moi plutôt ce qu'il s'est passé !!

Inspecteur C s'exécuta, non sans avoir dignement installé le corps du jeune apprenti sur l'un des canapés qui trônaient à droite de la grande salle à manger.

— Nous venions d'arriver ici, accompagnés de ce type, le…

… *Passe-miroir*…

— Voilà, le *Passe-miroir*. Ce dernier nous a fait croire que vous étiez mort et qu'il nous avait envoyé cinq années après notre époque. Vous vous en doutez, nous étions effondrés par cette nouvelle. Le site était soudain devenu désert, comme abandonné, hostile. Nous nous refusions à y croire ! Pourtant, en cherchant bien, nous trouvâmes plusieurs personnes recluses dans leurs cellules, comme choquées. Curieusement, nous ne reconnûmes personne, et c'est seulement à cet instant-là que nous comprîmes que nous ne nous trouvions pas dans le futur annoncé, mais ailleurs dans le temps, sans vraiment savoir où ! Et puis, il y avait tous ces réveils qui tournaient à l'envers, dont nous ne comprenions pas la signification. Notre apprenti, voyant ces hommes et ces femmes reclus, les yeux rougis d'avoir trop vécus dans l'obscurité, perdit alors son sang-froid et partit en courant en direction du sous-sol du hall A. Le *passe-miroir* tenta bien de l'en empêcher, mais l'apprenti courait trop vite et disparut en quelques secondes de notre champ de vision. Lorsque nous arrivâmes dans le hall, il se tenait allongé par terre, sans vie. Le *passe-miroir*, manifestement enchanté, l'avait « transformé » et s'occupa de moi juste après. Puis, il s'éloigna en ricanant, me laissant seul avec lui. Tant que je pouvais bouger, j'ai trainé son corps jusqu'à la salle à manger, et vous êtes arrivés quelques instants plus tard.

— Savez-vous ce qui a pu arriver dans le hall ?

— J'ai juste aperçu une silhouette s'éloigner vers la surface lorsque nous sommes arrivés.

— Elle ressemblait à quoi ?

— Plutôt à une silhouette de femme.

— Rentrons à notre époque voulez-vous ! Nous pourrons ainsi tenter plus sereinement d'en savoir plus depuis notre propre temps !

Et c'est ainsi, en utilisant de nouveau le réveil, que nous pûmes revenir sans encombre chez nous. Psychologue IV nous attendait, stressée comme jamais, car elle se sentait frustrée de ne pouvoir ni entendre, ni lire dans nos pensées, et donc de ne rien savoir. Elle ne put que constater les dégâts dès notre arrivée. L'un de nous n'était pas revenu vivant de notre première rencontre avec celui que nous appelions tous désormais le *passe-miroir*.

Chapitre XXVII
Les Voyageurs 7,
Les dangers peuvent venir de partout !

Le visage du Commissaire exprimait une profonde lassitude, encore très vive pour un évènement qui s'était pourtant produit plusieurs années auparavant. Même à travers son clone holographique, on pouvait parfaitement ressentir son malaise. Les trois jeunes novices avaient écouté avec beaucoup d'attention ce long récit, comprenant enfin, chacun à sa manière, l'importance de leur rôle dans cette histoire. Ils venaient d'apprendre l'existence de ce *passe-miroir*, et par la même occasion, la place qu'ils étaient censés prendre dans l'univers des *Voyageurs*.

Erwan, plutôt discret et silencieux depuis le début, se décida à réagir en se levant d'un bond pour aller se servir à boire. Ce n'est qu'après s'être rassis, qu'il se décida enfin à s'adresser au Commissaire, tandis que Psychologue IV revenait au même instant dans la salle de réunion.

— Vous évoquiez tout à l'heure l'énigme de la disparition de cet apprenti. En savez-vous plus aujourd'hui ?

Le Commissaire jeta un coup d'œil furtif à la Psy, puis répondit à la question d'Erwan avec sa franchise habituelle.

— Vous avez parfaitement raison de nous poser cette question. L'autopsie réalisée sur l'apprenti a révélé que ce dernier avait été tué… par le choléra, et ce, de manière foudroyante !

— Le Choléra, mais comment est-ce possible ?! s'étonna à son tour Pénélope, qui venait de relever la tête.

— Il reste tant d'énigmes à résoudre ! Mais ce dont nous sommes certains, c'est la manière dont il a contracté cette maladie. Un simple contact épidermique qui confirme le témoignage d'Inspecteur C, qui avait affirmé avoir vu une silhouette s'éloigner, et cela avait suffi à propager le mal en quelques secondes dans l'ensemble de son corps.

— Inspecteur C a donc, au moment de rejoindre son apprenti, été en contact avec ce nouvel *usurpateur*, qui pourrait d'ailleurs s'avérer être le pire de tous, jugea bon de préciser le Commissaire. Un être porteur de maladies, capable de les transmettre de manière foudroyante à tous ceux qui auraient le malheur de croiser son chemin, voilà qui est terrifiant, vous ne trouvez pas ?!

— Pourtant, à notre connaissance, aucun cas semblable n'a été décelé depuis, ni par nos services, ni par nos confrères de la police. Je dois dire que nos médecins ont été fort impressionnés par l'état déplorable du corps de l'apprenti, véritablement rongé de l'intérieur par cette maladie. Depuis la dernière grande vague de choléra, au XIXe siècle en France, ils n'avaient rien vu de tel.

Pénélope ne put s'empêcher d'intervenir, avec un pessimisme inhabituel chez elle.

— Après celui qui efface la mémoire des gens, AnnA, celui qui anticipe les évènements, le truqueur qui assassine les gens en déréglant les TV 4D[14], et le passe-miroir, nous serions maintenant en présence d'un cinquième usurpateur, qui véhiculerait de terribles maladies ?! Quelle galerie de personnages ! Voilà qui donne envie !

— À ce stade, nous manquons d'éléments pour analyser concrètement ce nouveau danger, lui répondit la Psy. En revanche, au risque de vous décevoir, nous avons identifié d'autres *usurpateurs* tout aussi dangereux que ces derniers. Mais avant de vous les dévoiler, en vous parlant, par exemple, de celui qui rend les gens transparents, nous aimerions également vous décrire l'organisation de cette mystérieuse (elle hésita avant d'employer ce terme)… confrérie que nous appelons

---

[14] voir l'Alchimiste 2.0, sur Instagram.

les *Usurpateurs*. Comme vous le savez déjà, il existe plusieurs sortes d'*Usurpateurs*, plus ou moins dangereux, mais dont nous ne connaissons pas toujours la logique hiérarchique. Quoi qu'il en soit, en plus de ces individualités, équivalents de nos novices, cette organisation s'avère très bien structurée, avec ce que nous appelons des *scrutateurs*, moins doués que leurs pères, mais formés pour observer constamment la société et décoder les informations, comme les faits divers, ce qui leur permet notamment de détecter chez des gens comme vous et moi, des porteurs de dons qu'ils cherchent systématiquement à convertir, notamment lorsqu'ils sont à l'état de novice, comme avec Pénélope par deux fois. Ils possèdent aussi des *chapardeurs*, qui interviennent lorsque les scrutateurs ont décelé l'existence de ces « potentiels ». Ils tentent d'abord l'approche affective, notamment lorsque des organisations comme la nôtre ne les ont pas encore approchés. Mais très vite, dès la moindre résistance, comme avec Pénélope, mais aussi Erwan, ils ne s'embarrassent pas, et ils les kidnappent, pour mieux les obliger à devenir l'un des leurs, jusqu'à les élever au rang d'*Usurpateurs*, lorsqu'ils sont certains de leur loyauté. Enfin, nous avons parfois affaire à des *effaceurs*. Lorsque leurs apprentis s'avèrent trop faibles, ou que les novices repérés sont en danger de basculer dans des organisations adverses, ils ont pour mission de les supprimer, de les faire disparaître. Dans ton cas Pénélope, ils avaient envoyé directement des *usurpateurs*. En revanche, Erwan, tes poursuivants dans les rues de Paris, juste après la mort de ton amie – leur œuvre évidemment –, étaient bien des *effaceurs*. Tu en savais déjà trop à leur goût, et, ayant perdu une amie proche à cause d'eux, tu ne te serais jamais rallié à leur cause, et ton don naissant restait encore facile à annihiler. Avec toute cette hiérarchie complexe, leurs objectifs sont très simples : alimenter en argent leur organisation et déstabiliser les gouvernements en place !

L'heure du déjeuner ayant sonné, ils s'octroyèrent une pause dans cet apprentissage aussi accéléré que brutal, et partirent rejoindre tous ensemble la grande salle à manger, où certains membres des

Voyageurs, déjà attablés, les attendaient pour attaquer le repas. Ils restaient quelques places de libre côte à côte, et ils furent tous très heureux de pouvoir s'installer ensemble, histoire de prolonger cette matinée bien dense qui les avait déjà fortement rapprochés. Le début du repas, toujours sur le thème des produits de la mer – sur la table avaient savamment été positionnés de superbes plats fournis, pâtes aux fruits de mer, coquilles Saint-Jacques à la bretonne, langoustes à l'Armoricaine, tagliatelles aux pétoncles, et bien d'autres – fut pourtant particulièrement silencieux au sein de l'équipe.

Autour d'eux, de nombreuses conversations s'animèrent, principalement autour de deux thèmes : d'abord la mystérieuse « transparence » d'Inspecteur A, associée à un autre mal plus terrible encore, la perte de sensibilité, comme si toutes les parties devenues invisibles de son corps n'existaient plus, étaient mortes, continuait d'occuper bon nombre d'esprits. Quant à l'autre sujet, à peine plus léger, il concernait l'étrange accident de péniche survenu juste au-dessus des hublots géants de la grande salle à manger. La péniche avait coulé si brutalement, que cela avait provoqué la mort d'une dizaine de passagers – des touristes –, et l'émoi de toute la ville. Comme de nombreux plongeurs avaient dû s'aventurer dans les eaux troubles de la Seine pour tenter de repêcher les cadavres, le responsable de la sécurité du site des *Voyageurs* avait dû ordonner, pour la première fois depuis des années, la fermeture des panneaux de protection des hublots, ainsi que le couvre-feu durant toute la durée de l'opération. Des rumeurs parlaient même d'envisager de faire descendre le niveau de la seine au plus bas, grâce aux barrages en amont, afin d'enlever plus facilement la carcasse de la péniche, échouée heureusement assez loin de l'entrée sous-marine du site des *Voyageurs*. Certains, du monde d'au-dessus, avaient prétendu que cette carcasse risquait de gêner la navigation dans la zone. Parmi les *Voyageurs*, on avait plutôt tendance à penser que cette catastrophe avait été provoquée par les *usurpateurs* eux-mêmes. En tous les cas, le site n'avait jamais été autant en danger, et risquait désormais d'être à tout moment découvert, tandis que celui-ci avait réussi à cacher son existence depuis près d'un siècle et demi !

Nous commencions à nous habituer aux autres convives, et la Psy, aidée de la bonhommie du Commissaire, faisait tout ce qu'il fallait pour que notre groupe se soude le plus rapidement possible, car la cohésion allait s'avérer (pour nous) l'un des ciments de notre réussite. Le Commissaire, qui n'en était pas à ses premiers recrutements, avait déjà vécu ce type de situation avec bon nombre de *Voyageurs*, dont certains avaient même depuis disparu, et savait combien cet instant pouvait s'avérer crucial dans la réussite d'un groupe !

L'arrivée inopinée d'un retardataire de marque, si l'on en crut les réactions de l'assistance, fit évoluer en un instant les conversations vers un tout autre registre. Cela devint même très vite un simple dialogue entre le Commissaire et ce nouveau venu, qui fut d'ailleurs accueilli par les éclats de voix tout en excès de notre hôte, les joues plus rouges que jamais. L'homme, que le Commissaire surnommait affectueusement Guide 3, non content d'être manifestement proche de ce dernier, avait aussi une réputation à tenir de bon vivant, ce qu'il ne se priva pas de faire durant tout le repas, qui fut d'ailleurs pour lui ainsi que pour le Commissaire particulièrement arrosé, ce dernier profitant de l'occasion pour oublier dans quelque ivresse artificielle tous les évènements qui venaient de se produire, et même ceux qu'il était seul à connaitre.

À bien écouter ses propos, l'homme avait une particularité très intéressante qui ne tarda pas à intriguer les novices : il dirigeait un autre site des *Voyageurs*, dont les novices découvraient d'ailleurs l'existence. D'après les bribes de conversations des deux hommes durant le repas, le site se situait dans les environs de l'embouchure de la Tamise, dans les eaux territoriales du Royaume-Uni, mais sans aucune précision quant à son emplacement exact. Les novices apprirent en revanche que celui-ci était tenu par une vingtaine de personnes, qu'il était situé sous… la mer, avec là aussi un accès direct au site en toute discrétion grâce à une gare sous-marine. Le site semblait assez récent, car l'homme évoqua son annexion après la fin de la Seconde Guerre mondiale, dans les années 1955, par l'Architecte et son équipe, afin de pouvoir proposer aux membres du site de Paris une solution de repli en cas de découverte. À l'époque, les *usurpateurs* existaient déjà, mais pas de manière aussi structurée et donc aussi dangereuse qu'aujourd'hui.

À la fin du repas, le Commissaire convia les trois novices à venir boire un café avec le fameux Guide 3.

— Cher ami, je tenais à te présenter nos toutes nouvelles recrues, nos novices ! Ils sont arrivés ici il y a quelques jours à peine, voire même quelques heures pour certains.

Guide 3 les regarda chacun leur tour avec la plus profonde attention, avant de répondre à son ami sur le même ton débonnaire.

— Voilà qui est de bon augure pour les *Voyageurs*. J'imagine, dans les prochains jours, avoir le plaisir d'accueillir certains d'entre eux sur mon modeste site.

Pénélope profita de la perche tendue pour s'y agripper. Avec son style très personnel, elle s'invita dans la conversation.

— À quoi peut bien ressembler un autre site des *Voyageurs* ? Pour le moment, vous êtes restés bien mystérieux à ce sujet !

— Mais, chère amie, répondit Guide 3 avec malice, il y a de nombreuses choses que l'on ne peut dévoiler comme cela, lors d'un repas, alors que l'on ne connait pas l'ensemble des protagonistes. Des oreilles indiscrètes pourraient exploiter des informations qu'ils se feraient ensuite un plaisir d'utiliser contre nous !

— Je comprends, quoi que je ne vous demande pas où il se situe exactement, mais juste à quoi il ressemble !

— Alors, s'il ne s'agit que de cela, rien de plus simple, répondit-il en tendant à Pénélope de bien étranges lunettes, à mi-chemin entre des lunettes de vue et un masque plutôt à la mode ces temps-ci sur des pentes de ski. Elle découvrit à cette occasion ce que pouvait être la Réalité Augmentée, vue par les *Voyageurs*.

Dès qu'elle les eut posées sur son nez, la jeune femme fut plongée dans un tout autre monde, et découvrit sans bouger de son siège ce nouveau site des *Voyageurs*, comme si elle y était vraiment. Des couloirs sombres éclairés par des lumières artificielles, des poutres métalliques apparentes, une grande salle dont le plafond semblait être un immense aquarium, et pour cause, puisque le site se situait sous la mer. Subjuguée, elle ne chercha d'ailleurs même pas à cacher ni sa surprise ni son enthousiasme.

— On arrive à des choses incroyables avec ces nouvelles technologies aujourd'hui, n'est-ce pas ?! Souffla Guide 3 à son oreille.

— C'est génial, j'y suis vraiment !

— Comme vous pouvez le constater, il s'agit d'un site de taille beaucoup plus modeste qu'ici.

— N'empêche, vous semblez avoir tout ce qu'il vous faut ! Quant à l'architecture, on dirait vraiment un clone d'ici !

Erwan et Vince, jusqu'ici légèrement en retrait, trépignaient désormais d'impatience à l'idée de profiter eux aussi de ces nouvelles technologies, et de découvrir « en vrai » ce deuxième site dont ils ignoraient encore l'existence quelques minutes auparavant. Mais, ironie du sort ou du destin, les évènements extérieurs ne leur permirent pas d'en profiter. L'alarme visuelle se déclencha de nouveau. Un bateau avec des plongeurs s'approchait dangereusement de la zone où la péniche avait coulé à pic. L'extinction des lumières de la grande salle fut immédiate, ainsi que la fermeture des volets de protection des hublots géants, ne laissant avec les boitiers de secours qu'un très léger halo de lumière aux occupants du site pour continuer d'y circuler.

— Il faut aussi parler le moins fort possible, crut bon de préciser dans un murmure Guide 3, même si le silence rigoureux et quasi immédiat qui régnait déjà sur l'ensemble du site prouvait que tout le monde avait une parfaite connaissance des consignes.

L'alerte dura ainsi une bonne heure, pendant laquelle presque tout le monde respecta scrupuleusement le black-out, à l'exception de quelques personnes obligées, de par leurs fonctions, de se déplacer, notamment lors de la relève de quarts devant les entrées stratégiques du site. L'inquiétude prédominait. Cela faisait si longtemps que l'existence du site avait été cachée aux yeux de tous, que les membres actuels craignaient surtout d'être la génération qui n'avait pu empêcher sa découverte ! Lorsqu'enfin l'alerte fut levée, et avec elle, le retour de la lumière, nombreux en profitèrent pour se disperser, toujours en silence. Ce fut le cas de Guide 3, qui, s'excusant dans un balbutiement de ne pouvoir rester plus longtemps, « malgré cette compagnie fort agréable », prit bien soin de récupérer ses lunettes « magiques », avant de s'évanouir dans les méandres du site, laissant Erwan et Vince sur leur faim, surtout à en croire les yeux aux pupilles encore dilatées de Pénélope. Très vite, la vie sur le site de *Voyageurs* reprit son cours habituel, avec la même effervescence qu'auparavant, comme si de rien n'était… Le Commissaire, qui ne perdait jamais une occasion de faire un trait d'humour, surtout compte tenu des circonstances, invita les trois novices à prolonger l'analyse des dangers potentiels qui menaçaient les *Voyageurs*.

— N'usurpons pas notre réputation, et continuons votre acculturation, voulez-vous !

Chapitre XXVIII
Albert Poisson 4
Notre-Dame du passé

— Drôle d'histoire que cette théorie du trombone tout de même ! Pourquoi me suis-je embarqué dans toute cette aventure ?! continua de marmonner le Commissaire, pensant que son ami Cyliani l'entendait toujours.

Mais personne ne lui répondit. Personne non plus à ses côtés durant les derniers mètres et ultimes marches qui le séparaient du salon situé à l'entrée de la grande salle des hublots.

C'est alors qu'il entendit le bruit net et caractéristique de deux coupes de champagne qui s'entrechoquaient. Décidément, son interlocuteur avait de l'humour et maintenant du… goût !

— J'espère que l'une d'entre elles est bien pour moi ?! lança-t-il par bravade en débouchant dans le salon. Il allait enfin découvrir le visage de celui ou celle qui l'attendait.

Debout devant le bar, plutôt petit et menu, un homme sans âge l'attendait, en effet deux coupes à la main. Ce dernier envoya un sourire timide et lointain au Commissaire, comme s'il l'avait commencé très longtemps auparavant, et qu'il l'achevait juste devant son interlocuteur.

— Je vous attendais pour goûter ce bien étrange… nectar !

L'homme s'exprima dans une sorte d'italien ancien, difficile à comprendre pour le Commissaire, même si son « immortalité » l'avait rendu au fil des siècles polyglotte. Légèrement surpris par la nature même de son interlocuteur, mais soudain libéré de ses inquiétudes, car manifestement cet homme ne représentait aucun danger pour lui, le Commissaire lui répondit par un sourire qu'il voulut tout aussi avenant.

— Vous ne serez pas déçu !

— Vous croyez ?!

— Oui, je connais bien ce nectar, pour être à l'origine de sa recette. Je vous assure, il se boit tout seul !

— Alors trinquons, conclut son mystérieux visiteur, lui tendant l'une des coupes d'un geste franc.

C'est ainsi que Le Commissaire se retrouva, en 2032, face à un inconnu, en train de déguster une coupe de champagne du *Voyageur*.

Les deux hommes semblèrent d'ailleurs, pendant de longues minutes, se satisfaire de simples échanges bienveillants du regard. On aurait dit que, pour une fois, le temps s'était totalement suspendu, et que rien de nouveau ne risquait de se produire, du moins le temps de cette dégustation. Ils attendirent vraiment l'ultime goutte de leur breuvage avant de se décider à engager un début de conversation, et ce fut le Commissaire, sûrement le plus curieux des deux, en tout cas le plus pressé, qui choisit de rompre le silence.

— Je n'ai pas le plaisir de vous connaitre, vous êtes ?!

— Luigi Giglio, mais mon nom ne vous dira probablement rien… !

Comme son interlocuteur lui confirma ce fait d'un hochement sincère de la tête, il enchaîna.

— … car je suis officiellement mort en 1576 !

Cette annonce brutale ressemblait manifestement à un test, mais l'effet escompté par sa révélation ne vint pas, car même s'il l'ignorait, Luigi avait en face de lui un vrai spécialiste de ce type de déplacement dans le temps. D'ailleurs, le Commissaire ne put s'empêcher d'en sourire et d'oser une remarque.

— Pas mal ! 1576 à aujourd'hui, nous sommes sûr de très bonnes bases, près de 500 ans, croyez-en un fin connaisseur !

Ce fut alors au tour de ce Luigi Giglio de montrer son étonnement.

— Moi qui craignais de ne croiser qu'incompréhension et même défiance en révélant cela, voire que l'on me prenne pour un fou ! Je suis bien étonné que…

— … Ne le soyez pas, je suis moi-même qualifié de *Voyageur* dans ce bas monde, parfois revenant d'hier, de demain, rarement d'aujourd'hui !

— Un *Voyageur*, répéta Luigi avec un regard lointain qui en disait long sur la portée de ce mot dans son esprit.

— Mais, s'interrogea Le Commissaire, je doute que vous soyez venu jusqu'ici pour me parler du présent, n'est-ce pas ?!

— En effet, mais je vous avoue que je n'avais aucune idée de ce qui pouvait m'attendre ici avant de venir !

— Luigi Giglio, murmura Le Commissaire, comme si ce nom lui disait malgré tout quelque chose.

— Luigi Giglio [15]. Je suis l'auteur de la réforme du calendrier, commanditée par le pape Grégoire XIII au seizième siècle. Contrairement aux idées reçues, je ne suis pas mort en 1576, mais laissé comme tel par mes ravisseurs. Mon frère m'a remplacé pour finaliser la réforme, c'est la seule chose exacte de l'histoire. En réalité, j'ai été kidnappé à Rome par les opposants les plus farouches de cette réforme, et emprisonné dans la boucle des 11 jours supprimés lors du passage au calendrier grégorien, durant… des siècles ! Ils crurent que me kidnapper empêcherait la réforme de voir le jour, mais c'était sans compter sur l'avancement de mes travaux, la volonté du pape et la compétence de mon frère et de bien d'autres savants, dont mon éminent confrère Christophe Clavius, qui achevèrent coûte que coûte le travail que j'avais entrepris. Tandis que je restais enfermé dans ces

[15] Philosophe, astronome, mathématicien, médecin et physicien

boucles de 11 jours, la réforme se mit en place en octobre 1582 dans les principaux pays catholiques d'Europe, en décembre de la même année en France et parfois plusieurs années, voire des siècles plus tard dans les pays les plus réfractaires à cette réforme.

— Incroyable ! Une boucle de 11 jours, mais comment ?

— … Vous vous souvenez peut-être que pour mener à bien cette réforme, le Pape dut décréter la suppression de 11 jours. Nous passâmes ainsi du 4 au 15 octobre 1582 ! J'ai volontairement été oublié dans cette impasse du temps, et rien ni personne ne serait venu m'y chercher si, des siècles plus tard, quelqu'un n'avait pas trouvé cette boucle si étrange qu'il décida d'aller l'explorer.

— Qui donc ?!

— Un brigadier du temps sûrement en mal de reconnaissance. Il avait remarqué que cette boucle temporelle reprenait tous les onze jours. Il l'observa plus attentivement durant quelques cycles, avant de comprendre d'où elle venait. Au bout de quelques années, l'attention de mes geôliers s'était détournée de moi, me laissant à l'abandon. L'arrivée de ce brigadier et l'oubli dans lequel j'étais tombé a simplifié mon évasion. Cette boucle revenait constamment à sa source, au sud-est de Rome, dans la…

— … Villa Mondragone !

— … Vous connaissez ?! Oui, la villa Mondragone, où le jeune brigadier me ramena 456 ans plus tard ! Évidemment, je ne reconnus rien de mon pays, et c'est à peine si je comprenais les gens qui me parlaient, tant l'Italien avait changé depuis le XVIe siècle !

— Pourquoi en 2032 justement ?

— Je n'en sais rien !

— C'est étrange que de la villa Mondragone, vous soyez directement arrivé ici.

— Selon le brigadier, il existe une passerelle entre les deux sites.

— C'est exact, mais rares sont ceux qui la connaissent. Je me demande si…

Mais le Commissaire ne connaissait pas suffisamment son interlocuteur pour continuer de s'exprimer à haute voix. Il devinait pourtant que la Brigade du Temps avait été informée de l'existence de la passerelle entre les deux sites, de la pièce secrète de la villa Mondragone, du sous-sol inviolé. Personne ne connaissait tout ceci, sauf les constructeurs du site, son architecte, et quelques *Voyageurs* triés sur le volet. À moins que...[16]

Le Commissaire sentait les questions monter par grappe dans son esprit.

— Mais pourquoi me racontez-vous tout cela ?

— Vous êtes la première personne que je rencontre en qui je sens que je peux avoir confiance, à part évidemment ce jeune garçon qui m'a permis de m'échapper de ma prison temporelle. Comme si, vous au moins, vous compreniez ce que j'ai enduré.

— C'est d'ailleurs en grande partie le cas !

— Et j'avais absolument besoin de prévenir quelqu'un : je suis en quelque sort un messager ! Depuis ma « libération », j'ai réalisé que cela faisait près de 450 ans que je hurlais dans le néant et que personne ne pouvait m'entendre, mais comme je vivais toujours les 11 mêmes jours, je n'ai pas eu l'impression d'avoir été prisonnier du temps si longtemps. J'en ai déjà parlé au brigadier du temps, mais il semblait si jeune et si embarrassé que je n'ai pas insisté, même s'il m'a affirmé qu'il en parlerait à sa hiérarchie. Je suis là pour vous prévenir, qui que vous soyez, des dangers que court votre monde.

— Des dangers de notre monde ? Mais lesquels ?

— Il existe un autre monde, qui vit quelques jours plus tard que le vôtre, plein de haine, et qui n'aura de cesse de détruire le vôtre !

— Vous tombez bien ! Je suis l'un des gardiens, de ceux qui savent et font tout pour les en empêcher. Mais je ne savais pas que la source de leur haine remontait si loin !

---

[16] Le Commissaire s'aventure dans les méandres douteux du soupçon et de la traitrise potentielle de l'un des Voyageurs, l'architecte ?

— En ce qui les concerne, haine est un mot bien faible ! Ils ont tout fait pour empêcher la mise en œuvre de cette réforme d'abord en me kidnappant, puis en empêchant mon frère d'imprimer les calendriers, enfin en retenant volontairement quelques jours les correspondances entre l'Italie et la France, pour faire échouer la réforme dans ce pays, où son faible roi – Henri III – a tardé à la mettre en œuvre, puisqu'elle n'eut lieu qu'entre le 9 et le 20 décembre 1582 ! Pire, ils sont allés jusqu'à remonter dans le passé du Pape Grégoire XII, lorsqu'il était simple clerc, pour qu'il se retrouve attiré par une jeune femme, avec qui il eut d'ailleurs un fils, afin de le déstabiliser et l'empêcher de devenir pape, et donc d'aller au bout de sa réforme ! Ils ont même approché Christophe Clavius pour qu'il dénature la réforme et la vide de sa substance. Enfin, ils ont tout fait pour soulever les peuples chrétiens, les protestants notamment, afin de repousser l'inéluctable échéance.

— Des pays, comme l'Angleterre, ont finalement appliqué cette réforme bien plus tard, au XVIIIe siècle, pour les plus retardataires d'entre eux. Mais tout ceci n'empêcha pas la mise en œuvre de la réforme. Ils ont alors décidé de réaliser quelque chose d'incroyable : la création d'un monde parallèle, un monde où le temps n'est pas le même, un temps où celui de la papauté est constamment remis en cause, un temps hostile à celui du monde grégorien, où l'on adule encore le calendrier julien.

— Avez-vous des preuves de ce que vous avancez ?!

— Bien entendu, je les ai toutes à votre disposition, mais tout ceci n'est rien face à la nouvelle exaction qu'ils ont commise récemment pour punir le monde chrétien !

Le Commissaire craignait le pire, mais il ne voyait pas un évènement à la hauteur de la terreur qui ressortait des yeux de son interlocuteur, à moins que…

— Non, vous ne…

— … Si, justement !

— Impossible, il n'y a aucune preuve que…

— … Faux ! Et d'ailleurs la voilà la preuve !

Et Luigi Giglio de lui tendre un objet de petite taille, récupéré sur le site avant l'arrivée des enquêteurs.

— C'est quoi ? demanda le Commissaire, tout en regardant attentivement l'objet en question, qui ressemblait fort à un bracelet.

— Un anneau de paysan, dont les inscriptions ne font que peu de doutes. Regardez celles visibles dessus. Personne n'est encore parvenu à les déchiffrer intégralement. Nous pensons qu'il s'agit justement d'un alphabet *usurpateur*. Avec le peu traduit, on comprend que cet anneau fait l'apologie de l'heure solaire. Il ne fait aucun doute que le pyromane EST l'un d'eux. Il l'aura laissé tomber au moment de fuir la cathédrale avant l'arrivée des pompiers.

Le Commissaire n'en croyait pas ses oreilles.

— Incroyable ! Ce sont eux qui ont…

— Absolument, ce sont eux qui ont provoqué l'incendie de Notre-Dame, et il s'en est fallu d'un cheveu qu'ils parviennent à leur fin et que la tour Nord ne s'effondre…

— … Et que le principal symbole de la chrétienté ne disparaisse !

Le Commissaire vacilla ! Il ne pouvait imaginer qu'ils en arrivent là. Il se souvenait comme d'hier de cette triste nuit du 15 au 16 avril 2019, lorsque l'incendie se déclencha en fin de journée, et la lutte terrible qui s'engagea durant les heures qui suivirent pour sauver l'édifice ! Il comprit également que les *Usurpateurs* étaient désormais prêts à aller jusqu'au bout, qu'ils ne reculeraient plus devant rien ni personne, et que les *Voyageurs* seuls auraient le plus grand mal à les en empêcher. Et sa mort dans tout cela !? Le Commissaire n'y pensait plus, et pour l'heure ne songeait même plus à échapper à la brigade du temps. Il devait juste coûte que coûte trouver un moyen de prévenir ses amis.

Chapitre XXIX
Les Voyageurs 8,
Un espoir pour Annabelle

Installé dans la même salle de formation qu'avant le repas – Critias –, avec « ses » novices, le Commissaire ne tarda pas à redevenir comme à son habitude, c'est-à-dire des plus sérieux. Ce qu'il venait d'apprendre l'avait profondément choqué, mais il devait pour le moment garder cette révélation pour lui, car il n'avait absolument pas le droit de se servir de son clone pour la divulguer à ses amis *Voyageurs*.

— J'aimerais terminer notre séance par un dernier cas d'*usurpateurs*. Celui-ci, nous le connaissons depuis très peu de temps, puisque notre première rencontre date d'avant-hier. Autant vous dire que nous n'en sommes qu'au début de nos investigations. Pour illustrer ce nouveau danger, je n'ai que quelques clichés de notre pauvre Inspecteur C à vous proposer. Comme vous le savez, ce dernier a été mis en contact avec ce nouvel *usurpateur* lors de l'attaque dite « des péniches », destinée à démanteler un important réseau de trafiquant de drogues, alors même que des informations précises sur cette rencontre avaient été récoltées grâce au don de télépathie de notre chère Annabelle. Inspecteur C était posté sur les hauteurs des écluses afin de surplomber l'attaque lorsqu'il sentit une présence « maléfique » – selon ses propos – à ses côtés, même s'il a encore beaucoup de mal à communiquer à ce sujet. Il tenta bien de se défendre, mais comme il ne voyait rien, il fut vite mis hors d'état de se défendre. Malgré le soutien de son second, dont le témoignage moins équivoque s'avère aujourd'hui très précieux, notre ami l'Inspecteur C ne put que constater la disparition de ses mains et avant-bras, et qu'ils demeurent depuis tout aussi insensibles au toucher. Pour le moment je vais être franc, nous sommes totalement impuissants devant ce nouveau type de menace, conclut-il tout en déclenchant la projection des photos de l'Inspecteur C. Il abrégea pourtant la présentation, ainsi que ses commentaires, jugeant probablement par trop effrayant pour les novices ce dernier danger, d'autant plus que les risques encourus paraissaient innombrables. À peine avait-il achevé son exposé qu'il fut curieusement assailli de questions. D'abord Pénélope, qui, comme à son habitude, s'exprimait à haute voix dès qu'elle en avait la possibilité.

— Et le scanner, avez-vous réalisé un scanner sur Inspecteur C ? Qu'a-t-il donné ?

— Le scanner a simplement confirmé que ses mains et ses avant-bras étaient toujours bien présents, même si on ne les voyait plus et qu'Inspecteur C ne les sentait plus ; quant à l'analyse de sang, dont vous alliez certainement me parler, elle confirme aussi la présence d'une substance étrangère, mais tant que des analyses plus poussées ne nous donneront pas davantage d'informations, nous ne pourrons identifier la menace. Pour avancer dans nos recherches et trouver des solutions - un remède, un antidote - il faudrait que nous puissions kidnapper cet *usurpateur*, et étudier son métabolisme, autant vous dire que…

La Psy venait de faire de nouveau irruption dans la salle.

— Je vous entends parler de kidnapper. Il va bien falloir que l'on se penche sérieusement sur le cas d'Annabelle !

— Avant ! intervint sèchement Erwan, j'aimerais, si possible, revenir sur un point précis. Vous évoquiez tout à l'heure le témoignage « très précieux » du second d'Inspecteur C. Pourriez-vous nous en faire profiter plus en détail ?!

— En substance, ce jeune homme nous a expliqué avoir nettement vu une silhouette se dessiner sur le pont où ils se trouvaient tous les deux, une silhouette « floue » selon ses propos. Et lorsqu'il a tiré dessus, il est certain de l'avoir touché. Pourtant, nous n'avons pas retrouvé la moindre trace de sang sur les lieux après coup. Il n'y a aucun doute quant à la véracité de son témoignage. En effet, dès qu'elle fut touchée, cette silhouette, au lieu de supprimer totalement Inspecteur C, et de s'attaquer au second, s'est enfuie sans demander son reste, alors qu'elle avait clairement l'avantage, preuve qu'elle était blessée !

Tandis que la Psy chargeait un nouveau sujet dans l'ordinateur de la salle, nos trois jeunes gens se regardèrent, songeurs, cherchant dans le regard des autres des réponses dont ils ne connaissaient même pas encore les questions. Pourtant, sans le savoir, chacun ressentait les mêmes sensations, mélange d'excitation et de crainte, avec surtout le sentiment d'être quelque peu dépassés par l'ampleur des évènements et des dangers qui se profilaient. La Psy, qui entendait tout cela, choisit délibérément d'interrompre ces interrogations, selon elle stériles, et de plonger les novices dans une situation bien plus opérationnelle, histoire d'occuper concrètement leurs esprits.

— Revenons à la scène du kidnapping d'Annabelle, rue Édouard Colonne, à côté du Châtelet[17]. Tout a commencé comme nous le montrent ces images vidéo au moment de sa sortie du RER. On voit bien qu'elle est très rapidement encerclée, et on devine très nettement les intentions de ces kidnappeurs grâce à leurs étranges casques audio qu'ils portent tous sur la tête. Pour des non-initiés, rien ne permet de dire qu'ils sont équipés d'appareils destinés à autre chose qu'à écouter de la musique, comme on en voit partout dans les transports depuis plusieurs années. Mais si l'on regarde de plus près leur comportement, on constate qu'ils cherchent rapidement à l'isoler. Ils sont quatre et communiquent via leurs casques par petites touches, sans que notre jeune amie ne s'aperçoive de quoi que ce soit, car justement ces appareils brouillent leurs pensées. Un peu plus loin, tandis qu'elle sort du métro place du Châtelet, ils se mettent à

---

[17] Voir chapitre XIV, tome 1, les novices.

surveiller de plus en plus les environs ; et c'est d'ailleurs le moment que vous choisissez Vince, pour apparaitre dans le champ des caméras de surveillance de la zone, que vous ne quitterez plus jusqu'au départ du 4 x 4. Regardez, là ! Nous voici au plus près de la scène de l'enlèvement, avenue Victoria, leur piège se referme de plus en plus sur notre amie. Notez le leurre qu'ils viennent de créer, à quelques mètres seulement de là, avec une fausse scène de ménage pour attirer l'œil des passants. Tout le monde, y compris Annabelle, détourne la tête, même vous Vince, vous vous laissez prendre, tant la scène est bien jouée. Pourtant, tout ce petit manège ne trompe pas bien longtemps notre jeune amie, dont on perçoit déjà le mouvement de recul lorsqu'elle se voit contrainte d'emprunter la rue Édouard Colonne. Mais il est déjà trop tard ! Il suffit alors aux quatre kidnappeurs d'à peine quelques secondes pour contenir, puis propulser le corps de la jeune femme à l'arrière du 4 x 4, avant de refermer la porte sur elle et de démarrer en trombe. D'une efficacité redoutable !

Par la suite, nous parvenons à suivre le véhicule pendant un bon moment, grâce au réseau plutôt dense de caméras dans cette zone. Je crois que pas moins de cent caméras ont été utilisées afin de le tracer. Pour mieux nous échapper, les kidnappeurs sont entrés et sortis au moins trois fois de parkings publics, prenant à chaque fois bien soin de changer de véhicules dans des zones mal couvertes par ces caméras. Les deux premières fois, grâce aux détecteurs thermiques, nous avons réussi à maintenir le contact. Malheureusement, la troisième a été fatale, car cette fois-là, les deux caméras de la zone du parking public étaient en panne, et un flot trop important de véhicules ne nous a pas permis d'identifier celui qu'ils avaient emprunté. Par extrapolation, nous avons recensé cinq véhicules qui pouvaient correspondre à notre chargement, mais les suivre ne nous a pas permis de les identifier avec certitude. Nous avons donc établi une zone, à partir du dernier parking public visité, de près de deux cents kilomètres de circonférence, qui couvre plus de quatre-vingt-dix pour cent des lieux où s'étaient arrêtés les cinq véhicules qui en étaient sortis. Zone dans laquelle nous avons surtout cherché à identifier les sites abandonnés ou désaffectés, hangars, locaux commerciaux, entrepôts susceptibles de servir de lieu de détention. Au total, nous en avons recensé près de deux cents, tous à vérifier un par un avant d'espérer retrouver au plus vite notre amie Annabelle.

— Mais c'est… considérable, s'inquiéta Pénélope.

— Oui, cela correspond à une zone presque impossible à couvrir, admit la Psy, mais cela va être justement l'occasion rêvée de tester vos capacités, ajouta-t-elle tout en fixant Erwan droit dans les yeux.

— Moi !? lança le jeune homme, vraiment surpris, tout en se redressant.

— Oui, Erwan, il s'agit bien de vous ! Nous avons justement pensé à vous, et même mieux que ça : les équipes de l'Architecte ont déjà travaillé dans ce sens, et viennent de concevoir un appareil spécialement imaginé pour vous, que j'ai ici avec moi, et qui devrait vous permettre non seulement de tester votre don, mais aussi de l'optimiser, et surtout, de nous aider à retrouver Annabelle !

Erwan, tout comme les deux autres novices, avaient bien remarqué l'objet que le Commissaire avait laissé en évidence sur la table ovale de la salle de réunion, mais comme il s'agissait apparemment d'un simple casque qui ressemblait en tout point à ceux des kidnappeurs d'Annabelle, ils avaient tous pensé à une pièce à conviction récupérée après le kidnapping, et perdue par eux au moment de l'enlèvement de la jeune femme.

— Vous… vous voulez que j'utilise ça !?

— Évidemment ! Vous représentez notre meilleure option sur ce dossier, répondit le Commissaire, tout en s'emparant du casque. Nous savons tous que vous possédez le don de vous déplacer dans l'espace grâce à des mots, de lieux notamment. Comme vient de nous le dire Psychologue IV, nous avons recensé deux-cents sites où Annabelle serait susceptible d'être détenue par ses ravisseurs. Chacun de ces sites porte un nom. Il nous suffit d'entrer dans la mini base de données installée dans le casque les noms de ces sites et nous aurons ainsi un appareil opérationnel !

— J'ai bien compris, mais c'est humainement impossible ! Durant les entrainements de la semaine dernière, j'étais déjà épuisé après deux, voire trois déplacements, et là, vous me demandez de « voyager » deux-cents fois !

La Psy prit alors la parole.

— D'abord, sachez que votre corps va s'endurcir et s'habituer peu à peu à ces voyages dans l'espace. Ensuite, c'était le stress lié à l'incertitude du voyage retour qui engendrait le plus de fatigue. Enfin, avec cet appareil, vous n'aurez presque rien à faire. Il y a exactement deux-cent-un noms qui ont été enregistrés dans la base de données, le dernier étant bien évidemment celui qui vous permettra à chaque fois de revenir ici. C'est on ne peut plus simple !

Erwan chercha dans les regards de Pénélope et de Vince un soutien quelconque, pour tenter de convaincre la Psy et le Commissaire de la démesure de ce projet, mais il ne rencontra que deux fronts et des regards fuyants en guise de soutien.

— Je vois, je me sens soutenu ! murmura-t-il.

— Vous ne pouvez pas les blâmer, et vous le savez au fond de vous, c'est la seule solution viable.

— Bien, admettons que j'accepte. Comment me garantissez-vous ma sécurité, au cas où je me retrouverais soudain face aux ravisseurs, ou bien si je me retrouve dans l'incapacité de revenir ici ?!

— Pour assurer votre sécurité, nous avons prévu une section de huit hommes, dirigée par Inspecteur C (ndlr : celui à la mémoire extraordinaire), prête à partir dès que nous constaterons une anomalie ou un signal envoyé par vos soins. Sur le casque, vous avez aussi la possibilité de nous alerter. Regardez, sur le côté gauche, il y a deux touches positionnées sur cette arête. L'une vous permet de déclencher un mot nouveau à chaque fois, l'autre de revenir ici. Sur le second côté, vous retrouvez, à la symétrie des premières, deux nouvelles touches :

La première, rouge, pour nous signaler que vous êtes en danger, la seconde, dans le cas, rare – je peux vous l'affirmer – où vous seriez dans l'incapacité de revenir ici. Dans ce cas, vous êtes projeté vers Paris dans un lieu précis que nous sommes les seuls à connaitre. Il nous suffira alors de venir vous chercher.

Devant tant de certitudes et d'autorité, il était difficile au jeune Erwan d'envisager une autre issue que d'accepter cette mission. Il se dit aussi que cela pourrait être un bon moyen de prouver enfin qu'il pouvait lui aussi apporter quelque chose à la communauté des *Voyageurs*, ce dont il doutait jusqu'alors.

Psychologue IV, qui savait ô combien ses jeunes interlocuteurs ignoraient jusqu'à quel point elle savait lire dans leurs pensées, le laissa faire, sans montrer la moindre émotion, pour ne surtout pas influencer sa décision. Ce qui l'amusa particulièrement, c'étaient les pensées très contrastées des deux autres novices. Autant Pénélope se montrait contrariée, se demandant presque pourquoi elle n'avait pas été choisie, autant Vince se sentait soulagé d'avoir été écarté, se considérant comme absolument pas prêt à faire correctement usage de son don, et craignant même presque de paraitre ridicule aux yeux des autres.

Erwan se décida à l'accepter, avec le juste sentiment qu'il n'avait pas vraiment le choix.

— OK, allons-y ! Ce sera aussi un bon moyen pour moi de montrer ce que je vaux réellement !

— Parfait ! répondit du tac au tac le Commissaire. La Psy s'en félicita plus discrètement, avant de sortir quelques instants de la salle, le temps d'interpeller une silhouette que les autres n'eurent pas le loisir d'identifier, et de revenir avec une drôle de fiole à la main.

— Pour ne rien laisser au hasard Erwan, nous t'avons préparé une concoction qui devrait t'aider dans ces voyages « spatiaux » et donc te soulager. Mais bien entendu, une fois encore, tu dois nous faire entièrement confiance !!

— Je crois qu'au point où j'en suis, je n'ai vraiment plus trop le choix. Alors, allons-y, ne perdons pas de temps !

Bien entendu, la potion contenue dans la fiole s'avéra imbuvable et Erwan eut toutes les peines du monde à l'avaler. Dès qu'il eut terminé, la Psy l'invita à s'installer confortablement dans le fauteuil qui se trouvait à l'extrémité de la table ovale, et à positionner sur sa tête le fameux casque. Plus inquiète qu'elle ne le laissait paraître, elle se pencha alors sur lui pour lui communiquer les ultimes consignes, n'hésitant pas à répéter les fonctionnalités de chacune des touches plusieurs fois.

— La première touche de gauche vous permettra d'entendre les noms des sites. À l'aide de la seconde, vous pourrez valider ce nom afin de vous y rendre. Lorsque vous aurez considéré avoir terminé de visiter le site, il vous suffira d'appuyer sur la seconde touche : vous entendrez alors le mot « voyageur » qui vous ramènera ici. Sachez que la base de données sera automatiquement mise à jour. Il se peut que parfois vous mettiez plus de temps pour visiter un site et vous assurer qu'Annabelle ne s'y trouve pas. C'est pourquoi grâce à la mini-balise installée à l'arrière de votre casque, nous pourrons suivre à quelques centimètres près vos déplacements sur ces sites, et savoir pour quelles raisons votre présence s'éternise, et notamment, si vous restez immobile trop longtemps, ce qui devrait aussi nous alerter.

Regardons maintenant la partie droite : ce bouton, légèrement enfoncé, nous informera si un problème technique vous empêche de revenir ici. Enfin, le plus important, le bouton rouge, qui dépasse légèrement. Si vous l'actionnez, nous saurons immédiatement que vous êtes en danger. Voilà, je pense vous avoir tout expliqué. Avez-vous d'autres questions ?

— Non, pour moi c'est très clair. Je… Je suis prêt !!

— Alors, dans ce cas, *bon voyage à vous* ! lança le Commissaire, accompagnant ses propos avec son geste habituel, l'index et le majeur écarté, pour former un V, comme *Voyageurs*.

Chapitre XXX
Erwan 5,
Fin de journée du 8 mai 2016, site des voyageurs

Erwan, se surprenant lui-même, ne put s'empêcher de sourire, puis ajusta une dernière fois le casque sur sa tête, avant d'approcher lentement son index de la partie gauche. Il regarda une par une les personnes autour de lui, qui ne le quittaient plus des yeux, puis appuya avec fermeté sur le premier bouton.

Une voix métallique retentit alors dans son casque :

« Entrepôt d'Igny… ».

Pendant un court instant, trop bref pour que les protagonistes n'aient le temps de s'inquiéter, il ne se produisit rien. Puis, sa vue se brouilla, et il sentit comme une très forte poussée dans le dos, un peu comme dans les fêtes foraines, dans les sièges des grands huit. La seconde d'après, il se retrouva dans un hangar presque vide, avec juste quelques pauvres carcasses de voitures et de pneus éventrés autour de lui.

La surprise passée, il se leva doucement. Au début, il ne s'éloigna que de quelques pas. Puis, peu à peu, il prit confiance, et décida d'entreprendre méticuleusement le tour de l'entrepôt. Il comprit rapidement que le lieu ne pouvait héberger Annabelle et décida de ne pas s'éterniser (il se doutait bien qu'il n'y avait pas ou très peu de caméras de surveillance dans ces lieux abandonnés, le gouvernement priorisant ses dépenses depuis la grande crise des années 2000).

Erwan revint là où il était arrivé et appuya sur le second bouton. Toujours dans la salle de réunion Critias, personne n'avait bougé. Tout le monde attendait son retour, les yeux toujours rivés sur son fauteuil vide. Dès qu'il réapparut, on put sentir un net soulagement dans leurs regards.

— Pas mal pour une première, lança la Psy avec enthousiasme, en guise de bienvenue.

— Je vous félicite, lui répondit le principal intéressé, vous aviez raison, je ne suis absolument pas fatigué !

— Tu en as mis du temps, lui glissa gentiment Pénélope en guise de reproche.

— Il fallait bien que je m'habitue. Et puis, le hangar était gigantesque.

— Tu veux dire que durant tout ce temps, tu n'as visité qu'un seul site !? ajouta ironiquement Vince, qui le savait bien, pour avoir suivi la scène depuis l'écran de contrôle de la balise.

— Bien, Erwan, intervint la Psy. Vous sentez-vous capable de continuer ?

— Évidemment. Je me sens totalement opérationnel. Je n'ai désormais qu'une hâte, c'est de visiter plein d'autres sites ! Ajouta-t-il tout en repositionnant avec enthousiasme son casque sur la tête. Sans attendre que quelqu'un reprenne la parole, il appuya de nouveau sur le bouton. La voix métallique, imperturbable, résonna de nouveau dans ses oreilles.

Le jeune homme enchaina ainsi avec une bonne trentaine de sites, dans l'ordre programmé par la machine et les équipes de l'Architecte. Plus il enchainait les voyages, et moins ses amis attendaient son retour. Il finit par les retrouver en train d'attendre nonchalamment installés dans leurs fauteuils respectifs, voire clairement en train de somnoler. Quant à Erwan, désormais véritablement chargé d'une mission, il ne se posait aucune question, et enchainait les voyages, avec même un appétit de bien faire qui croissait au fur et à mesure de ses déplacements.

Lors de l'un de ses retours, il voulut tout de même vérifier un point qui lui était apparu évident lors de l'un de ses derniers voyages.

— Psychologue ? avait-il demandé, lorsqu'au 35e voyage, la fatigue avait commencé à poindre et la nuit de tomber, avez-vous intégré d'autres paramètres que la distance pour que ces sites soient dans cette fameuse zone d'environ cent kilomètres du dernier parking public dans lequel Annabelle et ses ravisseurs ont été aperçus ?

— Oui, tout à fait. Nous avons ajouté des critères de pertinence, afin de déterminer si ces sites pouvaient réellement servir de cachettes à d'éventuels ravisseurs.

— Parce que, pour l'instant, je n'ai croisé aucun site avec la moindre âme qui vive, rétorqua Erwan avant d'appuyer une énième fois sur le bouton de son casque.

— « Parc d'attractions Mirapolis », lança froidement la voix métallique. Et le jeune homme fut propulsé brutalement dans l'une des zones en friches de l'ancien parc d'attractions, parc dont il n'avait d'ailleurs qu'un très lointain souvenir.

Dès son arrivée, même si la nuit était déjà bien avancée, le site lui parut totalement désert, ce qui, paradoxalement, le rassura, car au milieu de toutes ces gigantesques ombres d'attractions abandonnées, il s'imaginait mal croiser des « habitants ». Malgré le démantèlement de la plupart des attractions, régnait toujours sur le site une bien étrange atmosphère. Ce mélange de silence lugubre et de solitude insondable, dans un espace tout aussi grand que vide, aurait pu terroriser n'importe quel être humain normalement constitué qui, arrivé là, aurait tout aussi vite détalé sans demander son reste. Mais Erwan n'était pas, ou plutôt n'était plus un être humain comme les autres. Il avait désormais de nouvelles responsabilités, que son don venait de lui procurer. Il ne ressentait d'ailleurs pas vraiment cette peur primale, mais plutôt un étonnant sentiment d'impunité, de puissance, assez troublant à ses yeux en de telles circonstances. Le parc, fidèle à sa démesure, paraissait encore plus grand que lors de son enfance. Ce n'est qu'après avoir déambulé quelques minutes parmi ces silhouettes passées que tous ses souvenirs revinrent peu à peu. C'était désormais net dans son esprit : Il s'y était rendu trois fois avec ses parents et avait adoré ! Erwan acheva de reconstituer les différentes zones thématiques du parc en s'y perdant, se dirigeant de mieux en mieux au beau milieu de ses souvenirs. Il sut, par exemple, assez vite qu'il avait atterri derrière le château des visions, lui-même non loin de l'entrée principale. Il reconnut également, tandis qu'il la longeait, les restes de la fameuse rivière fleurie qui l'avait pourtant tant enchanté étant jeune. Soudain, il réalisa qu'il s'était nettement éloigné de là où il était arrivé, près du château des visions : pourtant il s'en moqua, ponctuant son désintérêt d'un vague haussement d'épaules, même s'il s'en éloignait franchement. La nuit pleine, dont la venue s'accélérait désormais franchement, comportait un avantage évident : le jeune novice ne risquait plus d'être vu dans cette franche obscurité, et s'il devait trouver trace de la moindre lumière, même improbable dans un lieu aussi abandonné, il ne manquerait pas de la déceler immédiatement. Pour mieux anticiper le moindre mouvement suspect et surtout le bruit le plus infime, il avait enlevé son casque, désormais posé autour de son cou. Le jeune homme ne cessait de stimuler ses yeux afin qu'ils s'acclimatent au plus vite aux ombres grandissantes, au fur et à mesure que la nuit s'épaississait, histoire aussi d'éviter les obstacles qu'il ne manqua pas de rencontrer sur son passage.

Arrivé devant l'extrémité sud du lac central, Erwan hésita pour la première fois entre la piste de droite, qui menait – il le savait – vers les vestiges du Gargantua gigantesque, et la piste de gauche, qui passait au beau milieu du pays des légendes, qui l'avait tout autant fasciné dans sa jeunesse.

Il opta, guidé par sa propre nostalgie, pour le Gargantua. Très vite pourtant, il déchanta, car ses souvenirs d'enfance ne furent jamais réellement assouvis. Comment avait-il pu oublier le jour où cette fameuse statue géante, l'une des plus hautes du monde, juste après la statue de la Liberté, avait été dynamitée, à peine quelques mois après la fermeture prématurée du parc. À sa place, il ne restait plus qu'un grand trou béant dans lequel ses souvenirs s'abimèrent d'un seul regard. Malgré tout, il se devait de continuer.

Il venait de terminer de contourner le grand lac central, lorsqu'il déboucha devant un immense palais – dont il avait oublié non seulement le nom, mais aussi l'existence – ou plutôt ce qu'il en restait. Excepté ses murs, défraichis et dénués de la moindre couleur, ainsi que quelques rares fenêtres qui avaient survécu aux intempéries et à plus de vingt ans d'abandon, ne subsistait qu'un vague souvenir de Sa Majesté. Ce royaume de l'illusion portait soudain bien son nom, car la magie du lieu avait réellement disparu.

Au détour d'un buisson, il lui sembla apercevoir une lueur discrète dans l'une des pièces du premier étage. Illusion ou réalité ? Erwan ne pouvait se permettre le moindre doute, même si le temps s'écoulait et que des dizaines d'autres sites l'attendaient. Il devait s'assurer qu'Annabelle, dont l'importance n'avait cessé de prendre de l'ampleur dans son esprit au fur et à mesure de ses voyages, ne se trouvait pas retenue prisonnière là-haut ! Pour s'en assurer, il entreprit le tour du bâtiment plusieurs fois, mais déchanta assez vite. La moindre entrée avait été soigneusement murée. À part une escalade périlleuse par la façade, Erwan s'imaginait mal réussir à atteindre l'intérieur du site. Sans solution, le jeune homme recula de quelques pas, histoire de s'assurer que la lueur aperçue persistait. Conforté dans cette certitude, il entreprit de refaire un dernier tour, décidant cette fois de s'aventurer au plus près du mur, à l'arrière du bâtiment, et ce malgré une nature devenue incroyablement hostile, en à peine vingt années d'abandon. Il dut batailler plusieurs fois contre elle avant de réussir à se frayer un chemin au milieu de denses buissons, mais à chaque tentative, il était déçu. Il eut beau longer avec obstination le palais, avec cette maudite obscurité qui n'aidait pas à voir le petit détail qui pourrait compter, il ne distinguait toujours rien de plus que des murs. Au bout d'un moment, tandis que la nuit avait définitivement élu domicile, il céda au découragement et décida de repartir, lorsqu'il se trouva presque nez à nez avec une silhouette, venue de nulle part, en train de s'extraire avec difficulté d'un épais buisson qu'Erwan venait pourtant juste de décréter infranchissable. Ce dernier s'arrêta net pour éviter d'être entendu. Manifestement, le propriétaire de cette silhouette – très certainement un enfant, vu sa taille – ne regardait pas du tout dans sa direction, et semblait même inconscient des dangers qu'il pouvait braver. Le jeune novice lui laissa le temps de bien s'éloigner avant de s'aventurer à son tour dans l'épais buisson. La traversée fut aussi douloureuse et périlleuse qu'il l'avait imaginé, véritable amas de ronces et de plantes toutes plus piquantes les unes que les autres. Lorsqu'enfin, il parvint de l'autre côté du buisson, ce fut pour se retrouver dans le vide et chuter lourdement de deux bons mètres, atterrissant tant bien que mal sur une terre meuble, prenant à peine le temps de protéger son visage entre ses mains. À se voir ainsi vautré par terre, il se dit alors qu'il n'avait vraiment rien d'un héros ! Comment les *Voyageurs* pouvaient penser qu'il puisse apporter quoi que ce soit à leur organisation ? Pour ne rien arranger, il se maudit en souriant d'avoir arrêté depuis peu de fumer, compte tenu de la nuit noire qui régnait désormais tout autour de lui. Un briquet aurait été du meilleur effet ! À tâtons, il avança le long du mur, et comprit rapidement qu'il avait découvert une ouverture, dans laquelle il s'engouffra sans attendre. À son grand soulagement, au bout d'un moment, ses mains sentirent enfin comme des marches en bois qui remontaient vers la surface. C'était la cave ! Provenant d'en haut, une douce lumière l'invita à venir la rejoindre, et dessina de plus en plus nettement un escalier de fortune au maintien instable sur lequel il s'aventura avec prudence. Après une bonne trentaine de marches, Erwan déboucha enfin sur une immense salle, à peine éclairée par une lune bien trop hésitante à son goût. Qu'importe, il était enfin dans ce fameux palais ! Il devait désormais trouver comment accéder aux étages, tout en évitant d'éventuelles mauvaises rencontres.

La salle était si incroyablement vide qu'en avançant, il ne risquait pas de percuter quelque obstacle bruyant qui trahirait sa présence. Il perdit encore quinze bonnes minutes avant de trouver le fameux accès aux étages, un immense escalier sans âme, à l'autre bout de la salle. Il se souvenait vaguement de l'emplacement de la lueur aperçue et cherchait à la rejoindre coûte que coûte. Dès les premières marches, Erwan fut informé par un bruit sec d'une présence au premier étage. Il se fit pourtant violence et continua d'avancer marche après marche, vers ces bruits qui se précisaient peu à peu. À l'approche du palier, des voix s'intensifièrent et il fut même capable de reconnaitre distinctement celle d'un homme et d'une femme, et bientôt de comprendre une partie de leurs propos. Manifestement, ils parlaient de l'enfant qu'il venait d'apercevoir dehors.

— … Tu ne crains pas qu'il les croise, demandait la femme d'une voix tremblante et angoissée.

— Mais non ! lui répondit du tac au tac l'homme, Max est malin, il connait parfaitement le parc et sait très bien se fondre dans le décor. Je te rappelle que la dernière fois qu'il a fugué, j'ai dû le chercher une journée entière avant de le retrouver, tellement il s'était bien caché.

— N'empêche, ils sont vraiment… dangereux, et puis je les trouve de plus en plus… nerveux.

Tandis qu'Erwan posait délicatement son deuxième pied sur le palier, il parvint enfin à mettre des silhouettes sur ces voix. Et s'ils étaient en train de parler des gens qu'il cherchait justement ?! Erwan n'osait trop y croire, avant qu'une voix d'enfant, juste derrière lui, n'interrompe ses réflexions et ne le paralyse sur place, en même temps que le canon d'une arme s'enfonçait fermement entre ses côtes.

— Ne bougez pas ! avait crié l'enfant, avant d'ajouter, avec moins de fermeté, Papa, nous avons un visiteur.

La jeune femme se mit à crier, avant de se précipiter derrière le reste de canapé sur lequel elle se tenait l'instant d'avant, tandis que l'homme, tout aussi nerveux mais plus déterminé, s'était levé d'un bond, attrapant au passage un pistolet posé sur une sorte de guéridon, et s'approchait d'un pas mal assuré dans la direction du novice. Comme Erwan et le jeune garçon se tenaient enveloppés dans l'obscurité, il ne pouvait que discerner leurs silhouettes.

— Max ?! Tout va bien ??

— T'inquiète. Il n'est pas armé.

Comprenant qu'il n'avait aucune chance de s'échapper, Erwan décida de s'avancer de quelques pas vers la lumière. Dès que l'homme le vit bouger, il devint encore plus nerveux et le mit en joue.

— Doucement ! Cria-t-il les dents serrées.

À peine avait-il parcouru un mètre que l'homme l'invita sèchement à s'arrêter, avant de lui indiquer du canon de son pistolet un fauteuil qui ne portait plus que le nom, à quelques pas à peine sur sa gauche.

— Tu vas gentiment t'asseoir là, et tu vas nous expliquer ce que tu fais ici !!

C'était clair ! Erwan s'exécuta docilement, toujours sans dire un mot, tout en observant du coin de l'œil ses différents interlocuteurs, tentant tant bien que mal d'analyser la situation. Il était déjà en train de se demander si, en appuyant rapidement de sa main gauche sur le casque posé autour de son cou, qui devait être à dix centimètres maximum de ses doigts, il entendrait suffisamment fort le mot « voyageur » afin de s'extirper indemne de cette situation. Il était si peu sûr de lui qu'il en oublia qu'il pouvait aussi le dire à haute voix. Cela valait-il le coup de prendre autant de risques alors que ces gens paraissaient plus terrorisés qu'autre chose ! La réaction de la jeune femme, au bord de l'hystérie, lui fit définitivement changer d'avis. Toujours accroupie derrière le canapé, il l'entendait rabâcher plusieurs fois :

— Il est comme eux ; regarde, il porte le même modèle de casque !!!

La bonne nouvelle, c'était qu'il était manifestement arrivé à l'endroit que les *Voyageurs* recherchaient tous, là où Annabelle était retenue prisonnière. La mauvaise, c'était qu'il se trouvait dans une bien mauvaise posture. L'idée d'appuyer sur le bouton de droite l'effleura également, mais la nervosité extrême de ses interlocuteurs acheva de le convaincre de ne rien tenter pour le moment. Erwan se vit pourtant nettement en train d'appuyer de toutes ses forces sur le bouton de gauche, et il entendit même un lointain « … ageurs », mais, bien entendu, il ne se passa rien, car il n'avait entendu que partiellement le mot salvateur. Ce geste inconsidéré eut en revanche un effet dévastateur auprès de ses interlocuteurs.

— Qu'est-ce que tu fais là ! Tu préviens tes amis, c'est ça ?!! Tu nous cherchais et tu signales ta présence ?!

Pour la première fois, Erwan se décida à parler.

— Calmons-nous, vous voulez bien. Je ne suis pas ici pour vous, et j'ignorais tout de votre présence avant d'apercevoir la lumière à l'étage.

Le jeune garçon s'était approché de lui. C'est seulement à cet instant qu'Erwan découvrit qu'il n'avait jamais été armé. La femme s'approcha elle aussi peu à peu de lui, le fixant tel un animal sauvage, les yeux toujours rivés sur ce qu'il portait autour du cou. Le jeune novice, conscient de l'extrême tension qui régnait, tenta d'amadouer ses interlocuteurs.

— Si vous me laissiez poser ce casque, nous pourrions peut-être envisager la suite plus sereinement. Sur le moment, il ne savait pas trop ce qu'il faisait, car il se proposait de se séparer du seul moyen de s'échapper du lieu.

— Allez-y, faites-le ! cria l'homme, qui semblait pourtant peu à peu se calmer, sans jamais cesser de le tenir en joue. Erwan ôta donc délicatement son casque, prenant bien soin de ne pas appuyer sur les boutons côté droit, histoire de ne pas envenimer les choses. Il le posa sur le fameux guéridon, situé juste à côté du fauteuil. Sans jamais le quitter des yeux, l'homme s'adressa à son fils.

— Max, au fait, pourquoi es-tu revenu si vite ?

— Il y avait beaucoup trop d'agitation ce soir. On aurait dit qu'ils étaient tous de sortie. En à peine cinq minutes, j'ai failli être repéré par deux d'entre eux. J'ai donc préféré rentrer…

— … et tu as bien fait, sinon, nous n'aurions pas pu attraper celui-là ! Ajouta sa mère, qui, peu à peu, reprenait confiance et continuait de s'approcher d'Erwan.

— Qui… mais qui êtes-vous donc, si vous n'êtes pas des leurs ?!

Le jeune novice prit une longue inspiration, avant de décider de jouer franc jeu.

— Pour tout vous dire, je pense que nous avons un… problème commun. Je suis venu ici pour tenter de retrouver une amie qui a été kidnappée par ces gens sans scrupule.

— Et vous pensez que ce sont eux qui se sont installés de l'autre côté du parc, il y a quelques mois ?

— Probablement. Compte tenu de vos réactions épidermiques à la vue de mon casque, je suis presque certain que nous parlons des mêmes personnes. Je sais que ces gens ont justement utilisé des casques identiques pour surprendre mon amie, mais je vous rassure, la comparaison s'arrête là.

— Et pourquoi ont-ils enlevé votre amie ?

— Çà … c'est une très bonne question. Erwan se voyait mal leur expliquer qu'il faisait partie d'une confrérie secrète, dont les membres étaient possesseurs de dons. À ce stade, il ne pouvait avoir aucune certitude quant à leurs réactions. Il essaya maladroitement de gagner du temps, histoire de leur trouver un récit crédible. Ses interlocuteurs semblaient désormais un peu plus disposés à l'écouter.

— Je… je ne peux pas vraiment vous dire pourquoi elle a été kidnappée, et, de toute façon, vous ne me croiriez pas !

— Vous n'avez pas vraiment le choix, lança la jeune femme, cette fois très décidée. Laurent n'hésitera pas à tirer. Il l'a déjà fait.

Erwan voyait bien dans leurs yeux qu'ils étaient au bord de la rupture et qu'un coup de feu malencontreux pouvait arriver à tout moment.

— Écoutez, ce que je vais vous dire va surement vous sembler invraisemblable, mais c'est la stricte vérité.

Encouragé par leurs visages, il se mit à raconter dans le détail ses dernières quarante-huit heures, en omettant malgré tout plusieurs informations, comme l'adresse du site des *Voyageurs*, avec une sincérité qui ne laissait aucun doute quant à la véracité de ses propos. Au fur et à mesure de l'évolution de son récit, il vit nettement leurs comportements changer, passant de la haine à la méfiance, puis la peur, jusqu'à une forme d'admiration, sensation inattendue que le jeune novice accueillit d'ailleurs avec une certaine jubilation. Lorsqu'il eut terminé son récit, il y eut un long silence, comme s'ils avaient besoin de se remémorer plusieurs fois son récit avant de prendre la moindre décision. Erwan s'imaginait la tête du Commissaire, certainement furieux qu'il ait révélé aussi légèrement l'existence des *Voyageurs*, à des inconnus qui pouvaient très bien se trouver dans l'autre camp ! L'homme fut le premier à sortir de cette torpeur dans laquelle ils semblaient tous les trois être plongés par le récit.

— Et qui sont ces gens qui nous terrorisent depuis leur arrivée ?

Erwan se montra prudent.

— Je ne sais pas encore grand-chose sur eux. Vous savez, je viens d'arriver dans cette… confrérie (il ne savait pas quel mot utiliser !). Ils utilisent des casques pour ne pas être manipulés par mon amie, qui est télépathe, et ils font du trafic de drogue.

— Non, c'est bien plus que ça, corrigea la jeune femme, ils font certes du trafic de drogues, mais d'autres personnes trainent aussi avec eux, et ceux-ci ont vraiment des comportements étranges. Parfois, dans la journée, on les voit s'entrainer au beau milieu du parc.

— Quelle sorte d'entrainement ?

— J'ai surtout remarqué une jeune femme qui s'entrainait à se faire disparaitre. J'ai vu aussi un soir des gens arriver avec des masques sur leurs visages, comme pour se protéger de quelque chose, ou de quelqu'un, et qu'ils craignaient d'être reconnus. Et toi Max, l'autre jour, tu es tombé nez à nez avec un type dont le visage changeait de forme constamment.

— Depuis combien de temps sont-ils là ?

— Plusieurs mois pour les premiers d'entre eux, deux jours tout au plus pour les autres. Depuis, on hésite avant de sortir, ils sont vraiment trop dangereux !

Le ton avait vraiment changé, ainsi que leur attitude. Il y avait désormais entre eux presque de la complicité.

— Et à quel endroit se cachent-ils exactement ?

— Si vous pouviez nous en débarrasser, ce serait avec plaisir, mais seulement quand la nuit sera bien avancée et surtout, avec ceci, un accessoire indispensable ici !

L'homme lui présenta de bien étranges lunettes, qu'il s'apprêtait à poser sur son nez, lorsque le jeune max lui agrippa le bras d'une main drôlement ferme, celle d'un enfant qui avait dû grandir trop vite compte tenu des circonstances exceptionnelles.

— Vous verrez, ces intensificateurs de lumière seront très utiles !

Chapitre XXXI
Erwan 6,
Ça se précise !

Max s'était endormi depuis bien longtemps, non loin de sa mère qui luttait elle aussi pour ne pas le rejoindre, lorsqu'ils s'apprêtèrent à partir en reconnaissance avec Laurent. Lui et Erwan avaient eu le temps de faire plus ample connaissance durant cette longue attente. Pour éviter un débarquement inutile de ses amis les *Voyageurs*, sûrement inquiets de son silence persistant, Erwan avait convaincu ses hôtes de faire un aller-retour à l'aide de son casque. Au moment d'arriver dans la salle de réunion Critias, il y régnait effectivement un vent de panique. Le jeune novice mit d'ailleurs une bonne minute avant d'obtenir le silence complet tant il fut harcelé de questions dès son arrivée.

— Elle est très probablement là où je me suis rendu en dernier, l'ancien parc d'attractions de Mirapolis. Mais je dois y aller seul, pour m'assurer de l'endroit où ils la retiennent prisonnière. En revanche, je fais comment pour y retourner, puisqu'il n'apparait plus dans la liste ?

— Rien de plus simple, en effet, précisa la Psy, qui n'avait tout simplement pas pensé à lui décrire cette astuce, il vous suffit d'appuyer sur les 2 boutons de gauche simultanément pour revenir là où vous vous trouviez la dernière fois, si vous ne pouvez le dire à haute voix, évidemment !

— Parfait ! Promis, je fais au plus vite !

Son retour presque immédiat dans le palais de Mirapolis acheva de convaincre ses nouveaux compagnons de sa sincérité.

Avec Laurent, ils partirent au cœur de la nuit. Après avoir emprunté l'ouverture dans la cave et traversé tant bien que mal l'épais buisson, ils prirent la direction du palais. C'est le moment que choisit Laurent pour l'inviter à s'équiper de son intensificateur de lumière.

— Vous allez voir, avec ce truc, on voit des choses que l'on ne verrait même pas en plein jour !

Ils continuèrent d'avancer avec une prudence extrême, excluant ainsi toute possibilité de mauvaise rencontre. Erwan avait remis presque machinalement son casque autour du cou, ce qui eut pour effet de le rassurer, et de se sentir à un clic de ses amis *Voyageurs*. Laurent, qui ouvrait la marche, semblait en tous les cas savoir exactement où il l'emmenait, hésitant très rarement avant de choisir telle ou telle direction. Quant à Erwan, malgré ses lunettes – certes d'une efficacité redoutable – il s'avouait totalement perdu.

Au bout d'une bonne heure de marche, son accompagnateur l'invita brutalement d'un geste autoritaire à s'arrêter et à se baisser. Sans discuter, Erwan s'exécuta. Ils restèrent ainsi trois bonnes minutes sans bouger, à l'écoute du moindre bruit suspect. Enfin, manifestement rassuré, Laurent daigna se retourner vers son compagnon, avant de lui chuchoter à l'oreille.

— Nous nous trouvons à quelques pas seulement de l'entrée de la ville d'Ys et du Voyage sous la mer. Avancez légèrement par là et regardez dans cette direction.

Effectivement, à peine quelques pas sur sa gauche, et les yeux d'Erwan rencontrèrent soudain une intense lumière, sûrement accentuée par l'appareil qu'il portait. Par réflexe, il s'apprêta à l'enlever.

— Surtout pas ! Vous seriez presque aveugle pendant de longues minutes si vous l'enleviez maintenant. La lumière est bien plus faible que vous ne le pensez.

Erwan s'obligea à fixer la lumière durant quelques instants, mais comme il ne se passait rien, il fit rapidement signe à Laurent qu'il voulait rentrer, jugeant qu'il en avait assez vu. Ce dernier acquiesça d'un geste décidé de la tête, et le ramena, toujours sans un mot, jusqu'à leur cachette. Erwan, après avoir passé le buisson, quitta cette fois ses lunettes sans regret. Ce n'est qu'après avoir rejoint la planque où sa femme et son fils continuaient de dormir profondément que Laurent, se sentant certainement en sécurité, lui adressa de nouveau la parole.

— Pour ma part, je suis convaincu que votre amie est là. En revanche, je n'ai aucune idée du nombre exact d'hommes présents sur place !

— Ne vous inquiétez pas pour cela, nous allons revenir en force, répondit Erwan, soudain bien fanfaron. En attendant, soyez prudents. Si je vous ai trouvé, c'est parce que j'ai aperçu une lumière s'échapper de l'une des fenêtres du premier étage. Si moi j'ai pu la voir, les autres aussi. Vous n'êtes pas vraiment en sécurité ici.

— Après votre départ, on éteint tout !

Ils se saluèrent longuement, presque comme deux vieux amis, Laurent parce qu'il semblait si heureux de croiser enfin un être humain normal, et Erwan, parce qu'il avait enfin l'impression d'avoir grandi à leur contact. Prêt à partir, il posa cette fois ostensiblement son casque sur la tête, avant d'appuyer franchement sur le bouton synonyme de retour sur le site des *Voyageurs*. À son retour, seule la Psy veillait toujours et attendait manifestement avec impatience qu'il réapparaisse. Erwan se sentit alors épuisé. La tension accumulée redescendait. Ils parlèrent peu. D'ailleurs, cela s'avérait inutile avec elle, et pour une fois bien pratique, car elle devinait tout. Erwan ressentit pour la première fois de sa part une sorte de reconnaissance dans le son de sa voix. Elle venait de le tutoyer !

— Tu devrais aller te coucher, il est presque trois heures du matin. Demain ne sera pas un jour comme les autres.

Erwan n'en demandait pas tant et se retira sans hésiter dans sa « cellule », tout en demandant comment cette femme pouvait dormir si peu. Bien entendu, il ne put « entendre » sa réponse, mais elle existait, dans son esprit tout du moins. Seul, allongé sur son lit, Erwan, encore tout excité par ce qu'il venait de vivre, perdit naturellement de longues minutes avant de trouver le sommeil. Sa vie s'était tellement métamorphosée ces derniers jours… Il ne se reconnaissait plus non plus…

Chapitre XXXII
Vince 3,
Dans la nuit du 8 au 9 mai 2016

Épuisé, Vince était parti se coucher juste après le second départ d'Erwan pour Mirapolis. Avec les autres membres des *Voyageurs*, ils avaient regardé sur une carte où se situait ce fameux parc d'attractions dont ils ne se souvenaient pas du tout. De nouveau seul dans sa cellule, il avait lui aussi eu toutes les peines du monde à trouver le sommeil. Plusieurs fois, il s'était retourné dans son lit minuscule, avec le sentiment de ne pas vraiment s'être endormi. Las, il avait fini par abandonner et avait décidé de retourner dans la salle de réunion en pleine nuit. Il fut surpris d'y retrouver la Psy, restée dans la salle pour veiller au retour d'Erwan, et éviter ainsi qu'il ne se retrouve seul s'il venait à rentrer en pleine nuit.

En la découvrant, il aurait juré qu'elle ne dormait pas, et pourtant son corps, parfaitement immobile, et ses yeux, tout aussi clos, donnaient l'impression que quiconque l'aurait fait sursauter en l'effleurant. Il n'en fut rien, car dès l'arrivée pourtant discrète de Vince, la psychologue se redressa et tendit au jeune homme, sans un mot ni regard, un autre modèle de casque, encore plus imposant que celui d'Erwan.

Décidément, se dit-il en l'attrapant sans dire un mot, les casques doivent être à la mode en ce moment ! Pourtant, car il avait confiance en elle, il n'hésita pas à le poser sans attendre sur sa tête. Comme s'il s'en était déjà servi, il appuya intuitivement sur le bon bouton, ce qui activa l'appareil. Il avait aperçu au passage un cerveau symbolisé sur le dessus de l'un des écouteurs. La télépathie avait vraiment du bon…

Toujours est-il que dès l'activation de l'appareil, une voix suave envahit les oreilles du jeune homme.

— Bienvenue dans votre nouveau casque. Vous allez pouvoir matérialiser vos souvenirs comme si vous y étiez ?!

L'appareil lui proposa ensuite un menu consultable à la voix avec une dizaine de souvenirs en stocks qu'il pouvait revisiter d'un simple chiffre prononcé, comme dans les émissions à la mode depuis plusieurs années, où il suffisait de voter d'un chiffre pour dépenser allègrement son argent.

Si quelqu'un d'autre que la Psy avait regardé Vince à ce moment-là, il l'aurait vu sourire, mais d'un sourire surprenant, comme si soudain il venait de réaliser un rêve d'enfant, tout en ayant une révélation sur le fonctionnement de notre monde. Une de plus, me direz-vous ! Le jeune homme était en train de penser à cette génération dorée par ces nouvelles technologies, toutes les plus incroyables les unes que les autres, et qui faisaient rêver des millions, voire des milliards d'individus, lorsqu'il comprit alors que ces inventions provenaient pour une grande partie des ateliers de l'Architecte, dont bien évidemment, le monde ignorait l'existence !

Il fallait bien le reconnaitre, la plupart des souvenirs – plutôt récents – que l'appareil proposait, restaient plutôt de mauvais souvenirs. Pourtant, il y en avait un en particulier que Vince voulut précisément revisiter. Il le sélectionna d'un chiffre – le 5 – et, comme par magie, l'instant d'après, les locaux de son bureau se matérialisèrent, exactement comme ce fameux jour-là. Vince s'en souvenait si bien de ce moment-là, lorsqu'il avait vécu, ou plutôt subi la seconde manifestation de son nouveau don d'ubiquité. Il était en train d'essayer de travailler, car son esprit, franchement ailleurs depuis la veille, continuait de tenter de rassembler les débris de sa vie d'avant. À dire vrai, seul son prénom semblait être l'unique chose qui n'avait pas changé.

Tandis qu'il pianotait distraitement sur le clavier de son ordinateur, il avait soudain ressenti le même flash caractéristique que la veille, et s'était d'un coup senti envahi d'une profonde lassitude. Il avait tenté de résister, mais sans grande conviction. Son corps s'était alors franchement séparé en deux, il l'avait senti au plus profond de sa chair, et se retrouva, quelques instants plus tard, sans avoir eu, ni l'impression ni la volonté de se déplacer, debout dans les toilettes, à quelques mètres à peine de son bureau. Heureusement pour lui, il s'y retrouva seul ! Il savait au fond de lui-même que cela ne serait pas aussi simple, et qu'il ne pourrait sortir de ce lieu d'aisance tant que l'autre enveloppe existerait. Il savait aussi que cette dernière était en train de devenir totalement inerte, et qu'elle n'allait pas tarder à glisser le long de son fauteuil. Vince s'approcha de la porte des toilettes et l'entrouvrit, dans l'espoir, au fond du couloir, d'apercevoir sa propre silhouette. Mais, comme il l'avait craint, celle-ci avait disparu sous son bureau. Il valait d'ailleurs peut-être mieux que l'on ne l'aperçoive pas à deux endroits différents en même temps !

Au même instant, perdu dans ses pensées, il fut surpris par sa secrétaire, qui le dévisagea étrangement, comme si elle venait de voir un fantôme. Et puis, il avait quelque chose de ridicule, à sortir ainsi sa tête des toilettes, sans bouger !

L'intérêt du modèle que lui avait tendu la Psy résidait dans la richesse presque infinie de ses fonctionnalités. Il découvrit qu'il pouvait, par exemple, d'un simple clic, revoir ses souvenirs sous un autre angle, et il ne s'en priva pas, décidant de revivre la même scène depuis sa première enveloppe. Comme il le craignait, son corps, soudain inerte, avait glissé le long de son fauteuil et se tenait avachi en dessous de son bureau. Juste avant de disparaitre, il avait eu le temps de voir passer la secrétaire, venue saluer l'équipe, qui n'avait pas manqué de lui faire gentiment remarquer qu'elle le trouvait bien pâle. Quelques instants plus tard, tandis qu'elle avait emprunté un second couloir pour se rendre aux ascenseurs, elle avait croisé…

Vince, toujours aussi pâle, presque gêné d'être vu ainsi sur le pas de la porte des toilettes des hommes. Le Vince des toilettes commençait à se demander comment il allait pouvoir sortir de là, car il ne pouvait en aucun cas s'en échapper tant que l'autre enveloppe existerait encore. Il dut aussi laisser entrer et sortir plusieurs de ses collègues masculins, avec toujours un petit mot, histoire de gagner du temps et trouver une solution.

Au bout du couloir, il reconnut le pas caractéristique de sa secrétaire qui revenait déjà. Une sensation de panique le submergea alors. S'il ne trouvait pas de solution dans les secondes qui suivaient, elle découvrirait l'existence des deux enveloppes et tout le monde serait au courant pour son don. Il devait agir vite. Il ne pouvait en aucun cas envisager de sortir, car elle se serait demandé pourquoi il était resté si longtemps dans les toilettes. Il décida alors de s'enfermer dans le cabinet le plus spacieux, en l'occurrence celui prévu pour les handicapés, et s'allongea sans attendre par terre, en reproduisant la position du fœtus comme il l'avait déjà fait. Certes, ainsi installé par terre, il réalisait tout le ridicule de cette situation, mais avait-il le choix ? Si quelqu'un venait à le découvrir dans cette posture, il risquait d'en entendre parler jusqu'à la fin de sa carrière.

Vince ferma les yeux, tentant de se remémorer sa première enveloppe. Pendant quelques secondes, à part l'odeur de produit bon marché qui émanait du carrelage, rien ne se produisit. Il eut même le temps de commencer à se demander si tout ceci avait du sens, s'il n'avait pas perdu la tête, surtout au moment où quelqu'un tenta d'ouvrir la porte et s'éloigna en grommelant. Enfin, cela fonctionna. Vince ressentit un nouveau flash et son esprit rejoignit sa première enveloppe, toujours allongée sous son bureau. Il eut à peine le temps de se redresser et de s'asseoir, que la secrétaire arrivait dans l'*open space*, lui jetant un nouveau regard de plus en plus rempli de suspicion. Heureusement pour lui, aucun de ses collègues n'avait remarqué la scène, comme toujours absorbés par leurs réunions interminables.

Épuisé, Vince resta de longues minutes assis, histoire de reprendre ses esprits. Ce n'est qu'au retour de certains de ses collègues dans l'open space qu'il choisit de réagir. Quelques instants plus tard, un nouvel évènement qui le concernait directement et qu'il avait totalement occulté survint. Il entendit, depuis les toilettes, des éclats de voix. S'approchant, il vit deux de ses collègues discuter vivement avec le responsable des moyens généraux. C'est alors seulement qu'il se souvint avoir oublié de rouvrir la porte !

— Que se passe-t-il ? demanda-t-il innocemment, tout en sachant parfaitement de quoi il s'agissait.

— Il y a que cette porte est de nouveau coincée !

— Comment ça, coincée ?!

— Elle est fermée comme si quelqu'un était resté à l'intérieur.

— Et vous êtes certain qu'il n'y a vraiment personne ?

— Évidemment. Ce n'est pas faute d'avoir tambouriné à la porte depuis plusieurs minutes. Ou alors, celui qui est dedans est mort et bien mort !

— Et vous disiez que le même incident s'était déjà produit ?!

— Absolument, il y a une quinzaine de jours, et dans les mêmes circonstances.

La porte ne résista pas longtemps au pass du responsable, et les trois hommes purent ainsi constater qu'il n'y avait personne dans le cabinet de toilette.

— Regardez par terre ! s'écria le collègue de Vince, montrant du doigt un objet qui trainait au sol. Ce dernier allait le ramasser mais fut interrompu dans son geste par le responsable des moyens généraux.

— Attendez, on ne sait jamais ce que l'on touche.

On aurait dit une sorte de bout de plastique transparent.

— çà, c'est étrange. Nous avons trouvé exactement la même chose la première fois. Je le sais, parce que je l'avais gardé, fit remarquer le responsable.

— On dirait de la peau, ajouta comme dégouté, son collègue, vous savez, comme avec les serpents, lorsqu'ils… enfin, lorsqu'ils…

— … Muent, acheva Vince.

— Voilà, c'est ça, lorsqu'ils muent !

— Et vous dites que cela s'est déjà produit il y a quinze jours. C'était déjà dans les toilettes ?

— Oui, et dans les mêmes, surtout !

Vince attrapa du bout de ses doigts ce qui ressemblait effectivement à de la peau morte, se demandant soudain avec effroi s'il ne risquait pas d'en avoir encore un peu sur lui. Du coup, dans le doute, il décida d'abréger et de s'éclipser, non sans s'être débarrassé de l'objet du délit dans la poubelle. Il avait surtout en tête ce que son collègue venait de lui révéler : ce phénomène s'était déjà produit ! Comme ce ne pouvait déjà être lui, cela voulait dire que quelqu'un d'autre dans la société possédait déjà un don. Pire, le même don que lui !!

Vince sentit alors une légère pression sur son épaule. Il allait se retourner lorsqu'il se retrouva dans sa cellule, avec le visage amical de la psy penché sur le sien.

— Qu'est-ce que…

— Tout va bien Vince, vous venez simplement de revivre dans les moindres détails un souvenir précis. Je vous ai juste aidé, voilà tout !!

— Tout ceci n'était qu'illusion alors ?

— Non, le contexte seulement, pas le souvenir.

— Cela veut aussi dire que l'appareil génial que vous m'avez prêté n'existe pas ?!

— Disons qu'il existe, mais sous une autre forme, dans une version moins achevée. Allez, si vous voulez nous aider à libérer Annabelle, reposez-vous encore un peu ! Nous vous attendons dès sept heures demain matin, dans la salle à manger.

Vince s'exécuta non sans continuer de s'interroger sur tout ce qu'il vivait depuis son arrivée. Il chercha sans trop insister à dormir encore un peu, puis, voyant qu'il n'y arriverait pas, après s'être glissé quelques minutes sous la douche, il revêtit les vêtements préparés par les *Voyageurs*, qui décidément, prévoyaient tout dans les moindres détails. Sa garde-robe était on ne plus simple : trois pantalons, trois sweats, trois tee-shirts, et autant de sous-vêtements, tous rigoureusement de la même couleur : un dégradé de gris, avec un V discret dessiné sur la manche.

Lorsqu'il arriva dans la salle à manger à l'heure dite, tout le monde était déjà présent, excepté Pénélope, qui n'allait pas tarder à les rejoindre…

Chapitre XXXIII
Pénélope 5,
Matin du lundi 9 mai, site des voyageurs

La jeune femme avait vécu une nuit bien différente de ses deux compagnons. Après le second départ d'Erwan pour le parc d'attractions, elle avait elle aussi rejoint sa cellule, mais sans la moindre conviction ni la moindre envie de dormir. Elle ne ressentait aucune fatigue. Pour passer le temps, elle s'était très vite mise à jouer avec lui. Il n'y avait pourtant pas beaucoup de place dans sa cellule, juste l'espace nécessaire pour accueillir son lit, un placard, et de quoi se déplacer de la tête de lit jusqu'au couloir. Tout en se vêtant machinalement de sa tenue de nuit, Pénélope repensa curieusement aux propos tenus par le Commissaire lorsqu'il avait pris… le temps de lui faire visiter les lieux, et qui résumait parfaitement l'état d'esprit des occupants de ce site : « On n'est pas là pour dormir, on est là pour agir », avait-il dit, résumant ainsi très bien le caractère spartiate de ces chambres. À cet instant-là, encore ignorante, la jeune femme n'avait pu s'empêcher de sourire, mais cet adage, au fur et à mesure qu'elle côtoyait les *Voyageurs*, prenait peu à peu tout son sens. Bref, Pénélope s'était installée dos au couloir. Munie d'une balle de tennis qu'elle avait dérobé par terre dans les ateliers de l'Architecte, probablement pour permettre à ses équipes de se défouler, elle s'amusa à la lancer vers le placard, contre le mur opposé, et d'un claquement de doigts, à stopper sa course, plus ou moins longtemps, tantôt lentement, tantôt rapidement. Dès que le claquement de doigts survenait, l'objet, docile, se mettait à stagner en l'air. Alors, la jeune femme s'approchait tout prêt de la balle, et l'observait en train de lutter contre ce temps dans lequel elle se trouvait prisonnière, tout en tournant presque imperceptiblement sur elle-même, et avançant toujours lentement mais sûrement vers le fond de la pièce. Le plus souvent, au bout de quelques secondes, Pénélope n'y résistait pas, et claquait des doigts une nouvelle fois, prête à récupérer la balle de son autre main grande ouverte. En fait, elle cherchait à voir si son claquement de doigts pouvait être plus ou moins dosé, autrement dit si, en fonction de son intensité, elle s'avérait capable d'accentuer ou non le ralentissement qu'elle donnait au temps. Au bout d'une dizaine de tentatives, elle avoua au fond d'elle-même ne pas être franchement convaincue par l'expérience et s'arrêta de jouer. Surtout, deux détails infimes qui n'en étaient pas vraiment avaient achevé de l'alerter, notamment sur les risques qui consistaient à jouer avec ce temps. Le premier, qui ne survenait que très rarement, et de manière aléatoire, l'amusa d'abord. Parfois donc, lorsqu'elle avait bien comprimé le temps, plus longtemps que d'habitude, dès le second claquement de doigts, celui-ci semblait vouloir rattraper le temps perdu, et se mettait à accélérer brutalement, surprenant à chaque fois la jeune femme, projetant la balle de tennis à une vitesse proportionnelle au temps retenu par Pénélope, parfois avec une violence rare dont sa main endolorie se souvenait de longues minutes après. Elle prit ce détail comme un avertissement. En effet, autant il s'avérait sans importance pour une simple balle de tennis, autant il pourrait en avoir bien plus pour des hommes, voire des armes. Malgré sa fougue et ses certitudes, elle devinait que des risques pouvaient exister et les prenait enfin au sérieux, ce qui ressemblait déjà à une vraie prise de conscience chez elle. Si la Psy s'était trouvée à ses côtés à cet instant précis, elle aurait aimé la voir se poser (enfin !) les bonnes questions.

Le second détail l'inquiéta en revanche plus. À force de jouer avec ce temps, Pénélope commençait à ressentir une profonde lassitude, qui l'obligea même à cesser ses expériences et à aller se coucher. C'était la première fois qu'elle ressentait une fatigue si extrême et elle fut soudain si épuisée qu'elle s'endormit immédiatement. Son don agissait donc directement sur son métabolisme ! la jeune femme commençait à se poser les bonnes questions, mais son sommeil l'empêcha d'y répondre…

Chapitre XXXIV
Les Voyageurs 9,
9 mai matin, préparatifs

Pénélope fut réveillée au petit matin par la Psy, qui venait à peine de quitter Vince. Sa première impression fut de se sentir toujours si étrangement fatiguée. Elle eut toutes les peines du monde à sortir de son lit. Le temps de s'en extirper, elle constata que son sommeil s'était écoulé normalement, et pour une fois, elle n'avait pas tenté d'interférer dans son déroulement. Elle s'habilla au plus vite mais arriva la dernière au petit-déjeuner, lui rappelant sa capacité chronique à être en retard. Comme quoi, elle pouvait légitimement se demander s'il s'agissait vraiment d'un hasard qu'elle ait reçu ce don et pas un autre ! Les conversations avaient déjà commencé dans la grande salle à manger mais la jeune femme sentit dès son arrivée que de nombreux regards s'étaient posés sur elle. Un petit-déjeuner « continental » spécial *Voyageurs* les attendait. En plus des traditionnels croissants, boissons chaudes et confitures, la table était recouverte de purée de crabes, de langoustines et de homards, de saladiers entiers de bulots, de crevettes grises, sans oublier les incontournables coquilles Saint-Jacques sauce Atlantide. La jeune femme eut un mouvement de recul devant tout cela, et à la mine des autres novices, elle n'était pas la seule !

Le sujet du jour, sur toutes les lèvres, tournait bien entendu autour de l'expédition pour tenter de libérer Annabelle des griffes de ses ravisseurs. Le Commissaire, installé comme à son habitude au beau milieu de la tablée, passa la majeure partie du petit-déjeuner à distiller ses consignes, et ce, tout particulièrement à l'attention des novices.

On le sentait à la fois inquiet – mais pas plus que ça – et surtout excité, excité à l'idée de cet affrontement comme on n'en avait pas fait depuis des années, à la grande époque de la fondation des *Voyageurs*, et ce, même s'il n'avait pas prévu d'y prendre part. Seul avec ses pensées, il savait mieux que quiconque qu'il ne pourrait servir à grand-chose !

L'heure qui suivit le repas fut consacrée aux préparatifs. Une fois de plus réunis dans la salle Critias, Pénélope, Vince, Erwan, Psychologue IV et le Commissaire, accompagnés d'inspecteur B et d'une dizaine de fantassins, sans oublier l'Architecte et deux membres de son équipe, échangeaient avec passion et enthousiasme, mais aussi un peu d'appréhension pour les nouveaux venus, autour du plan à mettre en œuvre pour libérer leur amie.

— Vous allez rencontrer des dangers inattendus, insista le Commissaire, qui tenait absolument à mettre en garde ses nouvelles recrues, sans trop les effrayer non plus. Il est normal que vous ayez peur avant ; c'est l'inverse qui pourrait plutôt choquer.

De nouveau en s'aidant d'images d'archives, l'équipe des veilleurs tenta de communiquer au groupe le maximum d'informations sur ce site, histoire de ne pas être totalement démunis par rapport à ceux qui occupaient les lieux depuis des jours, voire des mois. Un membre de l'équipe de l'Architecte avait même retrouvé non seulement un plan du parc pour touristes, mais aussi des plans techniques bien plus détaillés, probablement réalisés par les architectes du site au moment de sa conception. L'étude du site et sa « reconnaissance » étaient une chose ; l'anticipation des évènements en était une autre que le Commissaire et ses équipes s'efforcèrent de structurer. Pour cela, il s'agissait de bien connaitre les forces en présence, ce qui n'était malheureusement pas vraiment le cas, car à part le témoignage du couple et de leur enfant, cachés dans les restes du palais Léonard de Vinci, ils n'avaient que très peu d'informations. Rien non plus du côté d'Annabelle, avec qui les *Voyageurs* n'avaient toujours pas pu entrer en contact. Restaient les images furtives des kidnappeurs à

Châtelet, qui permettaient juste d'en dénombrer une demi-douzaine, mais tout ceci restait bien approximatif.

La partie la plus excitante des préparatifs fut lorsque l'Architecte et deux membres de son équipe proposèrent des prototypes d'armes adaptés à chacun des dons des novices. Pour Erwan, il s'agissait du casque qu'il connaissait déjà, mais doté d'une version encore plus performante que la précédente, avec cette fois un micro qui fonctionnait en langage « naturel », relié à une formidable base de données qui lui procurait ainsi une liberté quasi totale de se déplacer là où il voulait, à condition que ce fût un lieu contemporain au sien. Pour Vince, les équipes avaient imaginé un appareil lui permettant non seulement de savoir combien d'enveloppes avaient été créées à un instant T, mais aussi où elles pouvaient se trouver, et même leur hiérarchie d'apparition. Ce gadget génial ne prenait pas plus de place qu'une simple montre, avec juste un écran spécial qui n'occupait que 1 / 3 du modèle, et quatre touches simples positionnées sur les côtés. À les regarder faire, on aurait d'ailleurs vraiment pensé à l'une de ces séquences célèbres dans *James Bond*, lorsque Q propose au héros un certain nombre de gadgets plus improbables les uns que les autres !

Pour Pénélope, contrairement à ses deux camarades, rien de révolutionnaire, mais plutôt une optimisation de l'existant. L'heure du perfectionnement viendra bien assez tôt ! Les équipes de l'Architecte avaient conçu des sortes de mitaines avec un fort pouvoir « d'aimantation temporelle », qui permettraient à la jeune femme de transcender son don, surtout lorsqu'elle réalisait son fameux mouvement circulaire dont elle avait découvert l'existence lors de l'épisode récent des flammes sur l'accrobranche. Pour ce qui était de son désormais fameux claquement de doigts, tout était là aussi prévu, car les mitaines avaient été renforcées d'une fine partie métallique afin d'accentuer son bruit et surtout l'adhérence de ses doigts. Les dernières consignes répétées une ultime fois, il était temps pour tout ce petit monde de se rendre Hall B, entre le SAS A et le SAS B, à l'embarcadère de la navette, qui devait les emmener en toute discrétion sur le site de Mirapolis. Juste avant le départ, le Commissaire, qui mourrait d'envie de venir mais se l'interdisait, ne serait-ce par simple éthique, prit discrètement à part inspecteur B.

— Je compte sur vous, inspecteur. Si les choses tournent mal, vous intervenez et ramenez tout ce petit monde. Quoi qu'il arrive, laissez les novices apprendre leur métier le plus longtemps possible.

— Bien sûr, Commissaire !

Dans un silence remarqué, une foule compacte de curieux s'était amassée sur l'embarcadère, comme souvent au moment de départs importants. Tout le monde prit place dans la navette, qui quitta le site en quelques instants.

Les huit passagers restèrent ainsi obstinément silencieux pendant l'essentiel du trajet, jusqu'à l'approche de Courdimanche. Même si le véhicule se déplaçait furtivement et qu'il était vraiment invisible, grâce notamment à ses parois qui reflétaient la lumière du jour, tous semblaient terriblement tendus. Erwan fut logiquement le premier à s'exprimer lorsque la navette se retrouva à la verticale de ce qu'il restait du lac, au cœur de l'ancien parc d'attractions.

— Dirigez-vous plutôt vers l'Ouest. Il y a là-bas un bâtiment relativement imposant. Nous pourrons nous poser sans difficulté derrière, sans être vus.

Tout se passa comme le jeune novice l'avait prévu. La navette se posa sans encombre, ne restant au sol que quelques secondes, le temps pour les passagers de débarquer avant de s'abriter dans les buissons. Ils laissèrent la navette s'éloigner et disparaitre de nouveau et, suivant les consignes d'Erwan, restèrent sagement cachés cinq bonnes minutes sans bouger, le temps de s'assurer que personne ne les ait repérés. Comme la voie semblait libre, Erwan montra le chemin en s'engouffrant dans le buisson le plus dense, suivi sagement par les autres. À leur arrivée de l'autre côté, Max, l'enfant, les attendait, tout excité.

— Vous en faites du bruit ! murmura-t-il avec un air de reproche.

Tout le monde emboîta le pas du jeune garçon sans se poser de question. Erwan fermait la marche, regardant une dernière fois derrière lui pour s'assurer que personne ne les avait suivis. En haut des marches, au niveau du premier étage, le couple, toujours aussi tendu, les attendait de pied ferme.

— On commençait à douter de votre venue, lança Laurent, un fond de reproche dans sa voix.

Après de rapides présentations, tout le monde se mit au travail, se penchant sur le plan extrêmement détaillé de l'attraction « voyage sous la mer » fournit par l'Architecte, dans laquelle ils pensaient tous désormais qu'Annabelle se trouvait retenue prisonnière.

— En partant de l'hypothèse plus que probable de la présence d'Annabelle dans cette attraction, nous ne pourrons pas bénéficier longtemps de l'effet de surprise, car la descente vers le fond – près de quatorze mètres de dénivelé – est très longue, débuta Erwan qui, inconsciemment, avait pris la direction des opérations.

— Je ne vois pas où votre amie pourrait se trouver, si ce n'est tout au fond de l'attraction. Nous n'avons vu sortir personne récemment d'aucune autre attraction non plus, précisa Laurent.

— N'y a-t-il pas d'autres entrées, notamment par les restes de « la fontaine de l'hydre à dix têtes », juste à côté ? s'étonna Inspecteur B.

Laurent était le seul capable de répondre à cette question, et il ne s'en priva pas.

— Rien n'est moins sûr. Cette attraction fonctionne comme un jeu de l'oie, avec la forme d'un escargot. Lorsqu'il y existait encore le système de transport, les visiteurs s'asseyaient dans des wagons qui avançaient par petits groupes et s'enfonçaient doucement dans les entrailles de l'attraction. Au début, autour de l'hydre, les spectateurs se trouvaient encore en plein jour, sous une verrière, puis les wagons s'enfonçaient peu à peu au fond des océans, et rencontraient des espèces de plus en plus étranges, jusqu'à la princesse Dahut. Côté animation, des invertébrés géants, mais aussi une coquille Saint-Jacques énorme, qui faisait mine de dévorer les passagers, donnaient vie à cette attraction lors de leur passage. Bien entendu, il ne doit plus rester grand-chose de tout cela. Le système de transport a été vendu à un autre parc d'attractions après la fermeture de Mirapolis, et la plupart des animations ont elles aussi été récupérées et recyclées. Subsiste le circuit lui-même, et quelques vestiges de ce manège.

— Et ces gens dont vous parlez, savez-vous où ils se seraient installés précisément dans cette attraction ?

— Je n'ai aucune certitude à ce sujet, répondit, gêné, Laurent ; vous imaginez bien que depuis leur arrivée, nous évitons de trop nous approcher de cet endroit, où nous aimions pourtant bien nous promener avec Max avant. Ils sont trop dangereux, imprévisibles, bizarres. Maintenant, sur l'emplacement exact où ils séjournent, j'ai ma petite idée. Vers le fond de l'attraction, il y a un grand espace assez plane où ils ont très bien pu s'installer.

— De toute façon, on ne le saura que sur place, ajouta, agacé, Inspecteur B, manifestement impatient d'en découdre et quelque peu contrarié qu'ils dépendent d'une personne extérieure aux *Voyageurs* pour cette mission.

— Il est 18 h 30. Je vous propose que l'on se repose maintenant. Profitons-en pour nous restaurer et tester nos équipements une dernière fois.

La pression montait, on le voyait nettement sur leurs visages à tous, et surtout chez les novices, peu habitués à ce genre de situation.

Durant la longue attente qui précéda la tombée de la nuit, ils eurent comme seule distraction de regarder le jeune Max s'amuser avec quelques jouets, souvent cassés, redevenant brièvement l'enfant qu'il n'aurait jamais dû cesser d'être. Quant aux Novices, ils se préparaient comme ils pouvaient. Vince tentait de se remémorer dans quel état d'esprit il devait se trouver pour « optimiser » son don d'ubiquité, et tripotait sans arrêt distraitement le nouveau gadget qui venait de lui être confié par les équipes de l'Architecte. Il jetait de temps en temps un coup d'œil inquiet vers Pénélope et Erwan, à la recherche d'un regard rassurant, et, chaque fois, il revenait surpris par le contraste saisissant de leurs attitudes à tous deux. Autant Pénélope, comme à son habitude, semblait parfaitement sûre d'elle et plongeait ses yeux verts volontaires dans la noirceur de ses nouvelles mitaines, cherchant surtout à percer d'un regard leurs capacités, autant Erwan, pourtant à l'origine de cette expédition, semblait concentrer à cet instant précis de l'expédition tous les tics, les rictus qui auraient dû exprimer le stress, la nervosité chez l'ensemble de ses voisins. Il n'y avait pas un doigt épargné par ses dents, un ongle ou un bout de peau qui n'ait rejoint la poussière de la salle. Et puis il n'avait pas eu, ou plutôt pas pris le temps de tester son nouveau casque, comme s'il rechignait de s'investir plus encore qu'il ne l'avait fait jusqu'alors.

Et puis le temps glissa inexorablement, et l'heure de l'assaut approcha enfin. Juste avant de partir du palais Léonard de Vinci, Inspecteur B répéta une dernière fois les consignes, les briefa de nouveau sur l'usage des intensificateurs de lumière, ainsi que sur les armes qu'ils pourraient être amenés à utiliser, en l'occurrence, les mêmes que celles que Vince avait vues chez lui, ces étranges lassos en forme de tentacule de pieuvre, munis de ce venin paralysant révolutionnaire. Sûre de son pouvoir, Pénélope ne voulut pas de cette arme, contrairement à Vince, trop content de jouer à dupliquer son enveloppe, avec les armes qui allaient avec, et surtout Erwan, toujours aussi complexé par rapport aux autres novices, et dont sa seule capacité de déplacement lui semblait bien dérisoire au regard des dons de ses camarades.

Il était temps d'agir et au fond d'eux-mêmes, les novices en étaient désormais les premiers convaincus !

L'équipe menée par Laurent et Erwan quitta la pièce en silence, laissant derrière eux une mère et son fils forcément très inquiets. La traversée du parc jusqu'aux abords de l'attraction du *voyage sous la mer* se passa sans encombre, tant les deux hommes en tête du convoi maîtrisaient parfaitement le parcours. Comme la fois précédente, Laurent indiqua à tout le monde de stopper net au même endroit et à observer en silence, en position accroupie, pour mieux épier les allées et venues ainsi que les bruits qui pouvaient s'échapper de l'attraction. Une fois de plus, un silence opiniâtre, presque obsédant, n'aida à convaincre personne ni à rassurer les membres de l'équipe sur l'effet de surprise escompté. Au bout d'un long moment d'inactivité absolue, ils se décidèrent enfin à avancer de quelques pas. C'est là qu'ils entrèrent en contact avec les premiers observateurs adverses, installés eux aussi dans les buissons voisins et parfaitement immobiles, certainement depuis de longues heures, et dont le camouflage n'avait rien à envier avec celui de forces spéciales. Les mouvements pourtant discrets des *Voyageurs* furent repérés et punis immédiatement. Difficile de savoir combien ils pouvaient être, tant l'attaque parut venir de partout. Apparemment tout autant équipés d'intensificateurs de lumière qu'eux, ils possédaient l'avantage du terrain et surtout de l'effet de surprise. L'un des fantassins d'Inspecteur B fut le premier à tomber sous leurs balles. Il s'effondra net. Pourtant, à mieux y regarder, il n'y avait pas la moindre trace de sang autour de l'impact de la balle. Le diagnostic d'Inspecteur B, juste après avoir entendu son sifflement significatif, fut sans appel :

— Des balles endormissantes traçantes, suggéra-t-il tout en se repliant derrière un buisson, suivi de ses hommes.

— Pour l'effet de surprise, c'est raté ! murmura Erwan à l'attention de Laurent, qui semblait aussi surpris que tous les autres. Le combat aurait pu ne durer que quelques secondes, tant les tirs des assiégés étaient précis et atteignaient déjà les différents membres de l'équipe, si Pénélope n'avait pas été si prompte à réagir. Pourtant, son premier claquement de doigts s'avéra inutile, non pas qu'elle n'ait pas su arrêter le temps, mais parce qu'il avait bel et bien immobilisé tout le monde !

Avant d'effectuer son second claquement de doigts, histoire de remettre ses amis dans une meilleure posture, elle profita de l'accalmie qu'elle avait elle-même provoquée pour rendre visite à ses adversaires, et réaliser un rapide recensement. Ils étaient dix, armés jusqu'aux dents, et surtout équipés d'une bien étrange sorte de carabine. Elle s'amusa à déplacer leurs corps pour qu'ils se tirent dessus à leur réveil, puis ramena chacun leur tour, parfois non sans peine, les corps inertes et biens lourds de certains de ses amis, derrière des protections naturelles plus efficaces. Enfin, ravie du tour qu'elle venait de jouer, elle se plaça au cœur de la mêlée, et fit claquer ses doigts une seconde fois. La scène attendue ne manqua pas d'arriver, et plusieurs d'entre eux, les doigts déjà posés sur la gâchette, se tirèrent dessus. Quant aux autres, trop accaparés par leur obsession à mettre hors d'état de nuire les *Voyageurs*, ils ne prirent même pas le temps de se demander quel sortilège avait pu faire ainsi changer les trajectoires de leurs tirs. Ils avaient été prévenus déjà quelques heures plus tôt de la venue de ces assaillants. La consigne avait été très claire : ne pas les tuer, mais les mettre hors d'état de nuire en les endormant pour les faire ainsi prisonniers, et mieux les endoctriner ensuite, comme ils tentaient de le faire depuis plusieurs jours avec Annabelle, mais toujours sans succès. L'un d'entre eux vécut une séquence qu'il ne fut pas près d'oublier. Il était en train de mettre en joue un drôle de type dont la tête était couverte d'un bien étrange casque, qui ne semblait pas trop savoir quoi faire et qui paraissait isolé des autres. Au moment où son doigt commença à faire pression sur la gâchette, ce dernier se mit à marmonner quelque chose et, l'instant d'après, se tint à peine à quelques centimètres de lui. D'un geste ample, ce dernier avait déployé son lasso et frappé énergiquement le visage du tireur. Exit ce dernier, hors d'état de nuire, comme une bonne dizaine d'entre eux, depuis l'intervention déterminante de Pénélope. Un second tireur, à peu près dans les mêmes dispositions, visait un autre type qui paraissait quant à lui plus préoccupé par sa tête que par l'action elle-même. L'homme fut soudain pris de tremblements, avant que la même silhouette, tout proche cette fois, ne se précipite sur lui tandis qu'il continuait de voir dans son viseur la première silhouette s'effondrer, comme touchée par une autre balle que celle qu'il n'avait pas eu le temps de tirer. Pour le moment, les *Voyageurs* prenaient nettement l'avantage sur leurs adversaires. Un troisième tireur, parmi les rescapés de cette première confrontation, cherchait à mettre en joue une jeune femme depuis de longues secondes sans parvenir à bloquer sa cible, tant la jeune femme ne cessait d'être en mouvement. Lorsqu'enfin celui-ci crut l'avoir en ligne de mire et s'apprêtait à distiller son somnifère, celle-ci tendit la main gauche dans sa direction avant d'entreprendre un drôle de mouvement circulaire à l'aide de son autre main. Soudain, le tireur se sentit vivre au ralenti, comme paralysé. Le mouvement de son doigt en train de presser la détente, le clignement de son œil, jusqu'à sa respiration, tous ces mouvements d'habitude mécaniques, machinaux, étaient devenus souffrance, très complexes à réaliser et terriblement pénibles. En revanche, malgré son corps soudain obstinément figé, l'homme continuait de pouvoir suivre du regard les évènements qui eux continuaient de se dérouler sous ses yeux, à une vitesse pour lui incroyablement rapide, alors qu'elle était simplement proportionnelle à sa propre lenteur. Pénélope, pour une fois, était parvenue à concentrer son don sur une seule personne, et, après s'être assurée que celle-ci était bel et bien hors d'état de nuire, continua sa course pour se débarrasser des derniers tireurs encore en position. Trois tireurs seulement continuaient de pouvoir endormir les *Voyageurs*, qui eux ne dénombraient en réalité qu'une seule victime, le fantassin de l'équipe d'Inspecteur B. Deux d'entre eux tenaient en joue le type à l'étrange casque.

Erwan regardait partout autour de lui et cherchait surtout un point de chute au plus près de l'un des deux. Il en choisit un au hasard et se concentra sur lui, détaillant son environnement (au sens, dévisager son environnement). En deux secondes, il avait trouvé le mot qui lui permettrait de se déplacer au bon endroit, ce qu'il fit…

juste après avoir reçu deux projectiles de la part de ses adversaires. À peine était-il arrivé près de la cible choisie, qu'il ne put même pas soulever l'un de ses bras pour tenter d'assommer son adversaire, car il s'endormait déjà.

Laurent, à quelques pas de là, ne put que constater les dégâts et, profitant d'une certaine confusion, se précipita sur la victime désignée par Erwan pour l'assommer d'un coup sec derrière la nuque.

Au même instant, Annabelle, effectivement retenue prisonnière au fin fond de l'attraction, captait les premiers signaux mentaux de ses camarades, reconnaissant immédiatement les pensées typiques des *Voyageurs*. Elle ressentit surtout la confusion qui régnait à peine quelques mètres au-dessus d'elle dans sa prison qu'elle espérait enfin plus que jamais temporaire.

Les échos des combats étaient tels là où elle se trouvait que nul autour d'elle ne pouvait ignorer qu'il se tramait quelque chose de grave au-dessus. Tout le monde autour d'Annabelle s'affairait déjà à préparer leur défense. La jeune femme ne voyait que des silhouettes s'agiter, car ces gens-là continuaient de se mouvoir avec leurs fameux casques dont elle ne pouvait toujours pas percer les secrets.

Là-haut, Laurent prit quelques instants pour évaluer la situation. D'un côté, seuls deux tireurs restaient capables de nuire aux *Voyageurs*. En face, deux novices seulement pouvaient encore agir, sans compter Inspecteur B et trois de ses hommes. Sans perdre de temps, deux des fantassins s'occupèrent de l'un des tireurs avec leurs lassos spéciaux. Il était évident que les *Voyageurs* prenaient maintenant le dessus en surface et qu'ils n'allaient pas tarder à s'engouffrer dans les profondeurs de l'attraction.

De son côté, Vince, toujours aussi vulnérable, cherchait à rejoindre sa première enveloppe, mais sans succès ! Dans la confusion, il créa même une troisième enveloppe. Affaibli, il se trouvait sans le savoir sous la menace du dernier tireur, lorsqu'une nouvelle fois Pénélope intervint avec la plus grande dextérité, paralysant ce dernier adversaire d'un léger claquement de doigts accompagné d'un discret mouvement circulaire de sa main gauche. Elle se sentait alors si forte que tout ce qui se produisait autour d'elle lui paraissait presque simpliste. Au fond d'elle-même grandissait cette sensation jouissive de maîtriser l'ensemble des évènements, mais aussi des éléments autour d'elle, soit non seulement son propre destin, mais surtout celui des autres. L'ultime obstacle, le tireur le plus embusqué, étant en passe d'être enfin éliminé, Pénélope et Inspecteur B s'apprêtèrent à déclencher l'attaque de l'attraction du *voyage au fond des mers*, sûrement plus complexe que prévu, d'autant que l'effet de surprise n'existait plus du tout.

Avant de pénétrer dans le grand cercle qui entourait les restes de l'hydre géante, Pénélope et ses compagnons prirent bien soin de cacher dans les buissons alentour les corps inanimés de leurs deux compagnons, pour mieux les protéger pendant les combats qui allaient suivre.

Il y eut certes quelques instants de répit, un peu comme l'étale au beau milieu des marées. Tout le monde attendait tout le monde ; et tandis que les uns ne s'avéraient nullement disposés à sortir au risque de combattre à découvert, les autres, intimidés par ce gouffre qui n'annonçait rien de bon, montraient malgré tout en s'enfonçant dans l'attraction, une détermination sans faille à l'idée de libérer leur amie.

Muni d'un appareil tout aussi sophistiqué que ceux que Pénélope avait déjà pu apercevoir, notamment chez l'Architecte, Inspecteur B prit contact avec le Commissaire, lui rendant brièvement compte de la situation : les deux blessés, l'attaque imminente de l'attraction, les forces en présence. Dès qu'il eut raccroché, il s'engouffra le premier dans le tunnel, se jetant au sens propre comme au figuré dans la gueule du loup, suivi comme son ombre par deux de ses fantassins, puis, à quelques pas à peine derrière eux par les novices et Laurent. Ils avaient à peine franchi l'entrée qu'ils furent assaillis de toutes parts par d'étranges ombres, qui leur glacèrent le sang, mais sans pour autant les tuer ! Après un léger mouvement de recul, mélange de surprise et de peur, Pénélope fut encore la première à réagir, mais son claquement de doigts n'eut aucun effet sur ces ombres porteuses de morts. Et puis, venu du fin fond de l'attraction, il y eut cet homme, aussi grand que mince, que la jeune femme reconnut instantanément, pour avoir déjà eu affaire à lui. Il s'agissait du *Passe-miroir* lui-même ! D'un geste, il invita solennellement l'ensemble des protagonistes à cesser les combats et ce fut comme si le don de Pénélope avait soudain fonctionné, car tous s'immobilisèrent instantanément.

Il s'adressa alors directement à la jeune femme, comme s'il la considérait comme son adversaire le plus redoutable.

— Vous êtes bien Pénélope, n'est-ce pas ?!

Sans attendre la réponse qu'il connaissait déjà, ayant employé cette formule par simple politesse, il continua de s'avancer vers elle et lui adressa de nouveau la parole, de manière beaucoup plus brutale cette fois.

— Sachez-le, votre don ne sert à rien sur eux. Ils viennent d'un autre temps, d'un temps parallèle, et ne risquent donc pas de subir le sort de vos autres victimes.

Pénélope, impressionnée, tenta pourtant par réflexe de nouveau l'expérience, et, joua aussi sur les mouvements circulaires de ses mains, mais ce fut en effet en vain. Quant au *Passe-miroir*, personne ne parvenait à distinguer les traits de son visage, car ce dernier en changeait constamment, reproduisant ceux qui se trouvaient à proximité du sien, provoquant chez eux un profond malaise.

Alors seulement, Vince, qui s'était approché de la jeune femme, comprit à son tour qu'il se trouvait bien en présence du fameux *Passe-miroir*, dont le pouvoir semblait tout aussi terrifiant que le Commissaire avait bien voulu leur faire comprendre. Pour ne rien arranger, une autre surprise vint s'ajouter à ce tableau déjà peu reluisant. La jeune femme qui avait déjà tenu en échec Pénélope – AnnA – s'avança à son tour à hauteur du *Passe-miroir*, et, sans attendre, se précipita sur elle, prenant une nouvelle fois la jeune femme par surprise. Passés les premiers coups au visage, Pénélope parvint malgré tout à s'extirper des griffes de son adversaire et se fit un malin plaisir à tester les nouvelles facettes de son don, ce qui eut pour effet immédiat de faire reculer dans le temps de quelques secondes son adversaire, surprise à son tour que Pénélope puisse retrouver si vite l'usage de son don sur elle. S'ensuivit une course-poursuite brève et intense, dans les interstices du temps. À chaque fois que son adversaire semblait lui s'échapper, pour mieux la surprendre en arrivant d'un autre endroit, Pénélope la ramenait à sa position initiale, jusqu'à ce qu'elle sente qu'elle la tenait à sa merci. Là, d'un geste précis et rapide, elle parvint d'un mouvement circulaire ample et sec à la projeter à plusieurs mètres de là. KO, AnnA parut enfin hors d'état de nuire.

Se retournant vivement, Pénélope s'apprêtait à enchainer mais comprit très vite que l'heure n'était plus à se battre, mais plutôt à s'enfuir. Bien entendu, elle commença à refuser cette situation, mais le coup d'œil brûlant d'Inspecteur B ne souffrait aucune contestation, et elle se retrouva bientôt seule face aux ombres contre lesquelles son don ne servait à rien. Et puis, il y avait surtout ce *Passe-miroir*, qui courait désormais dans sa direction, avec cet éternel sourire qu'elle aurait bien aimé faire disparaitre à jamais de son visage. Un lointain souffle de vent au-dessus d'elle lui fit comprendre que la navette venait d'arriver en position stationnaire, juste devant l'entrée de l'attraction. Ce fut avec regret qu'elle se décida à tourner les talons et à rejoindre les autres *Voyageurs*. Pourtant, au moment de monter dans la navette, ils réalisèrent qu'Erwan n'était plus avec eux. À quelques pas, désormais immobiles, *Passe-miroir* et ses propres fantassins semblaient attendre. Erwan se trouvait coincé juste derrière eux. Il devait se débarrasser de tous ses adversaires avant d'espérer rejoindre les *Voyageurs*.

— Et Erwan, lança-t-elle à Inspecteur B, outrée.

— On ne peut pas l'attendre, lui répondit du tac au tac l'Inspecteur.

— Mais… !

— Les ordres sont très clairs là-dessus.

Les ombres l'encerclaient déjà. Il se trouvait dans une bien mauvaise posture. Même à plusieurs dizaines de mètres de lui, Pénélope, qui ne le quittait pas des yeux, devina son murmure, tandis que la porte de la navette se refermait.

« Les Voyageurs » venait-il de souffler, avant de se retrouver, instantanément, hall A, où la Psy et l'Architecte l'attendaient, tout sourire.

Dans la navette, le Commissaire accueillit froidement l'équipe. Il ne prononça pas le moindre mot, avec son air grave que la jeune femme commençait à connaitre.

— Nous avons échoué, lança-t-elle comme pour prendre les devants d'éventuels reproches.

— Pas du tout ! lui rétorqua-t-il vivement, vous n'avez pas échoué, vous avez beaucoup appris et vous êtes encore vivants.

— N'empêche, Annabelle est toujours retenue prisonnière là-bas.

— Oui, mais ne vous inquiétez pas trop pour elle. Elle en a vu d'autres et son esprit est un extraordinaire moyen de défense pour elle.

— Et nos amis ? Pénélope faisait allusion aux deux *Voyageurs*, K.-O. depuis un bon moment.

— Rien de grave. Juste une bonne nuit de sommeil et un bon mal de crâne à leur réveil.

Le Commissaire se tourna alors ostensiblement vers Laurent.

— Vous nous avez prouvé votre loyauté. Voulez-vous être des nôtres ? Nous pourrions vous trouver du travail.

— Volontiers. Je pense que nous n'avons plus grand-chose à espérer de cet endroit. Mais avant toute chose, je dois récupérer ma femme et mon fils avant de partir.

— Évidemment. C'était prévu !

Et c'est ainsi que tout le monde, après avoir récupéré la famille de Laurent, repartit sain et sauf vers le site des *Voyageurs*. Pourtant, malgré cet échec, le Commissaire considérait que cette attaque se concluait plutôt bien. Aucun mort, des novices qui s'étaient globalement bien comportés, des adversaires mieux connus. Quant à Erwan…

— Erwan est déjà sur le site, glissa le commissaire pour les rassurer.

Restaient évidemment deux points noirs : libérer Annabelle au plus vite, car malgré ses qualités, elle ne tiendrait pas bien longtemps, mais pour cela il avait une idée certes risquée mais très précise[18]. Surtout, ils devaient trouver une solution pour venir à bout de ce diable de *Passe-miroir*, pour le moment invincible. Il s'en voulait d'ailleurs de l'avoir sous-estimé à l'époque.

Dans la navette, tout le monde n'avait qu'une hâte, c'était retrouver le site, que les novices commençaient à considérer comme leur nouvelle maison. Seul Max et ses parents ne savaient pas encore où ils allaient atterrir…

---

[18] Ndlr qui fait référence à l'attaque avec Psychologue IV et les « mensonges ».

Chapitre XXXV
Les Voyageurs 10,
9 mai en fin de soirée, retour à la case départ

Le calme revenant, Annabelle comprit très vite que la tentative de ses amis avait échoué. Passé la déception, voire une pointe de découragement, la jeune femme décida de se ressaisir et de trouver en elle-même les ressources pour tenter d'échapper à ses ravisseurs. Ils revenaient d'ailleurs déjà vers le fond de l'attraction, là où elle était en effet retenue prisonnière. Il y avait à leur tête cet homme, toujours si troublant, rencontré pour la première fois la veille. Non seulement, le visage de cet homme n'apparaissait jamais franchement, comme s'il ne cessait de prendre l'apparence des visages des autres, mais surtout il ne possédait aucune pensée propre, n'éprouvait pas non plus la nécessité de se protéger, et son esprit ressemblait à une véritable éponge, à moins que ses pensées ne soient enfouies quelque part dans son cerveau et donc inaccessibles…

Toujours est-il qu'il était bien le seul à lui rendre visite sans casque, et qu'elle ne parvenait pourtant pas à saisir la moindre de ses pensées, même à quelques pas de lui. Annabelle ne connaissait presque rien de cet homme, et encore moins la nature exacte de son don. Personne chez les *Voyageurs* ne l'avait d'ailleurs prévenu de son existence.

— Comme tu le vois, tes amis ont échoué ! débuta l'homme avec beaucoup d'arrogance. Annabelle décida de toiser son regard sans répondre. Elle repensait surtout aux minutes précédentes, lorsque ses amis avaient tenté de la libérer, aux pensées confuses, des uns et des autres, voire très confuses pour l'un d'entre eux. Ce dernier, qu'elle ne parvenait toujours pas à identifier formellement, se demandait même pourquoi il était là, du mauvais côté de la barrière, selon ses pensées. Celles-ci, Annabelle tentait de les mémoriser, afin de pouvoir s'en souvenir, reconnaitre son propriétaire et lui restituer le jour J, car, comme une voix, un visage…, une pensée reste unique et la propriété d'une seule et même personne.

— Je vois que tu admets leur défaite, ajouta le *Passe-miroir*, comme si lui, au contraire, lisait parfaitement dans son âme.

Elle ne pouvait pas ne pas répondre.

— Je suis certaine qu'ils n'en resteront pas là, répondit-elle mécaniquement, juste par bravade.

— Mais moi, je veux seulement savoir où se trouve exactement votre site ! Soudain sérieux, il la regarda droit dans les yeux,

— C'est pour cela qu'ils m'ont appelé, ajouta-t-il en montrant les hommes munis de casques. Je ne suis, avec mon amie AnnA - qui semble enfin retrouver ses esprits - qu'un mercenaire au service de personnes qui paient d'ailleurs très grassement pour obtenir ce type d'informations. Quant à toi, tu maîtrises et manipules les pensées des autres, ils le savent depuis peu. Cela constitue à la fois ta force… mais aussi ta faiblesse. Quelque part, nous nous ressemblons. Mon rôle va donc être de trouver chez toi la faille et de m'y engouffrer, conclut-il en guise d'avertissement, avant de s'éclipser, toujours aussi théâtral.

La jeune Annabelle était prévenue. Tout allait être désormais possible, avec la présence de ces deux *Usurpateurs*, qui rendaient sa situation bien plus complexe et périlleuse qu'auparavant. Avant de suivre le *Passe-miroir*, les « gens » aux casques jetèrent un dernier regard noir à Annabelle. Il y avait dedans autant de haine que d'impuissance. Elle savait que psychologiquement, elle les dominait, mais elle craignait surtout désormais ne pas pouvoir résister bien longtemps à ces nouveaux adversaires. La nuit qui suivit allait lui confirmer qu'elle courrait en effet un grand danger.

***

Après avoir récupéré la femme et le fils de Laurent, le petit Max, l'équipe des *Voyageurs* était rentrée en silence sur le site du 36, quai des Orfèvres. Il y avait chez eux autant de tristesse que de déception dans leurs regards. Seul, encore innocent, le petit Max avait les yeux qui brillaient : ceux d'un enfant qui découvre un tout nouveau monde rempli de jouets inédits. L'arrivée sur le site fut loin d'être triomphale. Ils sentirent même quelques regards réprobateurs parmi les *Voyageurs* présents dans le hall A, où les attendait la Psy… et effectivement Erwan, qui ne pouvait refréner un léger sourire de satisfaction.

Le Commissaire s'éloigna un moment pour transmettre quelques ordres précis à l'équipe médicale et accessoirement s'assurer que sa couverture holographique tenait encore la route. Il ne s'agissait pas de laisser végéter Vince et le fantassin « endormi ». Puis, de retour, il invita tout son petit monde à se réunir cette fois dans la salle de réunion Napoléon III, afin de débriefer à chaud sur cet épisode.

— Tout est de ma faute ! Lança-t-il d'emblée, surprenant même manifestement la Psy, qui s'apprêtait la bouche entrouverte à prendre la parole elle aussi.

— Je m'explique ! Lorsque j'ai rencontré ce *Passe-miroir* il y a quelques années, j'aurais alors dû étudier plus finement mon adversaire, analyser ses failles, m'efforcer de mieux comprendre son mode de fonctionnement. Cela nous aurait évité une telle déconvenue aujourd'hui !

— Vous ne pouviez pas…, tenta de répondre Pénélope, vite interrompue d'un geste sec et autoritaire de la main même du Commissaire, qui n'entendait manifestement pas laisser la parole à quiconque sur ce sujet.

— Si, je pouvais… pire, je me devais de savoir. Mon rôle doit exactement consister à ceci : anticiper, informer, déduire[19]… J'aurais dû prévoir un tel dénouement, et aussi l'intervention prévisible des *Usurpateurs*, surtout après les descriptions précises de Laurent, que je n'ai pas prises au sérieux. Une véritable aubaine pour eux de se frotter à nous en ayant ainsi l'avantage. Ils auraient pu faire coup double, kidnapper l'un d'entre vous et obtenir un moyen de pression supplémentaire. Mais qu'importe, il est trop tard désormais, et comme je viens de vous le dire, ce manque de préparation dont je suis le principal fautif n'a heureusement pas eu trop de conséquences. Nous nous en tirons plutôt bien ! Reste maintenant à en tirer des conclusions, et surtout à trouver des solutions rapidement, car je crains qu'Annabelle ne soit désormais bien plus en danger qu'elle ne l'était auparavant.

— Ce type, demanda Pénélope, le *Passe-miroir* comme vous l'appelez, à part prendre les visages des personnes qu'il croise, se déplacer à travers les miroirs, et vivre dans des sortes de mondes parallèles, possède-t-il d'autres dons qui pourraient nous nuire ?

— Non, je ne pense pas, lui répondit Le Commissaire. Il ne se serait pas gêné pour me le faire savoir à l'époque. Je trouve qu'il est déjà assez dangereux comme cela ! Imaginez, il peut, comme il l'a déjà fait avec moi, nous envoyer dans ces univers parallèles, d'où il est d'ailleurs très difficile de revenir. J'ai eu beaucoup de chance la première fois. Il n'est vraiment pas certain qu'il nous en laisse autant la prochaine.

Puis il reprit, soudain plus vouté, plus fatigué que jamais, presque vulnérable.

— Pour le moment, je ne vois vraiment pas où se trouve sa faille, son point faible.

— Excepté les miroirs.

— Oui, Pénélope, vous avez mille fois raison, excepté les miroirs, qui représentent à la fois son point fort et son point faible. Nous

---

19 AID : l'une des devises des *Voyageurs*.

l'avions d'ailleurs bien identifié dès le début, c'est pour cette raison que nous avons volontairement supprimé tous les miroirs qui se trouvent sur le site des *Voyageurs*, et qu'à chaque nouvel arrivant nous organisons une fouille systématique de ses affaires personnelles. Un seul suffirait à lui permettre de s'introduire ici, et à partir de là, je ne sais pas ce qu'il se produirait !

— Et l'univers parallèle dont il parle, savez-vous où il peut se trouver exactement ? Pourrions-nous l'atteindre sans qu'il nous y invite, et l'attaquer sur son propre terrain ?

— Quand bien même nous y parviendrions, que pourrions-nous entreprendre… pour le déstabiliser, se risqua Erwan ?

— Je n'en sais rien, mais c'est une piste à creuser. Psychologue ? dit le vieil homme en se retournant vers son amie, qu'en dites-vous ?

— Comme nous l'avions déjà constaté, je ne ressens rien lorsque je côtoie cet homme, et je suis persuadée qu'Annabelle arrive aux mêmes conclusions : qui est cet homme qui ne possède aucune pensée propre ? Comment fait-il ? D'où vient-il ? Eh bien, contrairement à notre amie, je possède depuis peu une information toute récente qu'elle ne peut pas avoir : ce *Passe-miroir* qui vous intrigue tant se nomme en réalité Hugues Le Franc !

Tout le monde se mit à la dévisager. Elle venait de réussir son petit effet.

— Oui ! Battu, projeté contre le miroir de l'entrée de chez sa mère par son beau-père, qui le maltraitait allègrement, le jeune Hugues, qui devait avoir alors à peine dix ans, réalisa par hasard qu'il pouvait se déplacer au travers des miroirs de sa maison, et se retrouver ainsi dans d'autres maisons. Vous le savez maintenant ! Nous sommes entourés de dizaines, voire de milliers de novices en substance qui ne découvriront jamais, de leur vie, qu'ils possèdent un don. Tout le monde n'a pas votre chance !

Le jeune Hugues apprit ainsi patiemment, attendant son heure, à dompter son don, et ce, jusqu'à maîtriser parfaitement l'art de se fondre dans les reflets de ces mêmes miroirs. La première fois, au moment de percuter violemment son miroir, il avait traversé le mur et s'était retrouvé, indemne, dans la pièce d'à côté, là où se trouvait simplement le second miroir de la maison. Son beau-père, trop saoul pour s'en rendre compte, était parti cuver son vin, sans savoir qu'il venait de faire naitre un monstre. À cause de sa violence aveugle, il permit au jeune Hugues de découvrir un don qu'il n'aurait jamais dû trouver. Et surtout, le jeune homme, si malheureux, pour lui mais surtout pour sa mère, n'en espérait pas tant et chercha sans relâche dès ce jour-là à maîtriser le plus vite possible ce véritable don du ciel. Grâce à lui, il apprit comment chaparder, se déplaçant en toute impunité de maison en maison. Cela ne l'empêcha pas de détester le monde entier, et tout particulièrement son beau-père, qui continuait de faire régner la terreur chez eux. Il croisa, à l'occasion de ses recherches, une mystérieuse confrérie, les « Juliens », à l'origine des *Usurpateurs*, qui vivaient dans un monde parallèle décalé de quelques heures avec le nôtre. C'est bien dans ce monde que le Commissaire s'est retrouvé, il y a quelques années ! Pour y accéder, il faudrait assimiler les pensées de ce *Passe-miroir* et ainsi mieux tenter de l'affaiblir.

— Mais, demanda Erwan, manifestement choqué, vous saviez tout ceci et vous n'en disiez rien ?!

— Pas vraiment. Nous avons seulement obtenu ces dernières informations ce matin, grâce à la mort de l'un des nôtres dans ce fameux monde parallèle. Nous avons retrouvé son corps, qui flottait dans la Seine. Nous avions été alertés par l'arrêt anormal de sa puce.

— De quelle puce parlez-vous ? La jeune Pénélope craignait le pire.

— D'une puce installée sur chacun de nos membres.

— Chacun de nos membres ?! Cette précision avait fait bondir la jeune femme, qui n'appréciait manifestement pas cette nouvelle révélation.

— Tous. Et à la question : êtes-vous concernée, je réponds oui, vous aussi possédez cette puce.

— Et quand diable avez-vous pu me l'installer ? Je suis ici depuis à peine quelques jours !

— Durant votre sommeil, tout simplement !

Voyant la colère qui montait sur le visage de Pénélope, le Commissaire tenta d'un geste d'interrompre ce qui allait devenir une polémique inutile.

— Nous installons cette puce uniquement pour votre sécurité. Maintenant, si vous préférez que l'on vous l'enlève, je n'y vois pas d'inconvénient, mais il s'agit de l'une de nos règles de sécurité de base, et je ne regrette pas que nous l'ayons instituée.

En disant cela, il avait eu soudain un air menaçant que les novices ne lui avaient jamais vu, sauf peut-être chez Vince lorsque le Commissaire avait mené la charge sur les ombres dans son appartement.

Sans même laisser Pénélope envisager d'intervenir de nouveau, la Psy continua son explication.

— Bref, nous savons donc depuis très peu de temps que ce monde est tout proche de nous. Se rapproche-t-il du nôtre pour mieux s'en emparer ? Nous ne savons rien de précis pour le moment, mais c'est une hypothèse sérieuse à envisager. Si c'était le cas, cela impliquerait une très grande débauche d'énergie chez le *Passe-miroir*. Nous avons revisionné les différentes séquences qui concernent cet homme, que ce soit la vidéo d'inspecteur C, et la séquence, même brève, de l'attaque avortée de Mirapolis, et des éléments troublants sont venus ajouter encore plus de confusion autour de cet homme. Par anticipation, nous avions équipé l'un des fantassins d'inspecteur B d'une caméra vidéo, car, comme vous l'imaginez, il n'y a plus de caméra de surveillance sur le site de Mirapolis depuis bien longtemps. Par chance, ce n'est pas le fantassin blessé qui avait été équipé ! Durant cette séquence, dit-elle en projetant sur le mur les images depuis sa tablette, on peut mieux voir l'attitude du *Passe-miroir*. Dans le feu de l'action, il est en effet difficile de prendre du recul. Là, on le voit avancer, mais si vous regardez bien, il n'est pas présent sur le lieu de l'action. Ce que vous voyez là, c'est juste un hologramme.

— Un hologramme, mais pourquoi ?

— Il ne peut pas prendre le risque de s'exposer en plein milieu d'un combat. Soit parce qu'il se sent ponctuellement trop faible, soit plutôt – et c'est ce que je crois – parce que non seulement il prend sa force dans son monde parallèle, et surtout parce qu'il NE PEUT PLUS LE QUITTER. Ce n'était d'ailleurs pas encore le cas dans la vidéo qui le surprend chez Inspecteur C, ni lorsqu'il entraine avec lui dans son monde le Commissaire.

— Mais comment en serait-il devenu si… prisonnier ? demanda Erwan à voix haute, avec à l'esprit qu'il aimerait vraiment bien se rendre sur place.

— Pour le savoir, nous devons nous faire emprisonner à notre tour. Dans ce monde, Annabelle, si elle n'y est pas déjà, devrait s'y retrouver dans les prochains jours, voire les prochaines heures.

La réunion, stérile – car avec trop de questions sans réponse – s'acheva brutalement. Tout le monde se dispersa, sauf Pénélope et Vince, qui, pour une fois, éprouvèrent le besoin de se retrouver ensemble. Ils auraient d'ailleurs volontiers convié Erwan avec eux, mais ce dernier avait fui ostensiblement leurs regards et s'était éclipsé seul vers sa cellule.

Le bar, à l'entrée de la grande salle, était désert. Il était tout de même près de minuit ! La vue des hublots géants, juste au-dessus du bar, inondés des lumières du ballet des péniches pour touristes qui passaient sans relâche, était magnifique et permit à nos novices de laisser leurs esprits vagabonder et s'échapper quelques instants de leur morosité et du poids des responsabilités, qui soudain, leur pesait si fort. Tout était arrivé trop vite ! Ils se sentaient dépassés par la tournure des évènements. Même Pénélope, d'habitude si confiante, si sûre d'elle, doutait de ce nouvel avenir que la vie venait de leur offrir, comme un véritable cadeau empoisonné dont elle ne voulait pas ou plus, en tous les cas pas encore ! Elle ne se sentait pas prête à assumer tout ceci et ses camarades non plus ! Tout en sirotant le cocktail maison à base d'algues, le *Voyageur*, les deux jeunes gens restèrent là, la plupart du temps silencieux, jusque tard dans la nuit, évoquant par-ci par-là quelques bribes de leurs vies d'avant, un peu comme s'ils éprouvaient le besoin de se rassurer, de se raccrocher à ces souvenirs, pour ainsi mieux continuer d'exister. Lorsqu'enfin, la nuit et la fatigue achevèrent d'avoir raison de leurs doutes, il était près de quatre heures du matin. Le serveur, épuisé, s'était couché depuis longtemps, et cela faisait aussi bien longtemps que les péniches ne passaient plus au-dessus des hublots. Vincent, titubant autant par ivresse que par fatigue, après avoir pris congé avec regret de Pénélope, croisa pourtant près de sa cellule l'un des membres de l'équipe de l'Architecte, dont il avait fait connaissance lors de la fameuse « visite guidée » du Commissaire, et découvrit par la même occasion qu'il s'agissait de son voisin de cellule. Ce dernier se levait pour aller travailler et préparer les derniers gadgets que le novice utiliserait sûrement bientôt. La nuit s'occupa quelques minutes plus tard d'héberger enfin les âmes tourmentées des deux jeunes gens, et ils rejoignirent ainsi le silence qui régnait alors dans la « cave ». Seul, assis inconfortablement sur un coin de son lit comme par pénitence, le Commissaire s'obligea à rester éveillé toute la nuit tant il culpabilisait de devoir ainsi mentir à ses propres amis. Il repensa longtemps à cette histoire d'hologramme et se considéra, lui aussi, un peu comme un *Usurpateur* pour cette fois !

Chapitre XXXVI
Annabelle 4,
Matin du 10 mai 2016, toujours en captivité

Annabelle fut réveillée en sursaut par un bruit étrange. Elle aurait juré que l'on cassait un réveil à quelques pas de sa paillasse. Elle se leva prudemment et en silence, et tenta en s'approchant de son épicentre de deviner ce qui avait provoqué ce bruit. Quelques instants après, elle entendit un nouveau bruit, comme un grincement, puis ce fut le silence le plus complet. Ce qui l'inquiétait le plus, c'était que de nouveau elle « n'entendait » rien, aucune pensée, comme si ce bruit venait de nulle part, d'un autre temps ou bien était le fruit de quelque chose d'autre qu'un être humain. Pour se rassurer, elle s'imagina que celui qui en était à l'origine ne pouvait être le *Passe-miroir*, car il n'aurait pas résisté à la tentation de la narguer.

Elle, qui avait été réveillée au plus profond de son sommeil, se sentit soudain extrêmement fatiguée. Elle ne tenta pas de résister, rejoignit sa paillasse, s'allongea sans lutter, et s'endormit presque aussitôt. Lorsqu'elle émergea de nouveau, probablement bien plus tard, toujours en pleine nuit, selon ses premières impressions, un détail incroyable lui sauta immédiatement aux yeux, malgré l'obscurité persistante qui régnait autour d'elle. La grille de sa « prison » était tout bonnement grande ouverte !

Annabelle pensa immédiatement à un piège, mais la tentation fut telle qu'elle ne put résister bien longtemps. Elle avança vers l'extérieur, tous ses sens aux aguets et lorsqu'elle passa la grille, rien ne se passa. Elle ne ressentait toujours rien, comme un vide sidéral autour d'elle. Aurait-elle perdu son don depuis l'arrivée du *Passe-miroir* ?

Comme elle avait été emmenée là les yeux bandés, elle ne reconnut rien des lieux qu'elle traversa. Au bout d'un moment, elle sentit qu'elle progressait sur une pente de plus en plus abrupte. Autour d'elle apparaissaient de-ci de-là de drôles d'objets, parfois même des silhouettes fantasmagoriques. On aurait dit les vestiges d'une attraction de fête foraine, comme autant d'ombres d'un passé révolu. Elle parvint enfin, au bout de longues minutes d'effort, à atteindre l'air libre et, à sa grande surprise, elle reconnut la navette ainsi que plusieurs membres des *Voyageurs* qui l'attendaient là. Sans se faire prier, ne jetant même pas un regard derrière elle, elle monta à bord, accueillie par deux fantassins et un pilote qu'elle ne reconnut pas.

Trop heureuse de s'être ainsi échappée, elle ne prit même pas la peine de sonder les pensées des hommes qui l'entouraient. Elle aurait ainsi pu constater qu'une fois encore, aucune pensée n'émanait des esprits de ces hommes. Dans un silence quasi religieux, la navette glissa doucement vers Paris. À l'approche du Châtelet, au lieu de plonger dans l'eau à pleine vitesse, comme à son habitude, avant de ralentir pour rejoindre l'entrée sous-marine, le pilote prétexta une avarie et alla se poser au beau milieu du jardin des Tuileries. À part quelques drogués noctambules incapables de réagir à l'apparition de la navette, les *Voyageurs* ne risquaient manifestement rien. Pourtant, au moment de sortir, Annabelle hésita et s'arrêta devant le sas ouvert. Les trois hommes d'équipage ne semblaient pas vouloir l'accompagner, ce qui ne ressemblait pas non plus à leurs habitudes. C'est seulement à ce moment-là qu'elle réalisa qu'ils ne pensaient pas. Il ne pouvait donc pas s'agir de *Voyageurs*. Mais de qui alors ? Elle considéra qu'il valait mieux s'éloigner et quitta la navette sans se retourner, paradoxalement plus en sécurité à son goût à l'extérieur qu'en leur compagnie ! En même temps, elle se sentit si heureuse d'être enfin libre, qu'elle se mit à marcher de plus en plus vite, jusqu'à courir, impatiente de retrouver ses amis, Psychologue IV, le Commissaire et tous les autres.

Sans perdre un instant, elle avait déjà passé le Louvre et s'approchait à grands pas du Châtelet. Pourtant, elle se laissa peu à peu gagner par l'inquiétude. Le comportement de l'équipage de la navette ne cessait de lui trotter dans la tête. Pourquoi ne l'avaient-ils pas accompagnée ? Qui étaient ces gens qui n'avaient pas de pensées ? Pourquoi personne du site ne venait à sa rencontre alors que les caméras de surveillance l'avaient déjà sûrement repérée depuis longtemps et qu'ils devraient être impatients de la retrouver libre et sauve ?!

Tout en passant devant l'église du Châtelet et en empruntant le pont au change qui menait sur l'île de la Cité, Annabelle se mit inconsciemment à ralentir. Elle commençait à douter de cette réalité, de tout ce qu'elle voyait, comme si tout ceci était faux ! Pourtant, le Paris qui l'environnait ressemblait au Paris qu'elle connaissait si bien ! Elle s'arrêta quelques instants, et se mit à observer les passants, comme si une simple observation de ces hommes et femmes et de leurs pensées pouvait lui donner toutes les réponses à ses très nombreuses questions.

Dès la première pensée croisée, elle constata qu'il y avait en effet un vrai problème ! Soit les gens dont elle consultait les pensées n'en possédaient pas, exactement comme le *Passe-miroir* ou l'équipage de la navette, soit ils possédaient des pensées qui ne correspondaient en rien à leur apparence extérieure. Les hommes avaient des pensées de femmes, les petits, celles de grands, les grands de drôles de pensées, et les enfants des pensées d'adultes, comme si quelqu'un s'était amusé à brouiller les cartes. Mais où s'était-elle fourrée ? Elle sentit très vite qu'on l'observait, que ses moindres réactions étaient épiées. Elle aperçut même au détour d'un immeuble de la rue de Lutèce un homme, muni du même modèle de casque que ceux qui l'avaient kidnappée, reculer brusquement dès qu'il se sentit découvert. Au fond d'elle-même, elle comprit qu'elle se trouvait au cœur d'un piège dont elle se devinait être l'appât. Tandis qu'elle tentait de comprendre les tenants et aboutissants de cette supercherie, un évènement inattendu la détourna brutalement de ses réflexions.

Sa propre mère se trouvait là, à quelques pas à peine, juste devant elle. Elle était en train de traverser le pont et venait à sa rencontre. Elle semblait pressée, voire affolée. Bouche bée, Annabelle la laissa passer devant elle, d'abord incapable de réagir. Sa mère s'éloignait déjà, et la jeune femme la regardait s'évaporer. Avant qu'elle ne disparaisse derrière les passants, la jeune femme se mit à l'appeler, les paroles s'échappant enfin dans un ultime réflexe de sa bouche :

— Maman ! Maman ?!

Mais sa mère, de dos et déjà à une bonne vingtaine de mètres devant elle, ne parut pas l'entendre, ou tout du moins ne parut pas réagir à ce mot qui aurait pourtant dû la sortir de sa torpeur. Annabelle s'apprêtait à s'élancer derrière elle, lorsqu'un second évènement la stoppa net dans sa course naissante. Une voiture, qui roulait à vive allure, renversa violemment sa mère, sans même chercher à l'éviter. Le corps de la vieille femme s'envola dans les airs, avant de s'écrouler lourdement sur le sol. Il resta inanimé sur la chaussée, non loin du passage piéton qu'elle venait d'emprunter.

Était-elle morte ?

Personne ne réagissait à cet incident, comme si les passants avaient été drogués ou n'osaient pas s'approcher. Seule Annabelle, qui courrait vers sa mère, semblait comprendre ce qui venait de se produire. Le temps d'arriver à sa hauteur, un homme d'âge mûr, boitant bas, s'était lui aussi approché. Voyant Annabelle en larmes se précipiter vers le corps toujours inerte de sa mère, il parut prendre peur, marmonna quelques mots inintelligibles avant de disparaitre comme il était venu dans la foule qui circulait toujours comme si de rien n'était. Annabelle effleura un bref instant les pensées de cet homme, et y perçut de la peur, mais pas dirigée contre elle, plutôt contre une tierce personne, qui manifestement observait non loin de là l'ensemble de la scène. Annabelle laissa échapper ces pensées furtives, au moment d'atteindre le corps désespérément immobile de sa mère. Elle s'agenouilla devant elle, passa son bras gauche sous sa tête, et reposa celle-ci doucement sur le sac à main de sa mère qu'elle venait de récupérer.

— Maman ?! souffla-t-elle sans trop d'espoir. D'un coup d'œil rapide sur son corps, Annabelle fut soulagée de n'y voir aucune plaie apparente. La vieille dame paraissait simplement dormir. Son visage était paisible. Sa fille la secoua très légèrement, sans conviction. En approchant son oreille des narines de sa mère, comme tout bon secouriste sait le faire, elle put simplement constater que cette dernière respirait encore. Annabelle n'entrevit aucune solution immédiate. Elle se savait dans un environnement hostile, et, à aucun moment, ne se demanda si cette nouvelle situation n'était pas là pour ajouter encore à sa propre confusion. Au bout de quelques instants, elle leva enfin les yeux pour regarder autour d'elle. Les passants, sans même jeter le moindre regard sur les deux femmes, continuaient inlassablement leur route. On aurait vraiment dit qu'ils craignaient même de regarder, de peur d'être punis ! La jeune femme le savait, elle devait trouver au plus vite une solution afin de venir en aide à sa mère. Il lui parut très vite évident qu'elle devait l'emmener auprès des médecins des *Voyageurs*. Alors, elle prit son courage à deux mains, et le corps menu de sa mère au creux de ses bras. La vieille dame semblait encore plus petite recroquevillée dans les bras de sa fille. Elle ne devait pas excéder plus de quarante-cinq kilos, et pourtant la traversée du pont fut un supplice pour Annabelle. Au bout d'à peine deux cents modestes mètres, tandis que les deux femmes s'engageaient sur les quais de l'île Saint-Louis, Annabelle dut s'arrêter, épuisée. Sa mère respirait toujours. Annabelle était malgré tout confiante. Dès son arrivée, elle allait être immédiatement prise en charge par le staff médical des *Voyageurs* et vite tirée d'affaire. La perspective de sauver cette mère qu'elle n'avait pas vue depuis plusieurs mois la galvanisait et atténuait sa souffrance. Au loin, elle commençait à apercevoir le 36, quai des Orfèvres, et aussi l'immeuble d'à côté, avec l'une des entrées secrètes de la cave. L'une des rares dont elle connaissait l'existence, pour l'avoir utilisée une fois depuis son arrivée.

Pourquoi choisit-elle cet instant précis pour regarder sa montre et comparer l'heure avec celle de la pendule de la tour de l'horloge du palais de la cité ? L'intuition ? La méfiance ? Toujours est-il qu'elle découvrit que sa montre avait trente-cinq minutes d'avance. Cela ne pouvait être possible car aucune montre n'avait jamais été auparavant en avance sur son poignet. Dès lors, Annabelle n'eut de cesse de vérifier l'heure sur d'autres appareils. Un horodateur dans la rue, une pendule de l'autre côté de la Seine, la montre d'un passant. Bref, plus elle investiguait, et plus le piège lui parut de nouveau évident. Elle comprit soudain qu'elle devait résoudre seule cette énigme, et ne surtout pas impliquer pour cette fois ses amis.

Elle décida de revenir sur ses pas, empruntant le même trajet qu'à l'aller. Elle n'eut pas longtemps à attendre car dès son arrivée à l'autre bout du pont, le corps de sa mère se métamorphosa et la silhouette d'un homme apparut brutalement dans ses bras, ce qui provoqua chez elle un réflexe de défense. Elle lâcha ce corps soudain étranger et recula de quelques pas, comme dégoutée.

— Comment… ?!

Une seconde silhouette s'approcha d'elle et ne lui laissa pas le temps d'achever sa phrase. Avant même qu'elle n'envisage de lui adresser la parole, elle avait immédiatement reconnu le *Passe-miroir*.

— Bravo ! Vous êtes plus perspicace que je ne le pensais, dit-il, avec une pointe de respect dans sa voix, toujours avec son air satisfait. Nous n'avons encore pas assez travaillé les détails, comme d'habitude ! Ajouta-t-il, presque mélancolique, à l'adresse de ses complices qui s'approchaient timidement.

— Où sommes-nous ici ? demanda-t-elle comme par réflexe.

— Vous êtes ici chez moi, dans MON univers. Un monde parallèle au vôtre, meilleur, plus beau, plus… juste.

— Un monde parallèle ?! Mais comment… ?

L'homme semblait profondément excédé.

— Qu'importe comment ! Pourquoi serait la question la plus appropriée. Ce n'est pourtant ni le lieu ni le moment de vous expliquer tout ceci. Il faudrait des heures pour que vous puissiez commencer à comprendre.

— Dans ce cas, puisque vous pensez que je ne peux comprendre tout ceci, dites-moi simplement ce que vous attendiez de moi avec cette… mise en scène ?

— Ah… çà ! Je pensais que vous aviez compris depuis longtemps, répondit-il avec un fond de lassitude, nous avions juste besoin de vous pour découvrir l'une des entrées du site des *Voyageurs*.

— Vous ne les connaissez donc toujours pas ? rétorqua-t-elle avec une pointe d'ironie.

— Figurez-vous que non ! Nous ne sommes jamais parvenus à suivre votre navette jusqu'au bout. Et l'utilisation d'autres entrées – car nous savons bien qu'il en existe d'autres – est tellement rare chez vous que nous n'avons pour le moment que de vagues soupçons.

L'homme qui avait pris un temps les traits de sa mère resta un long moment à côté d'eux, comme s'il attendait quelque chose… ou quelqu'un. Tout en les écoutant, il regardait obstinément au loin, en direction du fleuve, et s'efforçait de ne surtout jamais regarder le *Passe-miroir*.

— Et maintenant ? demanda la jeune femme, après un long silence presque embarrassant.

— Vous ne nous êtes plus d'aucune utilité. Je vais donc vous confier à nos amis qui vous avaient kidnappé. Ils seront de nouveau ravis de s'occuper de vous.

Il confirma dans l'instant ses propos, tournant les talons sans un mot ni un regard. Dès qu'il fut parti, l'autre homme s'éloigna à son tour, mais dans l'autre direction, sans se retourner davantage. Annabelle, décomposée, troublée, resta là, seule et immobile. Lorsqu'enfin, elle commença à reprendre ses esprits, ce fut pour monter dans le même véhicule que le jour où elle avait été kidnappée. Ce dernier venait à peine de s'arrêter devant elle dans un long crissement de pneus. À l'intérieur du véhicule, elle retrouva les mêmes kidnappeurs que la première fois : trois hommes, dont un au volant, et une femme, assise devant elle, qui ne la quittait pas des yeux. Elle ressentit alors un profond découragement, comme si, en l'espace de quelques instants, elle venait de reculer de plusieurs jours, et que tous ses efforts n'avaient servi à rien !

L'homme assis à l'avant, côté passager, se retourna et lui adressa la parole, dès le départ du véhicule.

— Nous n'avions pas prévu de vous récupérer si tôt, même de vous récupérer du tout.

— Retournons-nous sur le même site ? demanda-t-elle, craignant de s'entendre dire oui.

— Pas de question, voulez-vous ! Dans l'immédiat, nous devons déjà nous sortir de cet endroit qui ne m'inspire pas du tout confiance. Puis, montrant l'entrée d'un parking à l'adresse du conducteur, il ajouta : tiens, là ! C'est exactement ce qu'il nous faut.

Le véhicule entra à vive allure dans le parking Cité, freinant à peine au moment de passer la barrière à l'aide d'un bip actionné avec dextérité par le conducteur, puis s'enfonça toujours à vive allure dans les profondeurs du parking, ne s'arrêtant qu'au tout dernier sous-sol.

Annabelle entendait son cœur battre très fort, si fort qu'elle commençait même à souffrir de la poitrine. Quel endroit idéal pour se débarrasser d'elle ! Après l'arrêt brutal du véhicule dans la place la plus sombre, son cœur bondit une fois de plus lorsque l'homme ouvrit la boîte à gants. Incapable de lire dans ses pensées, elle imagina l'homme en train de sortir une arme, et de tirer sur elle sans sommation. Pourtant, il n'en fut rien, et Annabelle sentit la peur courir le long de sa colonne vertébrale et s'éloigner provisoirement de son corps. La jeune femme ne put s'empêcher d'esquisser un sourire lorsqu'elle vit l'objet que l'homme venait d'en sortir. Il s'agissait d'un simple réveil, de ceux ronds, qui font tic-tac et que l'on remonte à la main. À l'ancienne quoi !

— Ça parait vraiment ridicule et pas pratique, mais on n'a pas trop le choix, maugréa-t-il avant de s'évertuer à démonter l'engin qu'il avait entre les mains. Il commença maladroitement par la vitre avant de l'appareil, puis se mit à tordre les aiguilles, tout en maintenant de sa main gauche les boutons à l'arrière du réveil. On aurait dit que les aiguilles gémissaient et c'est alors seulement qu'Annabelle reconnut le même bruit étrange qu'elle avait déjà entendu dans sa cellule, à Mirapolis.

Il y eut alors comme un bref éclair, puis une longue secousse, avant que tout ne redevienne comme avant.

— Et alors ? osa la jeune femme, perplexe.

— Je pense que c'est bon, répondit l'homme à l'avant comme s'il se parlait à lui-même, le mieux est de s'en assurer en sortant du parking, vous ne…

Annabelle, profitant du léger flottement qui régnait alors parmi ses kidnappeurs, s'était jetée sur la poignée de la porte arrière, frappant au passage le visage de son garde du corps, écrasant les genoux de la jeune femme assise en face d'elle, avant d'ouvrir de toutes ses forces avec l'énergie du désespoir la porte coulissante du véhicule. À peine son premier pied posé à terre, elle courait déjà en direction de la porte de sortie piéton qu'elle avait déjà repérée, à une dizaine de mètres à peine de leur véhicule. Comme elle l'avait secrètement espéré, ses kidnappeurs mirent quelques instants avant de réagir, et ce ne fut qu'au moment où elle atteignit la poignée de cette porte qu'elle les entendit commencer à courir derrière elle. Elle devait avoir une petite poignée de secondes d'avance. Tandis qu'elle se précipitait déjà dans l'escalier qui remontait du sous-sol vers les étages supérieurs, elle se mit à penser à l'étrange manipulation de l'homme à l'avant du véhicule, sans justement trop comprendre la signification de tout ceci. Elle n'eut pas trop le temps de s'appesantir sur ce sujet, car malgré tout ses efforts pour monter ces satanées marches le plus rapidement possible, elle sentait bien que ses poursuivants gagnaient du terrain. -5, -4, -3, -2. Il restait encore deux malheureux étages à Annabelle pour continuer d'espérer, mais ses poursuivants ne se trouvaient plus qu'à quelques pas derrière elle. Ses jambes la faisaient horriblement souffrir. Son souffle était de plus en plus court et elle perdait inexorablement du terrain sur eux.

Enfin, elle parvint à atteindre l'ultime porte, avec encore quelques courtes longueurs d'avance sur eux. Juste après cette dernière, il y avait de nouveau un long couloir dans lequel Annabelle s'engouffra, sans perdre le temps de se retourner, même si elle avait désormais l'impression de sentir le souffle de ses poursuivants juste derrière elle. Le couloir, décidément interminable, lui vit perdre ses derniers mètres d'avance, et, avant même qu'elle n'atteigne la porte de sortie et retrouve enfin l'air libre, ses poursuivants l'agrippaient. La jeune femme poussa un cri, mélange de désespoir et de colère. Les deux hommes, beaucoup plus forts qu'elle, n'eurent aucun mal à l'attirer vers l'arrière. Elle tenta bien d'influencer leurs pensées, mais cette tentative désespérée s'avéra inutile car ils s'étaient équipés de leurs fameux casques.

Ils allaient rejoindre l'autre porte du couloir lorsqu'il y eut un bruit assourdissant à l'autre bout. Une détonation terrible survint et stoppa quelques instants leur progression. La fumée dégagée par l'explosion laissa place à plusieurs hommes qui surgirent comme du néant. Annabelle, emprisonnée entre ses deux kidnappeurs eut juste le temps, avant de passer la porte, de reconnaitre la silhouette caractéristique du Commissaire. Même si rien n'était fait, elle n'eut de cesse, dans les escaliers qui menaient aux étages inférieurs, de tenter de freiner leur fuite. Très vite, les *Voyageurs* les rattrapèrent. Le combat fut bref, intense, sans équivoque. Annabelle fut rapidement libre et ses deux agresseurs mis hors d'état de nuire. Ils ne leur restaient plus qu'à rejoindre l'air libre. Dès qu'ils eurent retrouvé le quai de l'horloge qui longeait la Seine, les *Voyageurs*, qui entouraient Annabelle comme pour mieux la protéger, se dirigèrent sans perdre de temps à l'opposé du pont au change et du boulevard du palais, car la navette, encore invisible, les attendait un peu plus loin, au-dessus de la place Dauphine. Le groupe n'avait pas progressé d'une vingtaine de mètres que les deux derniers kidnappeurs – le conducteur et la jeune femme – tentaient de les intercepter au premier carrefour entre la rue de Harlay et la place Dauphine, lançant leur véhicule tel un bolide droit sur eux, avec clairement l'intention de les tuer. Ces derniers eurent à peine le temps de s'abriter derrière les voitures garées le long du trottoir pour éviter de finir écrasés comme la voiture contre laquelle celle des kidnappeurs vint s'encastrer. Profitant d'un bref instant de répit, juste après le choc, le Commissaire invita les autres à rejoindre la navette sans perdre de temps.

Les fantassins exécutèrent immédiatement l'ordre donné par le Commissaire, et accroupis, se mirent à longer les véhicules garés sur le trottoir, droit vers la place Dauphine. Devant eux, une foule de badauds commençait à se former à hauteur du Pont-Neuf et de la minuscule rue Henri Robert.

— Voilà bien la preuve que nous sommes revenus chez nous, lâcha Annabelle à ses gardes du corps.

Le véhicule des kidnappeurs, malgré la violence du premier choc, parvint à s'extraire de la carcasse de la voiture qu'elle venait de percuter, et se mit à foncer à tombeau ouvert en direction d'Annabelle et des fantassins qui l'accompagnaient, lesquels arrivaient seulement place Dauphine. Le Commissaire, resté derrière eux, surgit d'entre deux véhicules, et se mit à frapper de toutes ses forces avec son étrange lasso sur la roue arrière gauche du véhicule des kidnappeurs, provoquant une formidable embardée du 4x4, déporté sur deux bons mètres, et qui alla percuter deux nouveaux véhicules en stationnement. Groggy, les occupants ne semblaient plus en état de nuire aux *Voyageurs*. Se précipitant vers la place Dauphine, le Commissaire chercha à rejoindre au plus vite ses amis. Il crut quelques instants qu'ils étaient enfin tirés d'affaire. Mais, il n'en était rien ! D'autres adversaires, arrivant de toutes parts, reconnaissables à leurs casques rouges, surgissaient en courant des rues adjacentes et convergeaient vers eux. La porte de la navette s'ouvrait à peine lorsqu'ils se mirent à tirer des coups de feu en direction des *Voyageurs*. Le Commissaire, encore à plusieurs mètres de ses compagnons, comprit immédiatement qu'ils couraient un grand danger et qu'ils n'auraient pas le temps de s'échapper. Il contacta le pilote de la navette avec sa micro-montre :

— Envoyez des leurres, vite !!

Ces leurres émanant d'un passé factice ne devaient être que de simples représentations holographiques de ce passé théorique qui devait donner l'illusion à leurs adversaires qu'ils étaient en train de quitter la place Dauphine par les rues opposées. Mais il était déjà trop tard, et une bonne vingtaine de balles traçantes tirées simultanément convergeaient déjà vers les silhouettes, soudain si dérisoires, d'Annabelle et de ses gardes du corps.

Pourtant, les balles n'atteignirent jamais leurs cibles. Il y eut d'abord comme un coup de tonnerre, puis tout sembla soudain en apesanteur, dans un rayon qui englobait la navette, leurs assaillants et, jusqu'au Commissaire lui-même. Ce dernier, soudain incapable de bouger, suivit de ses yeux pleins de colère la suite des évènements.

Elle se tenait là, juste de l'autre côté de la place Dauphine. Pénélope, les mains en avant, venait une fois encore de prouver qu'elle représentait - elle et son don - l'un des meilleurs investissements des *Voyageurs* depuis bien longtemps. Les balles, en suspens à quelques centimètres seulement de leurs têtes, n'attendaient qu'un signe pour atteindre leurs cibles. Pour le Commissaire, qui, à la périphérie de l'effet du don de Pénélope, retrouva le premier l'usage de ses membres, il s'agissait au plus vite d'éloigner les corps immobiles de ses amis avant que les balles ne reprennent leur course et ne les touchent. D'un geste, il fit comprendre à Pénélope, qui se trouvait légèrement plus près que lui de la scène, qu'elle devait agir, le temps qu'il la rejoigne sur place. Elle se précipita vers eux et déplaça les corps de ses amis, en commençant par les plus exposés. L'opération s'avéra plus longue que prévu, et, à l'arrivée du Commissaire, Pénélope n'avait pu déplacer que deux d'entre eux. Ce dernier, en s'approchant, remarqua surtout que le don de la jeune femme ne s'avérait pas aussi parfait qu'il en avait l'air. Non seulement le temps ne se trouvait pas aussi figé que cela, mais il y eut surtout un détail gênant qui attira alors son attention. Il y avait, dans le ciel, comme un drôle de nuage, une sorte de déchirure très sombre qui peu à peu semblait s'agrandir. Il acheva d'aider Pénélope à déplacer les derniers corps dans la navette, tandis que les balles continuaient d'avancer très lentement vers des cibles évaporées. La jeune femme, épuisée, décida de relâcher d'un second claquement de doigts le temps, et comme de plus en plus ces derniers temps, ce dernier s'accéléra proportionnellement à la durée durant laquelle il avait été stoppé. Les balles continuèrent leur route dans le souvenir récent d'une navette qui venait de décoller, s'approchant dangereusement des badauds qui s'étaient amassés à l'autre bout de la place. On aurait dit comme un film passé soudain en accéléré. Puis, peu à peu, le temps redevint aussi normal qu'il aurait toujours dû l'être. Pendant ce bref instant de folie, Pénélope, penchée sur l'un des hublots de la navette qui les emportait loin, observa la scène, à la fois subjuguée par ce pouvoir qu'elle avait sur ce temps, mais aussi de plus en plus inquiète de la tournure que prenait ce même don, à la fois de plus en plus maîtrisé par sa propriétaire, et pourtant de moins en moins contrôlable. Elle soupçonna même un danger pour sa propre vie, car les évènements se succédèrent si vite après son second claquement de doigts qu'elle eut elle-même du mal à les suivre. Elle se promit, croyant être seule, qu'elle n'userait plus de son don, sauf si elle en était contrainte. Annabelle, surprenant ses pensées, fit tout pour ne pas montrer de réaction. Fermant les yeux, Pénélope crut revoir quelques silhouettes de badauds, d'hommes et de femmes tous munis de casques, se perdre soudain dans les méandres du temps. Rouvrant effrayée ses yeux, la jeune femme tenta de se rassurer en se disant qu'elle était la seule à maîtriser ainsi le temps, à part peut-être cette fameuse AnnA…

Il n'était que trop temps de quitter ces lieux malsains. Suite à un signe discret du Commissaire, la navette s'éloigna rapidement, en direction des écluses de Suresnes, avant de passer en mode furtif, et de disparaitre sous la surface de la Seine. Pour la première fois, les deux jeunes femmes – Annabelle et Pénélope – se rencontraient, et, tout de suite, le courant passa très bien entre la première, l'introvertie, la cérébrale, et la seconde, l'extravertie, toujours disposée à agir, s'exprimer avant de réfléchir, et regretter ensuite… Une véritable complicité s'instaura entre elles, sous le regard presque attendri d'un Commissaire qui n'en demandait pas tant. Durant le voyage du retour, plus long que prévu car le pilote, sur les consignes de ce dernier, avait entrepris volontairement un long détour, pour mieux brouiller les pistes et éviter toute filature, les deux jeunes femmes se racontèrent leur passé, mais aussi leur présent, et partagèrent sans pudeur leurs craintes et espoirs. Elles se découvrirent d'ailleurs de nombreux points communs, comme d'avoir étudié dans la même faculté – Paris X Nanterre.

Quant au Commissaire, il n'allait sûrement pas mourir aujourd'hui, et c'était une bonne nouvelle, même si cela ne résolvait pas son différend avec le Contrôleur Général et la brigade du temps !

Chapitre XXXVII
Albert Poisson 5
Le futur comme une impasse

Le Commissaire sentit soudain un besoin irrépressible de sortir au grand air, de voir Paris, de sentir l'air frais sur son visage. Il invita son interlocuteur à le suivre.

— Sortons par la sortie de secours N° 1, c'est la plus discrète ! Nous allons déboucher dans les sous-sols d'une boulangerie à l'enseigne bien connue, de l'autre côté de la rue Harlay. Il nous suffira par la suite de rejoindre le hall de l'immeuble et d'en sortir normalement.

Lorsque les deux hommes parvinrent enfin à l'air libre, à deux pas du 36, le ciel était totalement dégagé. Ce que vit alors le Commissaire l'inquiéta encore plus que tout ce qu'il avait envisagé jusque-là. Plusieurs pyramides géantes flottaient à quelques centaines de mètres au-dessus de la capitale française[20] ! Tout autour de lui, à bien y regarder, la ville paraissait presque vidée de ses habitants.

Au bout d'un long moment durant lequel les deux hommes restèrent les yeux rivés sur ces incroyables pyramides inversées qui surplombaient la ville, une seule personne apparut dans leur champ de vision, et lorsqu'il l'a reconnue, il parut alors évident au Commissaire que seule celle-ci avait pu acheter la *bougie du sapeur* afin de lui faire comprendre que tout ceci n'avait servi à rien, qu'il était mort pour rien, que tous ces risques avaient été vains !

---

[20] Ndlr, qui fait référence à la cité évoquée précédemment par l'enfant Mirum et sa mère, et qui donnera lieu à un autre récit…

Cette personne, c'était la dernière qu'il aurait aimé voir là, et pourtant elle le narguait désormais !

— Monsieur le Contrôleur Général, vous ici !

Décidément, la malédiction du temps s'acharnait sur le Commissaire. Il avait tout tenté, jusqu'à mourir ou presque, pour échapper à ce diable d'homme et son institution, mais rien n'y faisait, il ne parvenait plus à s'en défaire.

— Mais comment avez-vous… ?

— … Cette fois, nous n'avons aucun mérite tant ce fut simple. Ce n'est pas vous que j'ai cherché à suivre, mais tout simplement votre interlocuteur. Dès que mon jeune brigadier m'a alerté sur son existence, et tout ce qu'il représentait, notamment pour vous, je me suis douté que tôt ou tard vous alliez entrer en contact. Son passage à la villa Mondragone n'a pas été un hasard, et j'ai donné des consignes pour qu'on le suive… pour mieux vous retrouver. Le détail du journal n'était qu'un clin d'œil au temps. Franchement, vous me décevez, j'aurai cru que vous auriez compris tout de suite !

La Commissaire ne chercha même pas à relever la pointe de déception dans la voix de son interlocuteur. Quant à Luigi Giglio, il ne comprenait rien de la conversation de ces deux hommes !

— Alors ça y est, tout est fini ! Je n'ai plus aucun espoir de venir en aide à mes amis !

— Et bien… Je ne dirais pas cela à votre place. Au départ, j'étais en effet parti pour vous « coffrer » de nouveau, comme je l'ai déjà dit sous le coup de la colère il y a quelques mois, mais aujourd'hui, les choses ont changé !

— Je ne comprends pas, au contraire, rien n'a changé, vous avez gagné et j'ai échoué.

— Je ne parle pas de cela. Regardez autour de vous ! Le monde s'effondre et nous avons manifestement dorénavant un ennemi commun. Un ennemi qui s'attaque ouvertement au temps et le bafoue ! En tant que Contrôleur Général de la brigade du temps, je ne peux pas laisser passer cela. Le Paris de 2032 n'est pas celui que je souhaite léguer à mes enfants !

Le Commissaire n'en revenait pas. Le ton de son interlocuteur avait réellement changé. Il entendait désormais sa colère, presque sa peur... et surtout son respect !

— Je vous propose plutôt une... collaboration ! Nous devons absolument nous associer pour empêcher cette implosion du temps qu'ils sont en train de préparer.

— Et après ?

— Voyons Commissaire, après, nous verrons bien ! Vous ne croyez pas que cette question est un peu... superflue compte tenu des circonstances et de la gravité de la situation ?!

— Cela dépend d'où on se place !

— Je vous propose d'étudier de nouveau la question lorsqu'il sera temps de le faire.

Le Commissaire hésita avant de répondre. Pourtant, ce furent les signes alentour qui l'invitèrent à céder. Un Paris fantomatique, des pyramides inversées venues de nulle part, une cathédrale immolée sur l'autel de la haine..., des dômes de verre partout !

— Ai-je vraiment le choix ?!

Le Contrôleur Général, certes grave, esquissa un sourire ! Il s'attendait à cette réponse de son confrère, finalement si... prévisible.

— Non ! Bien sûr que non, mais le sujet n'est vraiment pas celui-ci aujourd'hui ! Notre problème n'est pas individuel, il est désormais collectif, et nous devons donc l'affronter ensemble. Pour le moment, j'ai juste demandé à une petite équipe triée sur le volet de nous rejoindre devant le 36.

Pour la première fois depuis bien longtemps, le Commissaire suivit le Contrôleur Général sans réelle contrainte ni à contrecœur. Ils retrouvèrent en effet, descendant à peine de l'*infinity plane*, deux hommes et trois femmes, si jeunes se dit le Commissaire, qu'ils auraient pu être les petits frères et sœurs des Novices qu'il venait à peine de recruter. Sa seule satisfaction, à cet instant précis, fut qu'il allait enfin très bientôt pouvoir quitter son clone holographique et rejoindre réellement ses amis !

Chapitre XXXVIII
Voyageur 11,
mardi 10 mai, fin de matinée, site des voyageurs

L'accueil sur le site des Voyageurs fut incroyable, à la hauteur de l'évènement. Tout le monde s'était amassé dans le Hall A, trop petit pour l'occasion, dans l'attente du retour d'Annabelle. La jeune femme eut droit au fameux « Voyageur », cocktail délicieux à base d'algues marines, qui ressemblait à s'y méprendre à de l'excellent champagne… de la mer. Chacun y alla de sa petite phrase, de son anecdote, de sa suggestion aussi. La *cave* résonnait pour une fois depuis longtemps d'éclats de rire sincères. L'Architecte, par exemple, qui s'était rapidement approché de la jeune femme, pourtant déjà très sollicitée, l'avait discrètement invité à l'écouter avec attention :

— Nous sommes en train de réfléchir à un prototype d'appareil qui te permettrait d'être encore plus redoutable, commença-t-il à dire, mais la jeune femme, proprement happée par la foule, ne put entendre la suite de ce que l'Architecte voulait lui révéler. Pénélope, elle non plus, ne put s'empêcher de lui glisser, au moment de se retrouver juste à côté d'elle :

— J'ai toujours su que tu t'en sortirais.

D'autres membres des *Voyageurs* la félicitèrent pour son courage, mais ce fut surtout l'accueil des deux nouveaux venus, Erwan et Vince, qui la toucha le plus. Au début, quelque peu intimidés par la foule compacte qui entourait la jeune femme, ils étaient restés en retrait. Profitant d'une brève accalmie, ils s'étaient approchés à un moment donné doucement, sans même se consulter.

— Je m'appelle Erwan, je suis un novice comme toi, et je suis très heureux de faire ta connaissance.

Quant à Vince, il arriva juste après, sans avoir entendu les propos de son collègue.

— Je m'appelle Vince, je suis arrivé sur le site comme novice il y a quelques jours à peine. Je serai ravi d'échanger avec toi sur ton expérience… et sur nos dons respectifs.

Annabelle, sans refuser l'information, comprit très vite à la lecture des pensées des deux jeunes gens que Vince n'était pas insensible à son charme. Bien évidemment, elle ne laissa rien transparaitre de sa découverte. Elle oublia d'ailleurs très vite ce détail, accaparée par les sollicitations des uns et des autres. D'autant plus que le Commissaire, euphorique comme jamais, décida de choisir ce moment-là pour se lancer dans un de ces discours improvisés dont il avait le secret.

— Chers amis… S'il vous plaît, commença-t-il afin d'obtenir le silence. Chers amis, nous voici enfin réunis pour un évènement considérable qui nous remplit tous de joie : le retour d'Annabelle à la « cave ». Elle est de retour, et cela veut surtout dire que nous nous trouvons enfin au complet. Enfin presque, car nous avons malheureusement certains de nos amis morts ou blessés, et deux de nos novices encore en difficulté quelque part dans le temps.

Les quatre jeunes gens, Pénélope, Annabelle, Vince et Erwan, qui s'étaient regroupés inconsciemment, sous le regard maternel de Psychologue IV, se regardèrent, perplexes d'apprendre aussi soudainement l'existence de deux autres novices, dont ils n'avaient jamais entendu parler depuis leur arrivée, ni par le Commissaire, ni par la Psychologue. Comme s'il avait deviné leurs interrogations, le Commissaire se fendit d'une explication.

— Je fais bien entendu allusion à notre amie Emma[21], qui ère toujours dans de sombres cauchemars, ici, à quelques pas de nous, dans la zone médicale, et que nous ne pouvons, nous ne savons pas ramener à la vie.

Il profita des quelques secondes de silence qui suivirent pour exciter encore plus la curiosité d'une foule qui n'attendait que cela pour découvrir sa prochaine révélation. D'ailleurs, les dernières conversations feutrées stoppèrent et tout le monde se mit à le fixer.

— Mes amis, je profite de cette occasion exceptionnelle pour vous révéler l'un des secrets des *Voyageurs*. Il y a quelques siècles, du temps de Charles V, en 1372 très exactement, un livre a été confectionné par les moines Bénédictins de Saint-Denis, supervisés par Jean de la Grange. Ce livre, appelé bien plus tard **le livre des époques**, avait été conçu au départ par ces moines à la demande du roi Charles V pour lui permettre de se déplacer dans le passé afin d'alimenter la bibliothèque très fournie confiée à Gilles de Malet installée dans la tour de la Fauconnerie, et ce en utilisant simplement des dates clés de l'histoire de France, ce que lui et ses hommes purent ainsi entreprendre sans modération. Ils parvinrent ainsi à puiser dans les grands auteurs du Moyen Âge, occidentaux mais aussi orientaux. Les moines voyageurs récupérèrent d'anciennes techniques ancestrales oubliées, des originaux d'ouvrages anciens que l'on croyait perdus. Charles V, comme il l'avait souhaité, devint un roi savant grâce à ce livre. Mais très vite, celui-ci devint l'objet de toutes les convoitises, et son propriétaire, après la mort du roi dans d'atroces souffrances et l'arrivée au pouvoir de Charles VI le fol, fut finalement assassiné en… 1393, lorsque ce dernier perdit définitivement la raison et resta reclus dans son Hôtel Royal, l'hôtel St-Pol à Paris.

---

[21] Voir aussi Emma et les rêves, nouvelle postée à partir de mars 2021 sur Instagram, lalchimiste 2.0

En plus de la Tuberculose pulmonaire, le Roi Charles V avait la main droite enflée qui l'empêchait de manier des objets pesants. Un autre mal le rongeait depuis des années, depuis son premier voyage dans le temps. On ne l'appelait pas encore, mais compte tenu de la recrudescence des cas chez les *Voyageurs*… et les *usurpateurs*, on pouvait déjà lui donner un nom : le cancer du temps.

Ce livre possédait une autre particularité extraordinaire : au fur et à mesure des années, voire des siècles, ses propriétaires découvrirent qu'ils pouvaient le compléter, ajouter des dates clés, enrichir ainsi le nombre des passerelles possibles pour se déplacer dans le temps, et ce, jusqu'à l'infini. Le livre passant de main en main, connut de très nombreux propriétaires, dont certains alchimistes, Georgius Agricola, Paracelse, Jean d'Espagnet, André-Charles Cailleau, voir John Dee, plus ou moins bons, plus ou moins honnêtes… jusqu'à aujourd'hui. Comme le disait l'un d'entre eux, « *ayant passé le présent, les évènements échappent au passé et s'envolent vers le futur.* » À notre connaissance, il existe actuellement plusieurs exemplaires de ce livre, au moins quatre, peut-être plus, nous n'avons sur ce sujet aucune certitude.

Je vous raconte tout ceci, car nous avons appris, il y a quelques jours à peine, l'existence d'une personne jusqu'alors inconnue de nos services de surveillance, qui se déplace dans le temps grâce à des livres. Une personne hautement intéressante pour nous. J'ai eu personnellement le plaisir et l'honneur de la rencontrer. Il s'appelle Aurélien. À peine rencontré, je lui ai demandé – pour le tester – de partir en quête de ce livre du temps. Depuis, nous n'avons aucune nouvelle.

Cette révélation fit l'effet escompté car, profitant du silence que s'imposa le Commissaire, les conversations reprirent de plus belle, mais uniquement autour de ce nouveau sujet. Tout le monde sur le site y alla de sa propre théorie, et imagina les scénarios les plus invraisemblables. Le Commissaire, qui avait sciemment cessé de parler, observait d'un œil rieur toute cette effervescence qu'il avait lui-même provoquée, puis il fit signe discrètement à un nombre restreint de personnes de le suivre dans la salle de réunion la plus intimiste : Napoléon III. Après l'entrée des novices, de la Psy et de l'Architecte, il referma la porte avec application et enchaina sans attendre que ses interlocuteurs n'aient eu le temps de poser la moindre question. Prenant une longue respiration, il attaqua d'emblée :

— Il est temps que je vous révèle à mon tour que je ne suis pas vraiment moi !

Cette phrase fit légèrement sourire la Psy, preuve discrète qu'elle avait compris depuis longtemps.

— C'est-à-dire ? commença Pénélope, stoppée nette avec autorité par son mentor.

— Je me suis retrouvé en très grande difficulté à une autre époque, en 2032, avec la brigade du temps. Ne pouvant m'en extraire, j'ai choisi de rester parmi vous grâce à un clone holographique. C'est pour cela que je n'ai pas pu vous accompagner à Mirapolis ! mais rassurez-vous, tout va très bientôt rentrer dans l'ordre et je serai très prochainement parmi vous !

Sans leur laisser le temps de réagir à cette nouvelle révélation, il enchaina :

— Nous allons devoir concentrer une bonne partie de nos ressources à la recherche de cet Aurélien, car il n'est pas question, vous entendez, il n'est pas question que cet exemplaire du *livre des époques* se retrouve aux mains de nos adversaires. Ce jeune novice ainsi que le passé qu'il revisite seront très certainement dans les prochains jours les clés de notre avenir. Nous ne savons malheureusement que très peu de choses sur les propriétaires de ce livre, et seul celui qui l'a en sa possession peut avoir accès aux destins de ceux-ci. Après la Renaissance, ce livre a été non seulement volé à plusieurs reprises, mais aussi et surtout copié. Nous savons donc que quatre copies ont été réalisées durant cette période. Il se trouve que nous possédons un exemplaire de ce livre, malheureusement endommagé, mais il serait un peu long ici de vous raconter comment nous sommes parvenus à nous le procurer. Nous savons aussi que probablement deux autres exemplaires sont en possession des brigades du temps. Cette brigade a même été constituée en partie à cause du livre d'origine, car certains de ses propriétaires avaient la fâcheuse habitude de vouloir modifier le cours du temps. Nous avions perdu la trace du quatrième exemplaire, jusqu'à hier et le dernier contact avec Aurélien. Ces livres sont liés les uns aux autres. À chaque fois que l'un de ces livres est utilisé, les propriétaires des autres ouvrages en sont immédiatement informés. Ils « voient » les dates utilisées par les autres propriétaires. Cela permet aussi aux différents propriétaires de se surveiller entre eux. Voilà pourquoi, comme la brigade du temps, nous avons instantanément été alertés de son utilisation. En revanche, nous n'avons aucune information quant à l'identité de son actuel propriétaire. Il se peut que ce soit d'ailleurs un *Usurpateur* !

Un homme, caché dans l'obscurité de la salle de réunion, s'avança à cet instant dans la lumière, faisant sursauter les membres de l'assistance qui jusqu'alors ignoraient tout de sa présence, excepté le Commissaire et la Psy, qui l'avaient justement convié à cette réunion.

— Mes amis, commença ce dernier, je vous présente Tom. Ce jeune homme est un spécialiste du **livre des époques**. Nous ne pouvons et ne pourrons pas nous passer de ses lumières. C'est pour cette raison que je lui ai demandé de se joindre à nous aujourd'hui.

L'homme, impressionnant de charisme et de présence malgré sa petite taille et son apparente jeunesse, n'hésita pas un instant avant de prendre la parole.

— Je suis membre à part entière de l'équipe de l'Architecte. Je dis à part entière car on m'a donné pour mission d'étudier tous les éléments qui font référence de près ou de loin au temps. Étant donné ma spécialité, j'ai été amené à étudier l'exemplaire du livre des époques conservé ici, et gardé secret dans la zone réservée à cet effet par les équipes spécialisées des *Voyageurs*. Voici l'exemplaire en question ! conclut-il brutalement en posant fièrement l'ouvrage sur la table de la salle de réunion, provoquant le recul spontané et inconscient des participants. Il était magnifique, plutôt de petite taille mais d'une épaisseur impressionnante, exactement comme pouvait l'être un gros dictionnaire. C'était la couverture qui d'emblée fascinait le plus. Elle était entièrement recouverte d'enluminures, dont les couleurs vives et variées, d'une pureté insolente, accrochaient immédiatement les regards pour ne plus les lâcher.

— Comme vous avez sûrement déjà pu le constater, même fermé, cet ouvrage provoque une attirance incroyable, presque malsaine. Dès que votre regard s'est posé sur lui, vous avez l'envie irrésistible de le toucher, de l'ouvrir, de vous en emparer ! Exactement comme s'il nous appelait, nous invitait à l'ouvrir et que l'on se perde dedans.

Lorsqu'il est ouvert, précisa-t-il en accompagnant avec précaution ses paroles d'un geste calculé, il s'avère encore plus fascinant. Voyez, il est organisé par thèmes, chacun d'entre eux renvoyant vers des dizaines de dates clés. Autant de possibilités de vous rendre où vous voulez dans le passé ! Pour voyager, vous n'avez qu'à poser votre doigt sur l'une de ces dates, et, « d'un bond », vous vous retrouvez à l'époque que vous venez de choisir.

Tout le monde, sans exception – même la Psy et le Commissaire – s'était rapproché tout près, épaules contre épaules, et leurs yeux semblaient effectivement incapables de se détacher des fascinantes enluminures qui ornaient la page que venait d'ouvrir le jeune Tom. Les couleurs, plus improbables les unes que les autres, diffusaient une lumière d'une telle force dans la pièce, que même dans l'obscurité la plus totale, chacun des participants aurait pu précisément distinguer les traits de son voisin. Certains, vierges de cet ouvrage, purent penser qu'ils étaient victimes d'hallucinations, car tout semblait bouger dans la page grande ouverte : les images, les textes, exactement comme si tout y était vivant. En fait, il ne manquait plus que la parole à ce livre ! Pourtant, à le dévorer ainsi des yeux, on devinait les mots qu'il aurait pu susurrer à nos oreilles, elles aussi ébahies, et quelques lecteurs imprudents se seraient certainement convaincus rapidement d'avoir entendu quelque chose comme « ouvre-moi », « viens visiter les dates les plus incroyables… » Et plus encore !

Le jeune homme, conscient que toute cette magie devait cesser, brisa alors volontairement le charme, histoire de ramener ses interlocuteurs à la réalité.

— Une précision d'importance. Tout le monde ne peut utiliser ce livre. Il faut être nécessairement possesseur d'un don, celui de se déplacer dans le temps, si vous voulez vous en servir pleinement. C'est ce qui nous fait penser que l'utilisateur imprudent qui utilise actuellement cet exemplaire ne peut être qu'un novice, comme vous !!

À l'écoute de ces propos, les regards se tournèrent inévitablement vers la jeune Pénélope.

— Oui, vous avez tous vu juste ! Comme Aurélien, Pénélope peut théoriquement utiliser ce livre, car elle a aussi le pouvoir de jouer avec le temps. Je pense d'ailleurs qu'il s'agit de la seule novice capable de cela dans cette salle. Vous confirmez, Commissaire ?

— Absolument ! Pénélope est, avec vous, moi, et Aurélien, la seule ici capable de l'utiliser.

Pénélope ne put s'empêcher de l'interrompre.

— Et vous Tom, de quelle manière êtes-vous capable d'utiliser ce livre ?

Remarque impertinente qui ne put empêcher le jeune *Voyageur* d'esquisser un sourire, car il connaissait déjà la réponse à cette question. Le Commissaire sourit à son tour, et l'homme lui jeta un coup d'œil avant de se fendre d'une explication.

— Il y a plusieurs années, j'ai découvert en effet que je possédais le don de me déplacer dans le temps. La première fois que le phénomène se produisit, je n'ai pas vraiment compris ce qu'il m'arrivait. J'étais tranquillement en train de parler à un ami, dans l'une des cafétérias de la bibliothèque François Mitterrand, lorsque soudain je me suis rendu compte qu'il venait de me poser la même question quelques secondes auparavant, et surtout, je me suis entendu lui répondre la même chose que l'instant d'avant. J'ai rapidement conclu à une bizarrerie, une anomalie, puis, la vie étant ce qu'elle est, faite d'oublis et de détails sans importance qui s'estompent aussi rapidement qu'ils sont venus, j'ai vite effacé cet épisode de ma mémoire pour mieux passer à autre chose. La seconde fois en revanche, je m'en souviens encore très précisément. J'étais en train de rouler sur le périphérique. Après être entré porte Maillot, venant de chez moi – j'habitais dans l'Ouest parisien à l'époque – je me dirigeais vers la Porte de Vincennes, où j'avais un rendez-vous prévu de longue date. Au moment d'emprunter la bretelle de sortie, je me suis retrouvé… Porte Maillot, et j'ai dû refaire le trajet une seconde fois. Cette fois, il n'y avait plus aucun doute ! Le soir même, je rendais visite à mon médecin, qui éclata de rire lorsque je lui fis part de ces « étranges » phénomènes. N'empêche, le lendemain, il me rappelait et me proposait un rendez-vous avec un spécialiste des maladies rares. En réalité, j'avais ni plus ni moins rendez-vous avec Psychologue III et le médecin-chef de l'époque des *Voyageurs*. Mon médecin avait joué le rôle de contact avec Recruteur 6, qui, comme vous le savez peut-être, gère un réseau de centaines de médecins généralistes à travers la France, recrutés pour signaler les comportements hors normes de leurs patients, histoire de détecter au plus tôt d'éventuels novices, et faire en sorte qu'ils rejoignent les *Voyageurs*, avant de se retrouver dans les griffes d'indélicats personnages, comme les *Usurpateurs*.

— Et tout ceci, c'était il y a combien d'années, s'étonna Erwan, qui trouvait son interlocuteur bien jeune pour parler ainsi du passé.

— Une bonne vingtaine d'années. Depuis, j'ai été formé par les équipes de l'Architecte. Comment réagir aux combats, aux pièges tendus, à la mort aussi, et je suis encore là, fidèle au poste. Du coup, je me suis peu à peu spécialisé dans l'étude des déplacements dans le temps, et dans l'espace aussi. Mais vous ne me verrez pas souvent ici, car je suis habituellement basé sur le site secondaire des *Voyageurs*… Il regarda le Commissaire qui, d'un bref mouvement des yeux, lui confirma qu'il pouvait en parler… non loin des côtes anglaises.

— Nous aurons d'ailleurs j'espère prochainement l'occasion de nous y rendre, précisa le Commissaire… Mais, si vous le permettez, je pense qu'il est temps pour nous de vous exposer notre projet ! À l'écouter parler, on sentait chez le Commissaire un côté instinctif et toujours en « mouvement », bref un combat quotidien pour freiner ses impatiences.

— Voilà ! commença-t-il avec détermination, comme vous le savez tous, nous avons un vrai problème avec ce *Passe-miroir*, sa bande et son monde parallèle qui semble se rapprocher de plus en plus du nôtre, au risque, très bientôt, de le supplanter. Il est presque certain que pour parvenir à bâtir son monde, cet homme a eu la possibilité d'utiliser un livre des époques et de se déplacer ainsi dans de multiples périodes pour construire son monde, mais avec la complicité de qui, grâce à qui, de quelle manière ? Nous n'en savons encore rien ! C'est tout cela que nous devons élucider si nous voulons espérer survivre ! Grâce au lexique – à la fin du livre – nous connaissons en revanche l'ensemble des dates où cet homme s'est rendu afin de bâtir son monde, car les différents livres des époques possèdent une mémoire commune des déplacements réalisés dans les autres ouvrages. Avec notre amie la Psy, nous sommes convaincus que comprendre les origines de ce monde, ses racines, nous aidera à comprendre comment s'en débarrasser. Or, il se trouve qu'à l'heure où je vous parle, Aurélien est en train de se déplacer sur l'une de ces dates clés, en 1785, qui marque le début de l'expédition menée par La Pérouse sur ordre de Louis XVI. Hasard, Coïncidence ? J'ai appris à ne plus croire ces choses-là. Je suis convaincu en revanche que sa présence à cette date a été voulue et qu'elle représente une opportunité… Allons-y, retrouvons ce novice, qui est d'ailleurs certainement en danger ! Et profitons ainsi de vos dons, car vous êtes aujourd'hui les plus à même d'entreprendre ce périple. Rappelez-vous : le temps est la clé de son monde parallèle. Pour le créer, il s'est appuyé sur des techniques ancestrales, des calendriers de peuples aujourd'hui disparus, des objets que l'on croyait perdus à jamais, comme la Clepsydre offerte par le calife de Bagdad Aaren al Rachid à Charlemagne. Nous pensons devoir retrouver la trace de ces objets car ceux-ci pourraient être la clé de toute cette énigme.

Les quatre jeunes gens – Pénélope, Annabelle, Erwan & Vince – se regardèrent, de plus en plus perplexes.

— Mais, avec une simple date, comment peut-on imaginer retrouver qui que ce soit ! C'est impossible !

— Rassurez-vous, Pénélope, ce livre est bien plus précis et puissant qu'il n'y parait. Dès lors que vous arriverez sur place, vous aurez la possibilité d'obtenir des informations détaillées comme la date exacte ainsi que le lieu du rendez-vous. On appelle d'ailleurs cela un *rendez-vous*, car vous retrouvez quelqu'un dans le temps, ailleurs…

— Pour ma part, je n'ai pas vraiment le choix, regretta à haute voix Pénélope.

— En même temps, lui répondit du tac au tac la Psy, il me semble que vous n'imaginiez pas laisser votre place à quelqu'un d'autre !

La jeune femme, aussi rare que cela puisse paraître, se mit à rougir.

— Vous avez raison, je m'y vois déjà !

Le Commissaire, dont les yeux brillaient d'excitation, se tourna alors vers les trois autres novices.

— Croyez bien, mes chers amis, que si je le pouvais, si mes responsabilités me le permettaient, j'accompagnerais Pénélope pour ce voyage qui s'annonce déjà aussi excitant que périlleux. Mais je suis obligé de laisser ma place, et c'est vraiment à regret que je le fais, sachez-le ! Comme je l'ai dit, je dois d'abord revenir ici !

Personne n'eut besoin d'être médium pour deviner la gêne immédiate des trois jeunes gens. La Psy s'efforça d'ailleurs de détourner ses propres pensées pour éviter de lire dans les leurs, tandis que le Commissaire détourna pudiquement le regard pour les laisser réfléchir. Comme le silence persista, il lui vint une idée pour les aider dans leur choix.

— Je vois que la décision est difficile à prendre. Je vous propose que l'on se retrouve au bar dans une heure pour que vous nous donniez votre réponse. N'oubliez pas, le temps presse, nous ne pouvons pas nous permettre de tergiverser trop longtemps.

Ainsi, une fois encore, les novices, excepté Pénélope, qui l'inventait déjà, n'eurent pas le loisir d'imaginer leurs destins et furent encore contraints de faire un choix, de prendre une décision. Depuis qu'ils étaient arrivés, cela n'avait d'ailleurs été qu'une succession de choix, plus douloureux les uns que les autres, de décisions parfois étranges, absurdes, improbables.

Chacun à sa manière tenta d'occuper l'heure qui suivit. Vince, qui affectionnait particulièrement la zone de la salle à manger et du bar, s'y était installé, agrippé à son tabouret, juste en dessous de l'un des hublots géants qui donnaient sur la Seine, et passa l'heure à siroter le cocktail des *Voyageurs*. Erwan, plus discret et cérébral, s'était réfugié seul dans sa cellule, et, assis sur son lit, fixait le couloir comme s'il attendait que quelqu'un ne débarque ou que quelque chose d'incroyable se produise pour l'aider à prendre la bonne décision. Enfin, Annabelle, certainement la plus aguerrie des trois, appréciait de reprendre déjà peu à peu goût à la liberté. Elle éprouva le besoin de s'oublier dans des conversations simples, et surtout pas cérébrales. Pour cela, elle s'était rendue tout naturellement dans les ateliers de l'Architecte, au contact des ingénieurs, et discuta longuement avec chacun d'entre eux, notamment des inventions en cours. Cela lui permit, tout en parlant « technologies », de se vider l'esprit, de s'évader sans avoir à quitter le site.

Une heure plus tard, tous scrupuleusement ponctuels, ils se retrouvèrent au bar, rejoignant ainsi Vince, qui achevait de siroter son énième Voyageur d'affilée, et qui avait laissé lentement l'ivresse le gagner.

Le Commissaire arriva – volontairement ? – légèrement en retard, suivit de près par la Psy, comme s'ils s'étaient tous deux donné le mot.

— Mes amis, je vous remercie d'être aussi ponctuels. J'espère que vous avez pris votre décision. J'aimerais vraiment qu'elle vienne de vous, et non que je sois obligé de choisir à votre place et de devoir désigner un volontaire. Sachez-le, je déteste ça !!

À sa grande satisfaction, il n'eut pas vraiment longtemps à attendre, car à peine avait-il achevé sa phrase qu'Annabelle s'avançait d'un pas, comme pour bien marquer ce qu'elle avait à dire.

— Je suis volontaire, Commissaire !

Ce dernier ne montra d'ailleurs pas la moindre surprise devant cette décision.

— Je n'en attendais pas moins de vous, même si je sais qu'au fond de vous, vous êtes encore profondément marquée par ce que vous venez de vivre.

— Je n'aurais pas affirmé le contraire, mais après réflexion ce voyage va justement me permettre d'effacer ce que je viens de vivre ces derniers jours. Rester ici à me morfondre ne me servirait à rien, pendant que mes amis sont en train de prendre des risques.

— Messieurs ! Lança-t-il d'une voix forte en direction d'Erwan et de Vince, qui semblaient tout aussi surpris que soulagés, pas de regret, ni de « revendication » ?

— Non, et pour ma part, je n'avais de toute façon pas prévu de vous répondre par l'affirmative, lui répondit sèchement Erwan. Je ne me sens toujours pas prêt à entreprendre ce genre de voyage.

— Quant à moi, ajouta Vince tout aussi promptement, je réservais ma réponse. Au cas où vous n'auriez eu personne, je me serai probablement désigné volontaire, même si, comme Erwan, je ne me sens pas encore maître de mon don. La réponse d'Annabelle me va très bien. Bravo à elle, et bien sûr à Pénélope !

— Et nous partons quand ? demanda cette dernière, manifestement enchantée que ce soit plutôt Annabelle qui ait décidé de l'accompagner.

— Demain matin, à la première heure ! Je vous l'ai dit, le temps presse. Le monde parallèle du *Passe-miroir* se rapproche dangereusement du nôtre. Si nos calculs sont bons, il reste à peine plus de trente minutes d'écart entre nos deux mondes. Je vous propose un briefing rapide juste avant le diner. Après, vous aurez quartier libre. Qu'en dites-vous ?

— Je trouve cette idée de quartier libre très amusante dans un lieu comme celui-ci ! fit remarquer Annabelle, qui venait de voler sa réplique à Pénélope.

— En effet, il s'agit d'humour local. Je suis certain qu'il ressemble vraiment à ce qui se dit dans un sous-marin, qui est d'ailleurs accessoirement l'autre nom de code du site, la cave ou le sous-marin. Mais je vous réserve à tous les quatre une surprise de taille, pour après le diner. N'insistez pas, je ne vous dirais rien de plus d'ici là, conclut-il dans un grand éclat de rire alors que ses interlocuteurs manifestaient soudain un vif intérêt à ce qu'il disait. Finalement, tout le monde parut soulagé par cette décision. Pénélope considérait qu'elle n'avait pas le choix et l'assumait, sachant qu'elle l'aurait fait de toute façon. Annabelle voulait, au fond d'elle-même, tenter cette aventure pour conjurer le sort, et elle se sentait déjà tout excitée à cette idée. Quant aux deux garçons, ils ne se sentaient toujours pas les armes pour s'aventurer dans ce type de voyage. Au moment de quitter le bar et de se diriger seule vers la Hall A, Pénélope fut discrètement interceptée par l'homme du livre du temps.

— Pénélope ?

— Oui !

— Nous avons beaucoup de choses à nous dire !

— À quel(s) sujet(s) ? répondit la jeune femme, sur la défensive, avec son air le plus glacial.

— Le **livre des époques** ! répondit Tom du tac au tac, comme s'il s'agissait d'une évidence. Vous devez en apprendre la manipulation, et le plus tôt sera le mieux.

— Vous avez raison ! Puis, voyant qu'il ne se satisfaisait pas de cette brève réponse : Je vous demande quelques instants et je suis à vous. Où devrais-je vous retrouver ?

— Je vous attends ici, ce sera plus simple.

À peine dix minutes plus tard, changée, Pénélope retrouvait son interlocuteur.

— Je m'appelle Tom, débuta-t-il simplement, comme s'il voulait mettre à l'aise son interlocutrice, mais vous le saviez déjà, n'est-ce pas ?!

— C'est toujours mieux que « l'homme au livre des époques », répondit-elle, très à l'aise.

— Installons-nous dans cette petite salle de coaching, voulez-vous !

Le jeune homme attendit que la porte fût bien fermée avant de sortir précautionneusement le livre de sa sacoche.

— Mieux vaut être prudent. Ce genre de livre attise les convoitises, même dans un lieu censé être protégé comme ici. Imaginez ! Il procure un tel pouvoir, aussi incroyable que difficilement acceptable et maîtrisable par un simple mortel.

— Mais tout le monde ne peut pas l'utiliser, c'est ce que vous affirmiez tout à l'heure ? s'étonna-t-elle avec un fond de naïveté dans la voix.

— C'est bien pour cela que je souhaitais vous voir en particulier. Vous avez raison, mais rares sont ceux qui le savent. Regardez, déjà la couverture, comme elle procure d'emblée une fascination certaine.

Si on n'y prête pas attention, on est subjugué et il faut ensuite faire un effort pour parvenir à détourner son regard et se détacher de ce livre. Vous-même, ce n'est que la deuxième fois que vous vous trouvez en contact avec cet ouvrage, que ressentez-vous ?!

— Une sincère fascination, je l'avoue. Je suis comme… envoutée par cette couverture, qui semble si… vivante. Du coup, il est difficile d'y résister.

— Déjà, vous devez apprendre à le domestiquer. La première règle d'or est la suivante : ne jamais ouvrir ce livre de la main droite, mais toujours de la main gauche. Cela peut paraitre absurde, mais c'est la réalité. Deuxième règle d'or : ne jamais fixer – comme vous le faites – la couverture de ce livre trop longtemps, sinon, vos rétines seront marquées à jamais. Vous savez, comme lorsque vous vous amusez à regarder sans cligner des yeux une lampe ou une fenêtre baignée de lumière pendant de longues secondes. Après, il subsiste une trace, mais qui disparait à la longue. Là, elle ne s'efface jamais et vous laisse une empreinte qui ne cessera de vous obséder.

D'un geste autoritaire de la main, il fit le nécessaire pour que Pénélope détourne bien son regard.

— Méfiez-vous également de la tranche ! Regardez-la bien ! Celle-ci à la particularité de comporter cinq losanges, qui correspondent aux principales périodes historiques : Ancienne, Moyen Âge, Moderne et Contemporaine.

— Mais, il n'y a que quatre périodes ?!

— Imaginées par les hommes, oui, en effet. Nous sommes donc face à un point de vue très théorique, mais cela permet, en sélectionnant l'un des quatre premiers losanges, de se rendre directement dans la période qui vous intéresse.

— Et la cinquième période ? insista la jeune femme avec une pointe d'impatience très nette dans la voix.

— Certaines légendes prétendent que ce dernier losange concerne une cinquième période, future, imaginée probablement elle aussi par les hommes, après un évènement majeur, car la période contemporaine ne sera pas éternelle pour couvrir le reste de l'histoire du monde. J'ai déjà plusieurs fois interrogé le Commissaire à ce sujet, mais il n'a rien souhaité me divulguer sur sa propre vision du futur. Cela dit, je ne peux pas le blâmer : laissons au futur le temps de se déployer lui-même. Et pour répondre tout à fait à votre question, ce losange-là est inactif sur notre exemplaire. Maintenant, comme il s'agit d'un livre vivant comme vous le disiez si bien, vous pouvez l'utiliser, à condition de l'avoir d'abord paramétré comme bon vous semble. Je me suis même amusé une fois à y entrer plusieurs dates, avec des durées précises, afin de pouvoir les enchainer au fur et à mesure. Malheureusement, il manque à cet exemplaire plusieurs pages arrachées par un fanatique il y a quelques années.

— C'est vraiment un ouvrage fascinant ! murmura-t-elle, s'étonnant elle-même de prononcer ces mots.

— Et imaginez, vous ne l'avez pas encore ouvert ! Mais avant de vous laisser l'ouvrir, je réitère mes conseils de prudence : ce livre est dangereux pour quiconque se laisse griser par l'apparente facilité avec laquelle il vous permet de vous déplacer à travers le temps, juste grâce à des dates clés qui représentent autant de passerelles, de balises, pour sauter d'une époque à l'autre. Quand vous l'aurez ouvert, vous serez exposée à trois autres terribles dangers. Le premier concerne les titres des chapitres des dates clés. Les enluminures sont ici tellement envoûtantes, vivantes, que vous vous laissez facilement enivrer par les formes qu'elles peuvent prendre, et aussi par le parfum qu'elles dégagent. Vous le constaterez d'ailleurs, il y a une véritable odeur qui se dégage de ces pages, et qui change en fonction des périodes, des dates choisies. Afin d'éviter de tomber dans le piège de ces fantasmagories, il suffit, le temps d'ouvrir ces pages, de vous boucher le nez quelques instants ou de retenir votre respiration. Cela vous évitera d'inhaler cet étrange parfum envoûtant émanant directement du passé.

— Et dans le cas contraire ?

— Vous ne serez plus maître de vos choix, et c'est le livre lui-même qui décidera à votre place de la date à laquelle vous devrez vous rendre. Vous risquez ainsi de tourner en rond, d'errer au beau milieu des siècles et de ne jamais parvenir à revenir au point de départ, la date initiale, que les propriétaires de ces livres sont censés mettre à jour quotidiennement, quoi qu'il se passe, sinon, vous n'avez plus la certitude d'un retour serein.

Voyant que la jeune femme tenait malgré tout le choc de ses révélations, Tom continua son récit.

— Le second danger, et pas des moindres, concerne le temps lui-même, ou plutôt sa gestion. Lorsque vous arrivez sur place, quelle que soit l'époque, familière ou non, vous devez absolument noter l'endroit exact où vous vous trouvez, ainsi que le moment précis de la journée. Ce sont les garanties qui vous permettront de revenir, quel que soit le temps passé sur place. Vous devez repartir exactement d'où vous étiez arrivés. C'est impératif, sinon, vous risquez là encore de naviguer dans les eaux troubles du temps.

— Mais… les montres ne fonctionnent donc pas dans le passé ?

— Et pourquoi pas ? Le temps s'écoule de la même manière, il suffit, sur votre montre, de noter votre heure d'arrivée et de repartir exactement à la même heure, quel que soit le jour ! En fait, si vous ne pouvez matériellement pas vous retrouver exactement au même moment – il y a un laps de temps toléré d'une trentaine de minutes – vous pourrez revenir, mais en décalé, avec tous les risques que cela comporte. J'en ai connu plus d'un qui ont erré pendant des semaines dans un drôle de temps parallèle, d'où ils ne parvenaient plus à s'extraire. Ils sont finalement parvenus à retrouver leur chemin, à force de déplacements dans le temps, de décalages. Mais vous ne pouvez le faire que si vous connaissez la bonne heure évidemment !

Enfin, le troisième danger concerne le livre lui-même. Comme vous le savez désormais, ce dernier possède un incroyable pouvoir de séduction. Quiconque le voit veut s'en emparer. C'est comme cela, à la fois bestial et physique. Il est du coup très convoité. Nombreux voudront vous le voler, même s'ils ne peuvent l'utiliser, juste pour le posséder. Si cela vous arrive, vous vous retrouverez alors prisonnier de l'époque à laquelle vous vous serez arrêtée. Une fois, l'un des membres de notre équipe a voulu, sans formation, tester le livre. Il s'est retrouvé à l'époque de François 1er et s'est fait voler le livre. Nous avons mis des mois à retrouver le voleur qui continuait de se promener à travers le temps. Comme nous n'avions plus d'exemplaire, nous avons dû faire appel à la brigade du temps pour nous aider à le suivre à la trace. Nous sommes parvenus à le rattraper lorsqu'il embarquait sur le Titanic, persuadé qu'il allait vivre la traversée de sa vie. Nous l'avons intercepté, récupéré le livre, et accessoirement expliqué que nous venions de lui sauver la vie. Bien entendu, il n'a pas compris de quoi nous lui parlions, car il venait du passé.

Pénélope, pour une fois, ne trouva rien à redire ni à ajouter. Elle qui d'habitude avait une confiance presque aveugle en elle commençait à douter, et n'hésita d'ailleurs pas à en faire part à son interlocuteur.

— Je ne suis pas certaine d'être capable de…

— … ne croyez pas ça, l'interrompit brutalement Tom, tout est question de maîtrise. Je suis persuadé que vous vous en tirerez très bien, conclut-il en refermant le livre, et votre réaction est très saine, dans la norme.

— Si vous le dites ! lâcha-t-elle en quittant brutalement la pièce, comprenant que la démonstration était terminée et qu'elle n'avait jamais vraiment eu son mot à dire. Elle retourna dans sa cellule sans même se retourner, mais dès qu'elle y arriva, elle sentit une boule lui nouer le ventre. Elle réalisa rapidement qu'elle n'avait surtout pas intérêt à s'isoler ainsi, et repartit presque aussitôt en direction de la salle à manger. Sur le chemin, elle croisa Vince et Erwan, manifestement de plus en plus inséparables, et décida de se joindre à eux. Ils restèrent tous les trois ensemble jusque tard dans la nuit, ce qui leur permit d'échapper ainsi à leurs peurs, leurs solitudes, leurs doutes et interrogations.

Annabelle, quant à elle, probablement pour les remercier de l'avoir aidé à faire ce qu'elle considérait comme le meilleur choix, avait rejoint de son côté l'équipe de l'Architecte et ne les quitta pas de la soirée. Elle en profita pour faire plus ample connaissance avec Tom, qui sortait juste de son long entretien avec Pénélope. Dans le même temps, le Commissaire et la Psy s'étaient mystérieusement éclipsés et personne n'était capable de dire où ils étaient passés.

Il était presque minuit lorsqu'Annabelle se décida à rejoindre sa cellule. Elle se sentait épuisée. Elle se glissa péniblement au fond de ses draps et rejoignit en quelques instants les limbes du sommeil. Très rapidement, elle retrouva sa prison, comme si, inconsciemment, elle éprouvait le besoin de revivre certaines scènes, peut-être pour mieux les oublier, mais aussi pour mieux les exorciser. Elle souhaitait surtout revivre ce moment précis où elle avait entendu ce grincement si particulier dont elle comprenait désormais la signification, ce grincement qui prouvait que quelqu'un était en train de manipuler l'un de ces réveils pour se déplacer dans le temps. Oui, la porte de sa cellule se trouvait curieusement entrouverte. Oui, au bout du couloir, une étrange jeune femme rousse la fixait, et lui faisait signe en silence de la rejoindre, ce qu'elle fit sans hésiter. Tout en avançant vers elle, Annabelle se demandait pourquoi cette jeune femme lui inspirait tellement confiance. Elle décida donc de la suivre docilement, et sans un mot, les deux jeunes femmes s'enfoncèrent dans les méandres de ces longs couloirs comme toujours bien trop obscurs, à peine éclairés par d'interminables torches aux flammes indolentes. Elles marchèrent ainsi l'une derrière l'autre de longues minutes, tournant tantôt à droite, tantôt à gauche, au gré des méandres de couloirs plus ou moins larges, croisant périodiquement d'autres couloirs perpendiculaires plus intimistes, comme autant d'opportunités de choisir un autre chemin, un autre destin peut-être aussi. Pourtant, sans jamais avoir l'air d'hésiter, la jeune femme rousse continuait obstinément d'avancer droit devant elle. Au bout d'un très long moment, et d'un énième croisement, toujours sans le moindre mot, elle s'arrêta net et sembla soudain hésiter.

Annabelle, qui la fixa alors, découvrit malgré l'obscurité tenace des traits très purs, avec une peau laiteuse qui semblait se fondre dans les lueurs fluctuantes de torches à bout de souffle. Comme la jeune femme ne bougeait toujours pas, Annabelle finit par tenter de la faire réagir.

— Savez-vous où nous sommes ? demanda-t-elle d'abord dans un murmure.

La jeune femme resta parfaitement immobile. Annabelle crut même l'espace d'un instant qu'elle dormait debout les yeux ouverts. Elle reposa sa question, plus fermement. Toujours en vain.

Au loin, la novice finit par entendre des bruits de pas. Des gens approchaient. Immédiatement, elle pensa à ses geôliers. Elle finit par tendre la main pour la poser sur l'épaule de la jeune femme, mais celle-ci ne rencontra que le vide. Ce fut alors seulement qu'Annabelle comprit qu'elle avait jusque-là suivi un hologramme !

Le temps pour la jeune femme de réaliser le danger, les bruits approchaient nettement. Elle apercevait même au loin des lueurs qui venaient vers elle. Prise de panique, Annabelle décida de s'enfoncer dans le couloir perpendiculaire le plus proche d'elle, bien plus sombre et étroit que le couloir principal. Elle sentit alors distinctement la peur l'envahir, comme un enfant dont le cauchemar l'emmène aux confins d'une course inutile et vouée à l'échec. Elle se mit bientôt à courir, d'abord lentement, puis – et ce malgré l'obscurité chronique – de plus en plus rapidement, au risque, comme elle le fit plusieurs fois, de percuter des obstacles anonymes, plus ou moins naturels, s'écorchant au passage les bras, les hanches, le crâne. Les lueurs ne cessaient d'approcher. Elle aurait dit que ses poursuivants couraient toujours plus vite qu'elle ne pourrait jamais le faire. Soudain, sa course éperdue la fit déboucher sur une très grande salle, inondée de lumières. Plusieurs silhouettes familières se trouvaient là, tous assis derrière une table sommaire, des silhouettes qui l'attendaient, les mines défaites : Il y avait là le Commissaire, Psychologue IV, l'Architecte, Erwan, Vince, et même Pénélope… Personne ne manquait à l'appel de sa propre peur. Dès son arrivée, le Commissaire se leva puis s'avança vers elle, manifestement contrarié, le regard empli de reproches.

— Annabelle, pourquoi nous as-tu fait ça !

— Que j'ai fait quoi ? répondit-elle avec sincérité, les mains sur les hanches, à la recherche de son souffle. Mais elle n'eut ni le temps de se justifier, ni de comprendre de quoi il retournait, car ses poursuivants, le *Passe-miroir* en tête, faisaient irruption à leur tour dans la même salle, à peine quelques pas derrière elle.

— Je ne… Avait-elle commencé à dire, sans vraiment savoir ce qu'elle avait l'intention de dire.

— Enfin ! S'écria le *Passe-miroir*, manifestement – comme à son habitude – très satisfait de la tournure des évènements, nous voici tous enfin réunis !

Derrière lui se tenaient plusieurs sbires sans envergure, des sortes d'ombres interchangeables, qui pensaient faire illusion aux côtés de leur maître, exceptée cette jeune femme à la silhouette de catcheuse, aussi blonde que nerveuse, bourrée de tics, que l'on nommait AnnA. Et puis il y avait cette énigme, en la personne de la jeune femme rousse, toujours aussi inexpressive, qui l'avait entrainé dans ce piège, sans un mot, et apparemment sans un regret. Le *Passe-miroir* s'avança à hauteur d'Annabelle, avec, à la main, un bien étrange objet. On aurait dit une mappemonde, sauf que celle-ci s'illumina lorsqu'il la tendit vers les *Voyageurs*, d'une lueur rouge vif, avant de se détacher légèrement de ses mains, en apesanteur, et de tourner de plus en plus vite sur elle-même.

— J'ai le plaisir de vous présenter un *décadran*. Grâce à cette invention extraordinaire, mon monde est en train de rattraper son retard sur le vôtre. D'ici quelques jours, tout au plus quelques semaines, nos deux mondes auront fusionné, c'est désormais une certitude !

Le Commissaire ne cessait de fixer Annabelle, le regard perdu, qui finit pourtant par sentir qu'elle était observée. Elle se décida à répondre enfin à son regard, et comprit qu'il cherchait à lui faire comprendre quelque chose. À force de le regarder dans le blanc de ses yeux, elle commença à déchiffrer ce qu'il voulait lui faire comprendre.

— « Tout ceci n'est qu'un rêve, rien n'est vrai, mais tout le monde risque de se faire piéger par celui-ci, tant il semble vrai. »

La Psy parvint à son tour à attirer son attention. Cette fois, le contact se fit immédiatement, sans un mot.

— « Annabelle… Annabelle » !

Comme la jeune femme commençait à se tourner vers son amie, elle entendit nettement dans sa tête.

— « Non, ne me regarde pas, il risque d'intercepter nos pensées. »

La jeune femme s'obstina donc à regarder le *Passe-miroir*, et l'étrange objet qui continuait de virevolter à l'extrémité de ses mains, tout en se concentrant sur les pensées de son mentor.

— « Nous sommes prisonniers du même rêve. Tout ceci n'est qu'un stratagème du *Passe-miroir* et de ses sbires pour que nous leur livrions de précieuses informations, comme les emplacements des entrées du site des *Voyageurs*. Il a même déjà prévu de nous permettre de nous échapper par l'un des couloirs qui partent de cette salle. En pleine fuite, mélangeant le vrai du faux, la réalité du rêve, nous déboucherons mentalement comme par miracle devant l'une de nos entrées, celle des catacombes, par exemple, leur livrant ainsi sans nous en rendre compte ce qu'ils cherchent à savoir depuis des années. Bien entendu, nous ne devons pas tomber dans ce piège. »

— « Mais… C'est impossible que nous soyons en train de faire le même rêve. »

— « Et pourtant si, et tout est possible, surtout avec ce maudit *Passe-miroir*. Il utilise certainement la présence d'Emma pour mieux nous mystifier. »

— « Emma ?! »

— « Oui, la jeune femme rousse. Je pensais que tu l'avais reconnu ? »

— « Non, et je croyais qu'elle était presque morte, prisonnière à jamais des cauchemars et des rêves. »

— « Absolument, mais où crois-tu que nous nous trouvons actuellement ?! »

— « Je ne savais pas ! Que dois-je faire ? »

— « Surtout ne pas céder à la tentation de fuir, refuser l'opportunité de nous échapper. »

— « Mais c'est impossible. Tout le monde voudra s'échapper, c'est un instinct naturel. »

— « Je compte sur toi pour convaincre nos amis de ne justement pas céder à cette tentation. »

La Psy et Annabelle cessèrent alors tout échange. Pendant un bon moment, elles laissèrent le *Passe-miroir* faire son show, décrire avec moult détails les formidables capacités de son étrange machine. Sa mappemonde représentait un moyen infaillible de voyager dans le temps et dans l'espace, en désignant un lieu d'un simple geste du doigt, ou encore une époque en faisant tourner sur son axe dans un sens ou dans un autre plus ou moins vite. Surement qu'il n'en existait pas beaucoup d'exemplaires dans le monde, et sa rareté lui procurait un pouvoir de fascination encore plus fort. Tout ceci parut interminable. Et Annabelle n'en pouvait plus d'attendre. Elle craignait tellement de mal faire. Toute confiance chez elle avait disparu.

Pourtant, un évènement inattendu changea soudain le cours du rêve, qui semblait pourtant avancer inexorablement vers le piège tendu par le *Passe-Miroir*. Emma, qui jusque-là n'avait rien dit, ni manifesté la moindre réaction, s'avança alors au milieu de la salle, titubant comme si elle était ivre, puis se dirigea droit vers le *Passe-miroir*, qui, pour une fois, ne s'attendait pas à cela. La jeune femme, toujours obstinément silencieuse, attrapa la mappemonde et la lança de toutes ses forces à terre, provoquant son éclatement immédiat. Puis, comme soudain réveillée en sursaut, elle tenta de s'enfuir, mais comme dans tout cauchemar, on la voyait courir, en vain, car elle n'avançait toujours pas ! Cet évènement eut pour effet de déclencher une explosion de lumière, brisa le charme du rêve et immobilisa de surprise pendant un long moment le *Passe-miroir* lui-même, pour une fois incapable de réagir.

Annabelle se redressa en hurlant dans son lit. Sur tout son corps, la sueur perlait. À peine venait-elle de s'asseoir au bord de sa couche que le Commissaire et la Psy faisaient irruption dans sa cellule.

— Tout va bien, nous sommes bien sortis du rêve.

— En êtes-vous certain. C'est… terrible de se faire ainsi manipuler !

— Oui, c'est sûr. Tu vois, même ici, nous ne sommes plus en sécurité, répondit la Psy, tout en regardant le Commissaire par-dessus l'épaule de la jeune femme.

— De moins en moins, oui, ajouta-t-il comme pour faire écho à ses propos. Tout à l'heure, nous avons été contactés en urgence par l'un de nos informateurs. Ce dernier avait eu vent d'informations qui auraient été achetées à prix d'or par de mystérieux commanditaires, à propos de travaux de construction sur l'île Saint-Louis datant des années 1850. On a tout de suite compris que ces gens-là voulaient en savoir plus sur ceux du site des *Voyageurs*, datant de la même époque. Mais ce qu'ils ignoraient, c'était que nous avions effacé toute trace de ces travaux, jusqu'au cadastre même. Vous vous rendez compte, ces salauds vont désormais puiser leurs informations dans le passé. Mais nous ne pouvons pas faire disparaitre totalement les preuves de notre propre histoire ; enfin, si, nous savons le faire, et même très bien, mais nous nous y prenons trop tard. Il faut savoir anticiper ce genre de chose. Nous aurions à peine effacé les premières traces, qu'ils auraient déjà remonté l'ensemble des données qui leur permettraient de nous retrouver[22]. En plus, pour retourner dans le passé, et faire disparaitre nos… origines, nous aurions besoin d'utiliser le livre des époques. Nous n'en possédons qu'un seul exemplaire, et vous allez en avoir bien besoin dans les prochains jours !

— Ne pouvons-nous pas nous envoyer à cette époque-là dès maintenant, juste pour effacer les traces les plus flagrantes ?!

— Non, ce serait vraiment inutile. Maintenant que vous êtes réunis, notre priorité est de retrouver Aurélien qui voyage actuellement dans le temps, de l'enlever des griffes des *Usurpateurs*, et surtout de remonter aux origines du monde parallèle de ce *Passe-miroir*. Là est la clé ! C'est notre unique chance aujourd'hui. Et puis, vous ignorez comment nettoyer le passé. C'est quelque chose de très particulier, et il ne suffit pas d'effacer les traces matérielles. Les témoins, les souvenirs, tout ceci doit aussi être gommé ! Nous avons juste le temps de mettre en place quelques leurres, c'est notre chance de gagner du temps.

— Des leurres ?!

— Oui, de fausses pistes en quelque sorte, des personnages fictifs, de fausses adresses, du passé inventé, tout ce qu'il faut pour tromper et détourner nos ennemis de la vérité !

— Mais pourquoi ne pas nous l'apprendre, d'autant plus que nous allons certainement rencontrer le même problème avec ce *Passe-miroir*, car j'imagine mal qu'il n'ait pas pensé à effacer lui aussi son passé !

La Psy sourit en écoutant son amie. Il y avait de la tendresse dans son regard, voire de l'admiration.

---

[22] Le commissaire fait allusion à l'appareil utilisé pour effacer les traces du passé.

— Tu as tout à faire raison Annabelle, et je suis certaine que Le Commissaire sera du même avis. Nous devons organiser avant notre départ, ce matin, une séance avec notre spécialiste de la rumeur, de la communication… et du passé. Cela vous aidera à détecter les erreurs les plus grossières qui pourraient avoir été commises, notamment dans la précipitation, par nos amis. De son côté, je doute que le *Passe-miroir* ait entrepris un effacement de longue date !

Vince et Erwan, toujours inséparables, firent alors leur apparition sur le pas de la porte de la chambre d'Annabelle. Tous les participants au rêve, excepté Emma, étaient ainsi réunis, alors qu'il n'était que 4 h 30 du matin ! Paradoxalement, plus personne n'avait envie de dormir. Il fut convenu que tout le monde se retrouverait quelques minutes plus tard dans la grande salle, le temps de se restaurer, avec un solide petit-déjeuner, le Commissaire faisant le nécessaire pour que tout soit prêt, dès potron-minet.

Chapitre XXXIX
Voyageurs 12,
Très tôt le matin, site des Voyageurs

À l'heure dite, tout le monde se présenta sous les hublots géants de la grande salle à manger, et on pouvait sentir dans plusieurs regards une joie flagrante de se retrouver ainsi ensemble, même si certains savaient que les deux jeunes femmes allaient de nouveau s'éloigner pour une durée indéterminée, et peut-être même pour toujours. Paris dormait à poings fermés au-dessus de leurs têtes. Presque en silence, dans un murmure, ils imaginèrent aisément, assis autour de la table imposante de la grande salle à manger, la ville se réveiller doucement, les premiers livreurs, le ballet des camions de nettoyage, les derniers fêtards, les éboueurs, les premiers bouquinistes ouvrant leurs échoppes… tout ce petit monde ignorait totalement l'existence des autres, de ce monde souterrain et parallèle, qui ne leur voulait d'ailleurs pas que du bien, pêle-mêle la cité des *Voyageurs*, les *usurpateurs* et toutes ces ombres d'en dessous, quelque part, en train de les observer, résolument hostiles, on ne pouvait le nier ! Comme dans d'autres tablées célèbres, on percevait à la fois de la tension chez chacun des participants à ce petit-déjeuner pas comme les autres, mais aussi une profonde sérénité collective. Pour perpétuer ces traditions dont il était profondément attaché, leur mentor – le Commissaire – avait fait le nécessaire pour que soit préparé le petit-déjeuner traditionnel des *Voyageurs*, avec du café, naturellement, mais aussi des œufs au plat mélangé à du poulpe grillé, des croissants au beurre plus que jamais en forme de crabes, autre spécialité du lieu, ainsi qu'un jus d'algue au goût tout aussi particulier. Il y eut bien quelques phrases échangées, banales, des sourires discrets mais chaleureux, voire quelques rares éclats de rire étouffés. On voulait manifestement faire durer ce moment, profiter peut-être (déjà) une dernière fois de cet agréable moment de complicité, et tout fut fait pour qu'il dure d'ailleurs le plus longtemps possible.

Vers six heures trente, au moment de sortir de table, Pénélope et Annabelle furent invitées à une séance d'analyse et de nettoyage du passé, comme la Psy l'avait promis à sa jeune protégée. Pénélope, d'abord surprise par cette séance imprévue, rechigna d'abord à s'y rendre, mais devant l'enthousiasme de sa camarade, accepta très vite de se prêter au jeu.

Ni Pénélope ni Annabelle n'avait jamais croisé le jeune homme qui leur fut alors présenté. Il faut dire que ce dernier possédait une bien étonnante particularité. Même lorsque l'on se tenait devant lui, il se comportait de manière si effacée, si discrète, qu'on avait presque l'impression de ne pas se (re)trouver en sa présence.

— Je suis le responsable de la communication des *Voyageurs*, murmura-t-il presque en s'excusant de prendre ainsi la parole, je ne suis là que pour prolonger l'œuvre et le labeur de mes illustres prédécesseurs.

Non seulement il ne mesurait tout au plus qu'un mètre soixante, mais en plus il était si mince, et surtout, son visage était si banal qu'il n'accrochait pas les regards qui glissaient aimablement sur lui sans vraiment s'arrêter. Il n'y avait rien à faire, et les deux jeunes femmes éprouvaient toutes les peines du monde à maintenir leurs regards posés sur le sien. Certes, son métier ne consistait pas à se mettre en avant, mais plutôt à gérer la communication, l'information, les messages subliminaux ou non, quand ce n'était pas les rumeurs, la désinformation, la non-communication, du tweet au papier... bref, tout ce qui pouvait concerner de près ou de loin les *Voyageurs*. Les deux jeunes femmes ne pouvaient douter de la compétence de cet homme, dont la responsabilité concernant la survie en termes d'image, ou plutôt de non-image du site et plus largement des *Voyageurs*, responsabilité qui paraissait considérable, et pourtant, il fallait bien le reconnaitre, l'imagination était nécessaire pour lui donner un peu de crédit.

— Le Commissaire m'a demandé tôt ce matin de vous préparer une séance spéciale sur le passé et vous permettre ainsi de détecter les différentes techniques modernes de trucage de ce même passé, mais aussi des méthodes plus… anciennes, qui s'inspiraient de ce que savaient faire les maîtres de l'époque antique, notamment pour effacer les traces d'un épisode honteux du passé de leurs maîtres.

Ça commençait bien !

Ainsi, aussi concentrées que studieuses, oubliant les caractéristiques paradoxales de leur interlocuteur, les deux jeunes femmes passèrent deux bonnes heures à écouter les explications magistrales de cet homme qui, il fallait bien le reconnaitre, dès qu'il ouvrit la bouche pour parler de son métier – et oublia accessoirement sa timidité – devenait tout bonnement fascinant. Il leur expliqua dans le détail tous les infimes raccords du temps, qui peuvent expliquer un « effaçage », les morts étranges, les disparitions inexpliquées et inexplicables, les fugues qui n'en étaient pas, comme autant de témoins substantiels de la vie d'un personnage qui souhaite, et en a les moyens, faire disparaitre quiconque a été en contact avec lui durant cette période-là, à moins que quelqu'un ait décidé, en haut lieux, de faire disparaitre le personnage lui-même et tous ses accessoires. Tout en écoutant, de plus en plus affolées, les propos à chaque mot plus probant de cet homme, les deux jeunes femmes réalisèrent au fur et à mesure qu'elles connaissaient autour d'elles au moins une personne qui avait connu ce type de destin tragique. Elles réalisaient également combien elles avaient eu de la chance de ne pas croiser l'un de ses personnages, aussi odieux que riches, capables de se payer le luxe de se débarrasser de tous ces destins, simplement parce qu'il souhaitait effacer une partie probablement peu glorieuse de son passé. Elles apprirent ainsi que pour un effaçage partiel, mais peu pérenne, il fallait compter au moins 150 000 euros. Pour un effaçage total, le premier prix commençait au million d'euros, et, au-delà d'une dizaine de victimes, un tragique accident, il fallait débourser 150 000 euros par victime supplémentaire ! Évidemment, sentant l'opportunité, plusieurs entreprises sans scrupule s'étaient spécialisées dans cette activité, ce commerce de la mort, comme la bien nommée *Erase*. Les premiers clients qui avaient fait appel à ce type d'entreprises l'avaient fait pour effacer toutes traces gênantes d'eux sur Internet. Puis, le catalogue de leurs prestations s'était peu à peu étoffé, avec les j'efface : « la soirée la plus nulle de ma vie » ; « la plus mauvaise rencontre » ; « le jour où je me suis fait virer ; larguer… ». Des gens peu fréquentables et fréquentés d'ailleurs s'étaient spécialisés dans ces effaçages en règle et la formule avait connu un essor incroyable dans les années 2010-2025. Mais, bien entendu, personne n'en parlait, car personne ne savait, et les seuls qui avaient par malheur découvert que ces pratiques existaient, détectives, policiers, hasards de la vie, ces gens-là, considérés comme témoins collatéraux gênants, avaient eux aussi, dans la même logique, été éliminés, effacés. D'autres sociétés, moins radicales, proposaient une méthode plus douce qui consistait simplement à effacer la mémoire de ces témoins potentiels, sans être obligés de les éliminer. Pourtant, cette méthode, certes bien moins onéreuse, comportait des risques car elle pouvait s'avérer imparfaite, la mémoire pouvant revenir dans certains esprits et le passé des commanditaires ressurgir soudain. Là commençait la paranoïa et l'interlocuteur mystérieux des deux jeunes femmes entrouvrait délicieusement la porte de notre imaginaire. Et si…

Bref, au bout de deux heures, elles en avaient appris plus sur les mystérieuses disparitions, ou les étranges accidents qui hantaient les faits divers des médias, et les raisons de ceux-ci, que dans toute leur vie. Elles avaient également intégré les principales techniques d'effaçage et se sentaient, après deux ateliers, prêtes aussi à les déceler en situation.

Il était temps de partir. Midi approchait et le meilleur créneau pour se déplacer dans le temps arrivait. En effet, voyager dans le temps comportait aussi quelques contraintes, et le fait de se déplacer à des heures précises, et méridiennes, rendait le voyage plus sûr et… moins douloureux.

Tout le monde s'était réuni une nouvelle fois dans la désormais traditionnelle salle de réunion Critias, proche du Hall A. On se congratula un peu maladroitement, on effaça discrètement quelques larmes échappées par mégarde puis, tout le monde se décida enfin à reculer de quelques pas, laissant ainsi un peu d'espace aux deux jeunes femmes avant leur grand voyage.

Annabelle, légèrement en retrait derrière sa camarade Pénélope, l'observait caresser distraitement la couverture du livre des époques, avant qu'elle ne se décide enfin à l'entrouvrir délicatement. Tom, présent lui aussi dans la salle, avait placé dans l'ouvrage un discret marque-page qu'il lui indiqua cérémonieusement, afin que Pénélope puisse enfin ouvrir le livre directement à la bonne page, ce qu'elle fit avec beaucoup de retenue, attitude assez inhabituelle chez la jeune femme. L'ouvrage, enfin grand ouvert, presque béant, luminescent comme jamais, n'attendait plus qu'un geste pour exprimer toute la plénitude de sa puissance. Pénélope, soudainement hésitante, leva les yeux, regarda ses nouveaux compagnons un à un, repensant au chemin parcouru depuis l'esplanade de la Défense, avant de s'arrêter sur le regard bleu azur d'Annabelle.

— Es-tu prête ?!

— Autant que toi !

— Alors, allons-y !

Pénélope, lentement mais avec détermination, approcha son index du chapitre qu'elle voulait visiter : l'expédition de La Pérouse commanditée par Louis XVI. C'était là que le novice Aurélien avait été vu pour la dernière fois. C'était là aussi qu'elles espéraient le retrouver. Juste avant de poser son doigt sur la feuille de papier, Pénélope attrapa la main de son amie, et, au moment où celui-ci entra en contact avec l'encre, légèrement en relief, du titre du chapitre, elle entendit très distinctement la voix riante mais légèrement angoissée du Commissaire résonner dans la pièce :

— Bon voyage à vous !

Les deux jeunes femmes se sentirent alors comme littéralement aspirées par le livre. Elles ressentirent alors les mêmes secousses – en plus fort – que dans un grand huit, à la fête foraine. Elles tombaient droit devant elles, la tête en avant, sans parachute ni retenue, et encore moins de visibilité. Il faisait froid, puis l'instant d'après très chaud, exactement comme si elles traversaient autant de saisons que d'époques. Au loin, tout proche, juste à côté, partout et nulle part, des clameurs tournoyaient autour d'elles, sans jamais les approcher suffisamment pour qu'elles puissent les distinguer nettement et en comprendre le sens. Cela ressemblait à des bruits de guerre, de révolutions, de batailles, de mouvements de foule. Même, à un moment, Pénélope aurait juré sentir nettement de la neige accompagner sa chute. Malgré leurs yeux grands ouverts, il n'y avait rien à voir, que du bruit à entendre, ni couleur ni lumière, bref, comme un vide assourdissant.

Enfin, leur chute parut ralentir, les bruits se firent plus précis, les voix plus distinctes. Pourtant, les deux jeunes femmes tombaient toujours aussi inexorablement, vers ce destin qu'elles ne maîtrisaient plus. Elles n'éprouvaient ni peur ni crainte, juste comme une sorte de langueur, de profonde lassitude. Face à ce danger diffus et omniscient, chacune sentait précisément l'autre à ses côtés, et c'était bien là leur seul réconfort palpable. Elles tentèrent bien de se regarder, de se parler, mais aucun son, aucune parole ne sortit de leur bouche, anesthésiée comme tout le reste.

Soudain, sans prévenir, la lumière revint et avec elle les images, et comme si elles s'étaient retenues trop longtemps, elles se succédèrent à vive allure, enchainant les époques, les destins, l'Histoire, sans la moindre complaisance. Pour celui ou celle qui connaissait les évènements qui séparaient les deux jeunes femmes de cette fameuse date du 1er avril 1785, tout y passa, de la Seconde Guerre mondiale à la Révolution française, en passant par Waterloo et les cent jours, avec une netteté incroyable qui contrastait avec la vitesse à laquelle les époques se succédaient. Le temps remontait son cours avec une précision qui fascina les jeunes femmes. Rien ne fut occulté, omis, caché.

Lorsqu'enfin la date cible s'approcha, les images se décidèrent enfin nettement à ralentir. Pénélope et Annabelle surent alors avec certitude que le cours des choses les dirigeait tout droit vers le lieu et la date qu'elles avaient choisis, inexorablement. Elles se retrouvèrent en train de survoler l'océan, comme dans la navette, mais transparente et ultrarapide, sans subir la moindre secousse ni la plus infime douleur. Lorsqu'enfin, deux points minuscules apparurent au bout de l'horizon, elles comprirent qu'il s'agissait de la Boussole et de l'Astrolabe. Sans aucun ménagement, elles atterrirent littéralement sur le pont avant de la Boussole, et se laissèrent même rouler sur quelques mètres afin de mieux amortir leur chute.

— Nous y voilà, lança Pénélope, trop heureuse de pouvoir enfin retrouver le pont, à défaut du sol.

***

Annabelle, comme toujours plus cérébrale, prit d'abord le temps de se relever, et d'observer les alentours, histoire de s'assurer que personne ne puisse les voir, avant de laisser libre cours à ses propres impressions, mais comme les marins alentour continuaient de les ignorer outrageusement, elle répondit à sa camarade.

— Parfait, nous demeurons saines et sauves exactement là où nous voulions arriver. Drôle de voyage, tout de même, tu ne trouves pas ?!

— Nous venons juste de traverser deux-cent trente ans en à peine quelques secondes, et je ne ressens rien, à peine une profonde lassitude, ce qui est la moindre des choses…

— Dans tous les cas, je crains que nous n'arrivions pas au meilleur moment !?

— Pourquoi dis-tu cela ? s'étonna Pénélope, en observant le regard sincèrement inquiet de sa camarade.

— Regarde le ciel, comme il est menaçant !

— Tu as raison, Annabelle, et nous nous approchons très certainement des côtes de Vanikoro, lieu du drame et de la disparition de ces deux navires contre les récifs de l'île, ainsi que de la mort d'une grande partie de l'équipage, c'est ce que m'a expliqué Tom lors de notre briefing.

— Je ne comprends pas bien, Pénélope. Tu avais choisi la date du 1er août 1785, n'est-ce pas ?! Nous devions donc nous retrouver à Brest, au moment du départ de l'expédition, pas en 1788, soit près de trois années plus tard, au large des iles Salomon !?

— Tom m'a avoué hier que le livre n'était pas toujours très précis, ou plutôt qu'il n'en faisait qu'à sa tête, considérant parfois par lui-même qu'une date proche de celle choisie pouvait s'avérer plus pertinente, surtout si elle se rapproche d'une date clé. Et puis, Aurélien a sûrement « bougé » aussi ! Voilà pourquoi il nous a emmenés ici, lors de la disparition de ces navires, et non au moment de leur appareillage, jugé plus anodin.

— Pour en avoir le cœur net, il suffit de vérifier le journal de bord du capitaine.

— Très bonne idée, Annabelle. Mais, ne crois-tu pas, si nous nous trouvons bien à la date à laquelle je pense, que nous risquons d'arriver trop tard pour entreprendre nos recherches ?

— Je suis certaine que cela nous apprendra ce que nous sommes venues chercher. Nous devons juste gagner du temps pour le moment.

— Tu as oublié à qui tu as affaire, répondit du tac au tac Pénélope, déjà prête à claquer dans ses doigts.

— Attends ! Lança Annabelle, soudainement emprunte de doutes. Crois-tu que ce soit bien prudent, avec ce qui t'est arrivé l'autre jour, lorsque tu as subi les caprices du temps ? Ici, il n'y a ni navette ni *Voyageurs*, juste nous deux, perdues dans un passé hostile. Je ne pense pas qu'utiliser ton don, uniquement pour avoir le temps de vérifier que nous sommes à une date plutôt qu'à une autre, soit une bonne idée. Vraiment pas !!

Les deux jeunes femmes debout sur le gaillard avant, pouvaient embrasser d'un seul coup d'œil l'ensemble du pont de la gabarre, reclassifiée Frégate pour la circonstance, en l'occurrence l'expédition décidée par Louis XVI pour imiter les Anglais dans leurs désirs d'hégémonies maritimes.

— Reprenons Annabelle. Nous sommes ici pour tenter de retrouver cet Aurélien dont nous ignorons tout sauf qu'il utilise, ou plutôt a utilisé, peut-être sans le savoir, le même livre que nous. Je ne pense pas qu'il se trouve sur le pont ; nous l'aurions déjà vu et lui aussi. Si nous allions plutôt voir au niveau du faux-pont !

Pour une fois raisonnable, Pénélope décida de s'engager avec prudence sur le navire, quittant le gaillard avant lentement, se faufilant entre plusieurs membres d'équipage, qui obéissaient aux ordres hurlés depuis quelques instants par ce qui ressemblait au commandant du navire, posté près de la proue. À hauteur du premier mât, Pénélope sentit que son amie avait cessé d'avancer à ses côtés. Elle se retourna et la vit, arrêtée, les yeux grands ouverts, en train de fixer le vide. Comprenant qu'elle la dévisageait, Annabelle réagit et s'expliqua.

— C'est incroyable, murmura-t-elle comme si elle craignait que l'un des marins qui s'affairaient autour d'elle ne l'entende, j'entends parfaitement leurs pensées. Il n'y a aucun filtre, aucun artifice. Cet homme, juste à côté de moi, n'est autre que l'ingénieur en chef de l'expédition, Paul Mérault Monneron. Il va sur ses quarante ans. Il pense à sa famille, et tout particulièrement à son frère ainé, qui, il ne le sait pas encore, sera député aux États généraux, dans un an à peine. Il repense à cette expédition de la baie de Hudson, à laquelle il avait participé en 1782, sur le Sceptre, déjà commandé par La Pérouse, et, il se souvient que c'est ce dernier qui l'a choisi, notamment pour préparer au mieux cette expédition partie d'Angleterre.

— Et celui-ci, ajouta-t-elle, tandis que les deux jeunes femmes avaient repris leur lente progression vers le gaillard arrière, espérant ainsi rejoindre la zone des officiers et du commandant, se nomme Gaspard Duché de Vancy, l'artiste « officiel » de l'expédition, ou encore celui-ci, Frédéric Broudou, volontaire dès le début de l'expédition, et devenu lieutenant de vaisseau durant le voyage. Tous ces gens ont naturellement une histoire, un destin à part, mais qui va prendre fin aujourd'hui, pour la plupart d'entre eux, dans quelques heures, quelques jours pour ceux qui parviendront à rejoindre l'île de Vanikoro, et, au fond d'eux-mêmes, ils le savent déjà !

Pénélope, en admiration devant le don de son amie, l'observait avec obstination, oubliant presque les obstacles humains qui l'entouraient. Quant à Annabelle, concentrée à l'extrême, elle prenait tout son temps pour observer, décortiquer toutes les pensées qu'elle pouvait croiser. Au-delà des hommes et de leurs destins, de leurs esprits qu'elle écoutait avec toujours autant de délectation, elle tentait surtout de se souvenir de toutes ces expériences, pour mieux s'en enrichir pour plus tard, et pouvoir surtout se souvenir.

À hauteur du 3e mât, les deux jeunes femmes tombèrent sur plusieurs claires-voies, qui donnaient sur des cabines décorées, certainement propriétés d'officiers, voire du commandant lui-même. Sans hésiter, Pénélope s'engagea la première dans l'escalier qui lui tendait les bras, en direction de ces cabines. Mais, avec la tempête qui devenait de plus en plus déchainée, les deux jeunes femmes manquèrent plusieurs fois de se retrouver tout en bas d'un seul coup. Encore quelques marches empruntées péniblement, et elles débouchèrent enfin dans la chambre des officiers, où des uniformes, plus impeccables les uns que les autres, attendaient que leurs propriétaires veuillent bien les porter. S'engageant sur une coursive bien sombre, droit vers la poupe, elles continuèrent ainsi pendant plusieurs mètres, sans trop savoir où cela pouvait bien les mener, mues par une intuition qu'elles ne cherchèrent à aucun moment à brider. Au milieu de cette coursive, interpelées par la forte odeur de poudre qui remontait de la soute inférieure, dont les bois grinçaient de plus en plus, une surprise de taille les attendait. Dans ce qui ressemblait à une bibliothèque, sorte de havre de paix dans cet univers hostile, deux hommes, très affairés à fouiller dans des cartes étalées à terre, s'acharnaient, tête baissée, à les examiner, jetant parfois un coup d'œil fébrile sur un livre très épais, comme un journal de bord. Inconscients du danger alentour, sans se préoccuper des grincements du navire qui masquaient leurs propres bruits, ils continuèrent ainsi, tandis que les deux jeunes femmes, sur le pas de la porte, les regardaient en silence. Annabelle, qui perçut très vite leurs pensées, comprit qu'ils se savaient eux aussi invisibles aux yeux de l'équipage. Et puis, il y avait ce détail vestimentaire incongru que Pénélope n'avait pas manqué de remarquer dès son arrivée. En effet, l'homme le plus jeune n'était pas du tout vêtu comme tous ceux qu'elles venaient de croiser ; quant au deuxième homme, bien plus âgé, il était couvert de haillons.

Dès qu'elles eurent décidé de faire irruption dans la bibliothèque, les deux hommes levèrent la tête, mais au lieu de baisser aussitôt les yeux et de reprendre leurs activités, certains de leur impunité, ils restèrent le regard figé sur Annabelle et Pénélope, et à leurs réactions, l'inquiétude n'avait pas tardé à s'épanouir dans leur esprit. Les deux hommes prirent le risque bref de se regarder, histoire de vérifier dans les yeux de l'autre qu'ils avaient bien vu la même chose, puis reposèrent leurs yeux effarés sur les deux jeunes femmes, qui se sentirent, de leur côté, plutôt troublées par l'aspect cocasse de la situation. Ce fut le plus jeune des quatre qui brisa le silence, d'une phrase qu'il considéra immédiatement sortie de sa bouche comme profondément stupide.

— Vous… vous nous voyez ?!

En d'autres circonstances, Pénélope aurait certainement trouvé la situation amusante et n'aurait même pas hésité à sourire, mais l'urgence fit qu'elle ne prit même pas la peine de relever.

— Cela me semble évident ! répondit-elle sèchement.

L'obscurité gagnait du terrain et les visages de leurs interlocuteurs se fondaient de plus en plus dans les ombres de la pièce. Annabelle n'y alla pas par quatre chemins.

— Nous sommes ici justement pour vous retrouver, dit-elle clairement à l'attention d'Aurélien. Ce dernier, car il s'agissait bien de lui, allait de surprise en surprise. D'abord, ces voyages intempestifs dans le temps, puis ce fameux livre qui l'avait envoyé sur la Boussole, et enfin, ces deux jeunes femmes, venues de nulle part, juste pour le retrouver !!

— Comment ça, pour me retrouver ?! Je suis déjà si célèbre que cela ?!

— Disons que vous utilisez surtout un objet très important, dont peu de gens connaissaient jusqu'alors l'existence, mais qui aujourd'hui attise toutes les convoitises.

— Ce livre ? répondit-il, montrant sa surprise devant tant d'importance.

— Ce livre comme vous dites, s'appelle **le Livre des époques**. Il permet, comme vous avez surement dû déjà le constater, à ses bienheureux propriétaires, de se déplacer à des centaines d'époques différentes. Mais, seuls ceux qui possèdent déjà un don lié au temps sont capables de l'utiliser.

Aurélien repensa du coup à ses premiers voyages dans le temps, à l'époque de la réforme du calendrier, et à celle du Nautilus. Il commença à comprendre qu'il ne se trouvait évidemment pas là par hasard.

— Vous pensez donc que je possède ce don qui me permet d'utiliser ce livre ?

— C'est évident ! affirma Pénélope du tac au tac.

Aurélien se redressa d'un bond, comprenant soudain qu'il lui manquait une information cruciale.

— Et vous, qui êtes-vous ?

Cette fois, ce fut Annabelle qui s'autorisa un bref sourire.

— Ce serait un peu long à vous l'expliquer en de telles circonstances. Disons, pour être bref, que nous venons d'une autre époque… pour vous sauver.

— Pour me sauver, rien que ça !! Mais c'est ridicule voyons, je ne suis pas en danger ! Répondit-il ironiquement, tout en jetant de plus en plus de regards apeurés vers son compagnon de voyage, qui, pour le moment, ne semblait pas réagir.

— Vous pourriez l'être. Vous possédez deux choses extrêmement convoitées dans notre futur : Le Livre, qui dépasse outrageusement de votre besace et risque d'ailleurs de tomber, et surtout votre propre don, que nombreux aimeraient récupérer.

— J'ai bien compris que je possédais quelque chose que tout le monde m'enviait, mais, comme je vous le disais, je ne suis pas en danger. Enfin, pas encore, à moins que…, Il s'interrompit, soudain effrayé par la pensée qui venait de traverser son esprit, et qu'Annabelle s'empressa d'intercepter. Il semblait parfaitement sincère et commençait vraiment à croire que le danger pouvait venir de ses deux interlocutrices. Annabelle, informée grâce à son don, tenta de le rassurer.

— Croyez-vous que nous aurions pris la peine de vous prévenir, si nous voulions juste vous tuer, vous kidnapper, ou encore plus vous dérober ce livre ?! »

Le jeune homme baissa les yeux :

— Non, vous avez surement raison…

— Et ne pensez-vous pas que nous soyons un peu semblables ? Ajouta Pénélope tout en sortant de sa propre besace son propre exemplaire du livre du temps. Annabelle, qui avait décidé depuis un bon moment d'observer les pensées du vieil homme, ne parvenait pas à déceler chez lui la moindre pensée, et avait même l'impression que le cerveau de cet homme n'était qu'un puits sans fond, une sorte de trou noir, dont la Psy lui avait déjà parlé, dans lequel elle risquait de se perdre et dont elle devait à tout prix se méfier. Son soudain discret pas en arrière n'échappa d'ailleurs pas à Pénélope, qui ne savait en revanche pas encore d'où pouvait venir le danger. À son tour, Aurélien eut un mouvement de recul, mais cette fois clairement vis-à-vis de son compagnon. Il réalisait soudain que, dans le feu de l'action, il ne s'était jamais vraiment demandé qui pouvait réellement être cet homme. Tout autour, la tempête redoublait de violence. Les quatre protagonistes de cette scène surréaliste n'entendaient même pas, juste à côté d'eux, les éclats de voix qui s'amplifiaient, comme autant d'ordres dérisoires de ces hommes, sur le pont, qui peu à peu, réalisaient que leur bras de fer avec la nature tournait clairement à leur désavantage.

Aurélien brisa la bulle de silence dans laquelle ils s'étaient tous les quatre réfugiés.

— Vous êtes qui au juste ? Pourquoi m'avez-vous fait venir jusqu'ici ?

Le vieil homme, malgré l'obscurité tenace et de plus en plus envahissante, parut soudain à ses interlocuteurs bien plus jeune, bien plus droit, bien plus fort. Pourtant, sa voix qui résonna alors parut toujours aussi lointaine et usée.

— Tout ceci n'a pas beaucoup d'importance, croyez-le ! Savoir qui je suis réellement ne vous servira à rien.

Devant les attitudes de plus en plus menaçantes des autres, il s'empressa d'enchainer.

— Je vous dois en effet une explication sur ce que nous sommes venus chercher ici. Mais mon récit risque d'être long et je doute que nous ayons assez de temps pour que je puisse vous faire profiter de son intégralité.

— Si je comprends bien, vous m'avez choisi juste pour que je vous serve de véhicule, car vous, vous ne pouviez pas utiliser ce livre du temps, n'est-ce pas ?!

— C'est exact ! Avoua promptement l'homme, au moment où un éclair terrible vint déchirer le ciel et illuminer la bibliothèque, découvrant son visage comme au grand jour ; un visage marqué par les âges, et aussi par le remords. Prise de pitié à son tour, Annabelle s'était penchée elle aussi sur lui pour se joindre à Aurélien et l'aider à se relever.

Pénélope, qui songeait de plus en plus sérieusement à utiliser son don, histoire de gagner un peu de temps sur la catastrophe inéluctable qui s'annonçait, regardait autour d'elle et s'attendait à voir à chaque instant la carcasse du navire se disloquer. On aurait pu croire que ce serait Annabelle qui cherche à l'interrompre dans son geste, mais ce fut – contre toute attente – le vieil homme qui s'en chargea.

— Je ne vous le conseille pas ! lâcha-t-il comme un avertissement.

— Et pourquoi donc ?! rétorqua la jeune femme, aussi surprise que contrariée qu'il lise en elle si facilement.

— Les dons sont beaucoup plus fluctuants ainsi que leurs effets lorsqu'ils sont utilisés dans des époques éloignées des propres origines de leurs propriétaires. On les contrôle moins et les risques de les utiliser s'avèrent bien plus importants.

— Qu'en savez-vous ?! On sentait bien que Pénélope en avait déjà assez des propos bien mystérieux de cet homme.

— Parce que j'ai moi-même vécu l'expérien… La coque se mit soudain à gémir atrocement et à se déchirer en deux, l'empêchant d'achever sa phrase. Instantanément, des flots d'eau s'engouffrèrent dans la pièce.

— Là, on n'a vraiment plus le temps pour des explications, hurla Aurélien, qui venait de s'agripper à l'échelle de la bibliothèque, dans l'espoir absurde de retarder l'échéance.

Soudain, Annabelle se souvint de la raison de la présence des deux hommes sur ce bateau.

— Et on devait chercher quoi au juste ?! hurla-t-elle à son tour.

— Plusieurs objets liés au temps. Le premier est l'astrolabe d'Al-Khazin. Je pensais que nous pourrions vraiment le retrouver sur ce navire. Je me suis trompé…

— … Cherchez plutôt du côté de Charles V le sage… Hurla le vieil homme à son tour avant d'être happé par les eaux, qui s'engouffraient désormais par tous les pores du navire.

Aurélien, dans un ultime réflexe, tenta d'attraper la main que lui tendit désespérément le vieil homme. Il ne fit qu'arracher la gourmette que ce dernier portait à son poignet. Le jeune homme resta alors quelques instants hagard, le regard figé sur l'objet en argent qu'il tenait au creux de sa main, mais les hurlements conjoints des deux jeunes femmes le sortirent finalement de sa torpeur. Il détourna enfin les yeux vers elles, vit que l'une d'elles avait ouvert le livre des époques, et cherchait fébrilement la page qui correspondait à la date la plus proche de Charles V. Deux évènements survinrent alors concomitamment : les deux jeunes femmes disparurent soudain comme par enchantement, et une vague incroyable se précipita à une vitesse folle sur Aurélien, qui sentit alors comme une main l'attraper au moment même où l'eau le submergeait.

À l'autre bout du monde, du temps et de notre histoire, un homme observait tout ceci avec un air particulièrement inquiet. D'âge mûr, il traumatisait de nerf sa mâchoire inférieure depuis de longues minutes, car un filet de sang commençait à s'en écouler. Il s'agissait bien entendu du Commissaire, qui suivait ces évènements d'aussi loin qu'il en avait le droit, à savoir depuis un minuscule point qui se promenait sur son propre planisphère[23], comme une balise éphémère, unique contact avec les novices. Il constatait, impuissant,

[23] Version antérieure et moins évoluée de la Mappemonde du Passe-miroir.

que les choses se compliquaient franchement pour ses protégés, notamment par ce que leur destin se promenait désormais sur une autre échelle de temps, une échelle que les hommes seuls ne maîtrisaient pas. La seule satisfaction qu'il voyait à cet épisode aussi bref que frustrant était que les trois novices se trouvaient enfin réunis et qu'ils possédaient les deux livres des époques. Mais, à part ça, il se montra vite inquiet, très inquiet même, car un autre point venait de faire son apparition sur son planisphère ; point dont il devinait trop bien le nom des propriétaires et qui, manifestement, avait décidé de suivre les premiers d'entre eux à la trace.

Au bout de quelques instants d'intenses réflexions, il se leva, se rendit dans le Hall B, puis rejoignit, après avoir traversé les salles de l'Architecte, le **bureau privé**, où peu de gens avaient le droit de se rendre. Il entrouvrit la porte, et, sans même se présenter, car l'homme à qui il s'adressa alors avait la particularité de prédire l'avenir proche comme personne, il se mit à lui murmurer quelques mots pour que personne ne puisse l'entendre :

— Prenez contact avec les brigades du temps. Cela ne m'enchante guère, mais ce sont les seuls qui peuvent nous aider désormais !

Puis, le Commissaire referma délicatement la porte, et partit réveiller Vince et Erwan, qui dormaient décidément trop à son goût. Cela tombait bien, car il allait très bientôt débarquer avec eux au 36 !

Chapitre XXXX
Aurélien 3,
Quelque part en France et dans un passé proche

Le vieil homme s'était rapproché d'Aurélien dans l'obscurité de leur cachot.

— Contrairement à ce qui a été dit et écrit, il n'y avait pas sept détenus à la Bastille au moment de sa prise, mais huit !

— Comment pouvez-vous affirmer ça ?! Aurélien avait entendu un homme confiant en ses propos.

— Parce que le huitième détenu, c'était moi !

— Vous ? Mais…

— À votre avis, où sommes-nous ici ?

— Dans une prison ! Mais je ne sais ni où, ni quand exactement !

— Nous nous trouvons dans les prisons de la Bastille. Je suis emprisonné ici pour Sorcellerie, même si ce chef d'accusation ne justifie plus ni emprisonnement ni exécution dans une prison depuis longtemps. Nous sommes exactement… le 13 juillet 1789, et si personne ne parle jamais du huitième détenu, c'est parce qu'il aurait disparu mystérieusement le 14, un peu avant la libération des autres.

— Sorcellerie. J'aimerais comprendre !

— Disons que j'ai le don de prendre l'apparence des autres. Lors de mon passage dans cette époque, j'ai pris l'apparence de l'un des notables de la cour, usurpé son identité, et malheureusement j'ai été dénoncé. Du coup, on m'a emprisonné pour sorcellerie et mis à côté de deux fous notoires, Tavernier et De Whyte. Parfois, je m'amuse à prendre l'apparence du gardien, et je me promène librement dans la prison, jusqu'à l'annonce de mon évasion. À chaque fois, ils me retrouvent dans la prison et doivent se demander comment je fais et surtout pourquoi je n'en profite pas pour m'échapper ?!

— Et vous n'avez jamais envisagé de vous enfuir pour de bon ? Il y avait un fond d'étonnement et surtout une pointe d'ironie dans la voix d'Aurélien.

— Non, mais je comprends votre surprise. Il y a deux raisons principales pour lesquelles je reste ici. D'abord, la nourriture n'est pas si mauvaise, et je n'ai en ce moment ni argent ni biens. Plus sérieusement, je cherche ici un objet qui, je le sais, a été caché à l'époque de Charles V, mais sans savoir où. Et surtout, quoi que je fasse, je suis condamné à revenir toujours au même endroit. Je ne peux pas m'échapper de ce lieu.

— Et vous êtes « visible » pour les autres ? Avec le peu d'expérience des voyages que j'ai, à chaque fois, je suis totalement invisible pour ceux que je croise.

— Pour des raisons complexes et ennuyeuses que je vous épargnerai, j'ai dû fuir mon époque. J'avais juste le choix de la période. Avant de partir, suite à de nombreuses lectures, et en croisant plusieurs sources, j'en ai déduit que la meilleure période qui me permettrait de retrouver l'objet que je cherchais pour avoir le droit de revenir chez moi était celle-ci. C'est pour cette raison que j'ai atterri là. J'ai volontairement tout fait pour être emprisonné ici. Et depuis, je continue inlassablement mes recherches en me promenant dans la prison. Mais pour le moment sans succès !

— Mais quel objet cherchez-vous avec tant d'insistance et pour quelle raison ?

— L'exemplaire originel de l'Astrolabe d'Al Khazim. Cet objet à une valeur inestimable et permet surtout d'accéder à une sorte d'immortalité, pour quiconque n'a pas la chance comme vous de pouvoir et savoir voyager dans le temps.

— Mais pour quelle raison voulez-vous tant devenir… immortel ?

— Il y a longtemps, à votre époque, j'ai été accusé d'un crime que je n'ai pas commis. Une vie entière ne suffirait pas à prouver mon innocence. Il me faudrait plusieurs vies, et surtout la possibilité de me déplacer dans le temps grâce à cet objet, afin de réunir les preuves qui me permettront de laver mon honneur. À l'échelle d'un homme, c'est considérable !

— Et cet objet se trouverait ici, à la Bastille ?

— En fait, les premiers astrolabes sont parvenus jusqu'en occident aux alentours de 970, un peu avant le couronnement d'Hugues Capet – ils furent importés d'Espagne, occupée en partie par les Arabes à l'époque – grâce à un moine, Gerbert d'Aurillac. À la lecture d'ouvrages comme le traité sur l'astrolabe, de Lupitus de Barcelone, rédigé vers 980, j'ai commencé à retrouver trace d'un astrolabe qualifié de particulier, qui, non seulement comme tout astrolabe astronomique, servait à l'astrologie, l'enseignement de l'astronomie, le calcul de l'heure et du jour par l'observation du soleil et pendant la nuit par l'observation des étoiles, mais aussi, par simples rotations de ses différentes facettes, d'une manière précise, permettrait à son heureux propriétaire de se déplacer dans le temps, et de ralentir ainsi son vieillissement. Il pouvait alors se déplacer sur la ligne du temps à sa guise, et vivre en cumulé près de cent cinquante ans. De là provient d'ailleurs une grande partie de la légende qui entoure les alchimistes, de ceux qui auraient eu en leur possession cet objet, ou encore seraient parvenus à en fabriquer un exemplaire aux pouvoirs similaires. On n'a jamais réussi avec certitude à savoir combien en avaient été fabriqués. Deux, trois exemplaires tout au plus ont dû circuler parmi les alchimistes les plus célèbres, de Nicolas Flamel à Paracelse. Dans les textes, on retrouve bien la trace de cet astrolabe aux alentours du millénaire, à l'époque de la grande peur. Ensuite, on la perd durant plusieurs siècles, et ce jusqu'à Charles V. Très érudit comme vous le savez, il incita les moines qui l'entouraient à multiplier les recherches et la lecture de textes anciens, grecs, romains, arabes. C'est ainsi à cette époque – le milieu du XIVe siècle – que l'on retrouve dans les écrits la piste de cet astrolabe. Charles V lui-même l'aurait eu entre les mains. Mais très pratiquant, et déjà malade, il l'aurait peu utilisé, à la fois par superstition et par crainte de modifier la destinée royale, décidée selon lui par Dieu lui-même. À sa demande, des moines triés sur le volet l'auraient utilisé pour assouvir la soif de connaissance de leur bon roi. Malheureusement, dans son entourage, des gens moins scrupuleux n'auraient pas hésité à s'en emparer, et à s'en servir pour des projets bien moins reluisants que ce qu'envisageait le Roi lui-même. Lorsque ce dernier eut connaissance des dégâts causés par l'utilisation intempestive de cet objet, il décida de récupérer lui-même l'astrolabe et de le faire cacher dans les sous-sols de la dernière forteresse qu'il venait de faire construire, la Bastille. Mais vous imaginez bien qu'entre Charles V et Louis XVI, cette forteresse a connu bien des transformations !

S'approchant, des bruits de pas, particulièrement nonchalants, vinrent interrompre la démonstration du vieil homme.

— Voilà le gardien ! Vous devriez vous cacher dans l'ombre.

— Mais… il ne peut pas me voir !

— Vous avez raison ! L'habitude.

Un homme de forte corpulence, débraillé, laid, puant et sifflotant faux, fit effectivement son apparition, si bruyamment qu'on aurait vraiment dit qu'il cherchait à annoncer son arrivée. En s'arrêtant devant la porte, il se mit à crier d'un ton aviné qui indiquait qu'il ne pouvait avoir toute sa tête.

— Et toi, le sorcier, je te préviens. Tu te montres tout de suite, sinon, tu n'auras rien à manger !

Docilement, le vieil homme s'exécuta.

— Il vaut mieux ne pas trop l'énerver, celui-là. Il a déjà tellement peur de son ombre !! murmura-t-il à l'adresse d'Aurélien.

Les pas du gardien s'arrêtèrent net et on entendit trois bruits successifs, comme autant de serrures que l'homme était en train d'ouvrir. Avec un peu plus de lumière, on aurait pu apercevoir le regard effectivement très aviné du gardien dans la minuscule ouverture qui se mit à grincer, histoire de bien vérifier que son prisonnier s'était exécuté. Maugréant à qui voulait l'entendre, il finit par se décider à ouvrir la porte, révélant au passage un visage d'une grande laideur et rongé par la peur.

— En voilà un qui ne risque pas de faire peur aux rats de la Bastille, répondit sèchement Aurélien au murmure de son interlocuteur.

— Voilà pour toi ! lança-t-il en tendant une écuelle à moitié vide. Comme le vieil homme ne bougeait toujours pas, il maugréa de nouveau, puis jeta l'écuelle à terre et, sans demander son reste, referma précipitamment la porte avant de disparaitre comme il était venu.

Le vieil homme attendit que le gardien soit définitivement parti avant de se tourner vers Aurélien.

— Depuis que j'ai pris l'apparence de plusieurs d'entre eux afin d'entreprendre mes recherches, ils sont comme terrorisés.

Aurélien continuait de réfléchir à ce que venait de lui dire son interlocuteur :

— Et vous comptez y retourner quand ?

— Je suis désormais convaincu que l'Astrolabe n'est plus ici. Mais pour en avoir le cœur net, je dois retourner aux origines de cette forteresse… à la fin du XIVe siècle !

— Et comment comptez-vous vous y rendre, puisque vous ne pouvez pas vous échapper d'ici ?

Le vieil homme s'éloigna quelques instants vers le fond de la cellule, avant de revenir avec un drôle de paquet sous le bras, qui ressemblait fort à un livre.

— Grâce à ceci.

— Un livre ?!

— Oui, un livre, mais pas n'importe lequel. Il s'agit du *livre des époques*.

— Le *livre des époques*. Voilà qui est prometteur comme titre. J'imagine qu'avec un nom pareil, il doit voyager dans le temps.

— Vous ne croyez pas si bien dire ! Ce livre vous procure le pouvoir total de vous déplacer dans le temps, en utilisant des dizaines de dates clés à travers l'histoire. Ces dates sont comme des balises, des passerelles, intégrées dans ce livre à partir de plusieurs critères, comme le retentissement de l'évènement, son impact national, et bien d'autres…

… Et, pourquoi ne pas l'avoir déjà utilisé ?

— Cela m'est impossible. Je n'ai pas votre don de pouvoir me déplacer dans le temps, je ne peux donc rien en faire. En revanche, vous, vous possédez ce don, vous pourriez donc en avoir l'usage.

— Moi ?! Mais c'est impensable, ridicule. Il y a quelques instants à peine, je ne connaissais même pas l'existence de ce livre, ni la vôtre non plus, et j'ignorais que vous ne pouviez voyager, donc je…

— … Oui, mais je suis persuadé que vous ne pouvez déjà plus vous passer de voyager dans le temps. C'est si fascinant, si magique, pour qui que ce soit. Et puis, ajouta le vieil homme dont l'œil brillait soudain dans l'infime lumière qui parvenait à pénétrer dans le cachot, regardez-le, ce livre, comme il réunit à la fois beauté et fascination.

Le vieil homme ne pouvait contenir ses propres mains, qui ne cessaient de le caresser, alors même qu'il n'avait aucun espoir de pouvoir sans servir un jour.

Bien entendu, Aurélien se retrouva instantanément sous le charme du *livre des époques*, surtout que ce dernier semblait dégager comme un parfum, un bien étrange parfum qui ne cessait de l'enivrer davantage à chaque instant. Il ne souhaitait d'ailleurs désormais qu'une seule chose : le tenir entre ses propres mains, le posséder, et si possible ne plus le quitter. Mais le vieil homme, dont Aurélien aurait juré qu'il souriait, semblait vouloir faire durer le plaisir et conserver encore un peu le livre entre ses mains.

Aurélien, s'approchant subrepticement, regardait danser les enluminures, qui illuminaient de plus en plus le cachot, avec des couleurs plus vives les unes que les autres. Au bout d'un moment, ce fut le vieil homme qui se décida à briser la magie, sortant le jeune homme de sa torpeur, en refermant brutalement le livre.

— Jeune homme, qu'en pensez-vous ?!

Aurélien, totalement envouté, mit du temps avant de pouvoir réagir et surtout détourner son regard du livre.

— Moi ?!... Je... Je pense que ce livre est proprement fascinant. Mais, comment fonctionne-t-il ?

Le vieil homme resta très parcimonieux quant aux mécanismes certainement complexes du livre.

— Il suffit d'ouvrir le livre à une page précise, qui correspond à une date, celle à laquelle vous souhaitez vous rendre, puis vous appuyez fermement sur cette date, et, en quelques instants, vous vous y retrouvez.

— Cela me parait effectivement très simple. On y va quand ?

Cette fois, ce fut le vieil homme qui décida de freiner les ardeurs de son jeune compagnon.

— Nous devons, avant d'utiliser ce livre, réfléchir à la date de destination. Je vous conseille également de prendre des forces, de profiter d'une bonne nuit de sommeil et de manger un peu. Demain matin, nous pourrons nous lancer dans l'aventure.

— Êtes-vous certain de la date ?

— Pour moi, c'est clair. L'objet que je recherche est, comme je vous l'ai dit, l'astrolabe d'Al Khazim. Ce dernier devrait se trouver ici, si l'on en croit les textes anciens, dans l'une des quatre tours. Nous devons donc retourner à la source des ouvrages qui traitent de cet astrolabe, c'est-à-dire durant le règne de Charles V.

Tout était dit. Le vieil homme était parvenu en quelques minutes à convaincre Aurélien de s'embarquer dans cette aventure. D'autant plus que le jeune homme était lui aussi prisonnier de cette époque, qu'il ne pouvait revenir en arrière, car il avait été envoyé, par la seule volonté d'un homme mystérieux, à la veille du 14 juillet, dans la prison de la Bastille. Il évita soigneusement d'en parler au vieil homme, mais il savait, au fond de lui-même, que sa présence ne devait rien au hasard. Allongé aux côtés de son compagnon d'infortune, il finit par s'endormir, après avoir longuement pensé au *livre des époques*, et à tout ce qu'il venait de vivre, depuis sa visite à la Bibliothèque Nationale.

Il fut réveillé à l'aube du 14 par la démarche disgracieuse du gardien, qui vint apporter effectivement au vieil homme du pain et une bien étrange mixture, convaincu qu'il allait vivre une journée bien particulière. Le vieil homme, toujours aussi peu bavard, ne semblait avoir ni dormi, ni même ressenti la moindre fatigue. Il ne paraissait d'ailleurs pas avoir faim non plus, car il laissa l'intégralité de sa pitance à son jeune compagnon, qui, affamé, se jeta dessus.

Dans les rues alentour de la Bastille, la clameur commençait à monter. La foule, de plus en plus hostile, s'approchait peu à peu de la prison. Le vieil homme, pendant qu'Aurélien se gavait du dernier morceau de pain que le gardien leur avait jeté, s'approcha en silence de la grille de leur cachot, avant de faire les cent pas et de repartir vers le fond, là où Aurélien s'était réfugié.

— Il va être temps pour nous de nous en aller. Je ne peux pas rester là, je ne peux apparaitre dans l'Histoire, je ne peux interférer, car simplement je n'existe pas. Je dois donc disparaitre. Vous comprenez !

Aurélien sentit soudain la peur l'envahir brutalement. Et dans le même temps, il sentait que l'Histoire, comme disait le vieil homme, s'approchait dangereusement. Bientôt, la prison dans laquelle ils se trouvaient allait être investie par des milliers d'hommes et de femmes en colère, et leur seule présence risquait de changer le cours de cette histoire en marche. Le jeune homme avait tout, sauf envie d'être responsable de ce changement. Il fit un geste d'encouragement en direction de son partenaire, qui comprit qu'il était enfin prêt. Alors seulement, le vieil homme se décida à ouvrir le *livre des époques*, et sans tergiverser, le tendit à Aurélien.

— À vous de jouer !

Aurélien, définitivement convaincu, s'empara sans dire un mot du livre, regarda à peine sa couverture, puis l'ouvrit franchement, et chercha avec conviction la page qui concernait Charles V. Lorsqu'il l'eut trouvé, il jeta un dernier coup d'œil en direction du vieil homme, comme s'il attendait de sa part une confirmation, puis posa son doigt maladroitement sur la date. Une vive lumière sortie du *livre des époques*, l'obligeant à fermer les yeux. Puis, c'était comme si la prison tout entière se soulevait dans le ciel, et Aurélien de ressentir un peu comme la sensation que doivent avoir les astronautes au moment du décollage de leur fusée. Le jeune homme aurait juré avoir entendu le vieil homme pleurer discrètement à ses côtés, au moment de leur départ. Tout autour d'eux, le décor se mit à vibrer, de plus en plus fortement, puis la lumière changea de couleur, avant de devenir entièrement blanche, avec encore une fois une intensité telle qu'aucun regard ne pouvait la supporter. Contraint de maintenir ses yeux fermés, le jeune homme se fit violence pour attendre que les tremblements cessent et que la lumière, au travers de ses paupières semble s'estomper, avant d'entrouvrir enfin ses yeux. Tout ceci dura pour les deux hommes une éternité, et leurs cœurs battirent comme jamais, tandis que le sol se dérobait sous leurs pieds, et que, sans le savoir, ils frôlèrent la mort plusieurs fois. Enfin, le calme revint et avec le silence, une relative obscurité salvatrice.

Le jeune novice vit d'emblée que le vieil homme se trouvait toujours à ses côtés. À part cette silhouette familière, tout avait changé autour d'eux. La prison avait laissé place à plusieurs entrées de couloirs qui leur faisaient face et les narguaient presque.

— Nous y sommes enfin ! souffla son voisin d'une voix forte et enjouée, avant de s'élancer sans calcul, vers l'un de ces couloirs, oubliant qu'il était accompagné, car, au bout de quelques mètres, il s'arrêta, comme surpris par son propre oubli, avant de se retourner vers Aurélien.

— Vous venez, oui ou non ! lança-t-il, d'un ton qui n'attendait aucune réponse, avant de repartir de plus belle dans la direction choisie.

Le jeune homme, encore abasourdi par ce bien étrange voyage, parut – en entendant cette voix qui l'interpelait – se réveiller enfin d'un long sommeil, et, sans réfléchir davantage, il se mit lui aussi à avancer, un peu mécaniquement au début, puis de plus en plus vite, sur les traces du vieil homme. Le règne de Charles V qu'il admirait tant était sous ses pieds, ils allaient enfin pouvoir commencer leur quête !!

Chapitre XXXXI
Erwan 7,
Site des voyageurs, toujours le 10 mai

Après le départ des deux jeunes femmes dans une éblouissante explosion de lumières multicolores, Vince et Erwan furent invités à se rendre dans une nouvelle salle de réunion, la salle des *Voyageurs*, bien plus petite et sombre que la Napoléon III d'en face, à quelques pas à peine du hall B, par un Commissaire qui semblait vouloir accélérer les choses et bousculer ces novices, bien trop tendres à son goût. Il avait convoqué l'Architecte, Inspecteur B, Psychologue IV et trois autres membres du staff des *Voyageurs* que les deux novices n'avaient encore jamais rencontré. Le Commissaire parut tendu. Son visage fermé, grave, ses cernes plus marqués qu'à l'accoutumée prouvaient qu'il était à bout. Il ne cachait plus ni son inquiétude, ni même sa colère. Il était temps que sa véritable enveloppe revienne sur site !

— L'essence même des *Voyageurs* est d'amener les novices qui arrivent chez nous à maturité le plus rapidement possible. Clairement, nous avons donc pour le moment échoué dans deux cas. Vince parvient très bien à se démultiplier, jusqu'à quatre, voire cinq enveloppes, mais il est alors incapable de maîtriser son don d'ubiquité, incapable de gérer simultanément ses différentes enveloppes ! Je pense que dans son cas, nous devrions chercher dans la mémoire immédiate, et aussi le « doper » si nous voulons qu'il parvienne un jour à avoir le contrôle de son don. Pour Erwan, la situation est très différente. Il dépend d'un appareil pour maîtriser pleinement son don ! Nous devons chercher désormais à améliorer ses capacités sans celui-ci, et lui permettre ainsi de progresser seul !

Les autres membres des *Voyageurs*, assis en cercle autour de la table, semblaient acquiescer, voire pour certains d'entre eux, être en mesure de faire des suggestions au Commissaire, mais ce dernier, obnubilé par ses réflexions, ne leur laissa pas la possibilité de s'exprimer, enchainant immédiatement sur ses inquiétudes quant à l'avenir du site.

— Deux de nos scrutateurs sont morts ces derniers jours tandis qu'ils tentaient de protéger l'immunité de notre site. Comme par hasard, nous avons constaté une recrudescence de pseudo-explorateurs dans les catacombes, non loin de la chatière qui mène à l'entrée N° 3, et je peux vous affirmer qu'ils cherchaient activement des traces afin de découvrir l'entrée du site. Autre point d'inquiétude : depuis une bonne semaine, des personnes peu recommandables rôdent sur l'île de la cité, questionnent les habitants, fouillent, pénètrent partout, dans la moindre cave, la moindre cage d'escalier, se faisant passer pour des personnes du cadastre. Tous ces évènements concomitants et très éloignés d'un simple hasard prouvent que notre site est plus que jamais en danger et que sa découverte est imminente. Nous devons donc évidemment redoubler de vigilance et nous préparer à l'éventualité d'une attaque. Je veux que l'on intensifie les leurres, les rumeurs, les fausses pistes. Fragilisés comme nous le sommes, nous ne pouvons pas nous permettre de céder en ce moment !

— Et pour le deuxième site ? demanda justement l'une des personnes que les novices ne connaissaient pas.

— Tu as raison, Visiteur 2, nous devons prévoir dès maintenant le pire, même si je me refuse à m'y résoudre pour le moment.

Se tournant vers les novices, le Commissaire venait de réaliser que ces derniers ne connaissaient certainement pas son interlocuteur.

— Visiteur 2 est l'un des responsables de notre deuxième site, en Grande-Bretagne, au large des côtes, avec Guide 3.

Puis, reprenant son échange avec lui :

— Préviens nos amis, afin qu'ils préparent le site pour nous accueillir, en cas de fuite précipitée.

— Ne peut-on pas augmenter les gardes en faction ? demanda Inspecteur B, toujours enclin à envoyer ses hommes sur le terrain.

— Je ne suis pas convaincu que cela puisse servir à quoi que ce soit, rétorqua le Commissaire, sans la moindre hésitation, nous avons surtout besoin d'anticiper les faits et gestes de nos ennemis avant qu'ils ne trouvent notre site. Je suggère plutôt que l'on renforce notre présence aux alentours.

— Faux sans-abris, agents de la voirie infiltrés, kiosquiers... la panoplie habituelle, Monsieur ?

— Absolument ! Nous savons tous bien que les caméras de surveillance ne suffisent pas. Tout le monde est-il d'accord avec ce plan ?

Comme personne ne daigna relever, le Commissaire en déduisit que le sujet était clos.

— Bien, si nous revenions à nos « chers » novices ?! Alors, quelles sont vos propositions ?

L'architecte prit d'emblée la parole, car il avait étudié le sujet avec ses équipes depuis plusieurs jours et... nuits, et concernant le cas d'Erwan, il pensait avoir trouvé LA solution.

— Nous avons longuement étudié les possibilités du don de notre ami, qui nous parait d'ailleurs fort intéressant depuis son arrivée, contrairement à ce qu'il peut penser. La première version du casque que nous avions livrée était rudimentaire, et en plus, risquait d'être ôtée facilement de sa tête à tout moment, lui enlevant dans ce cas son meilleur moyen de se mouvoir dans l'espace. Voici ! dit-il fièrement en montrant à l'assemblée un objet rond d'à peine de la taille d'une pièce de 10 centimes d'euros, peut-être légèrement plus épais. Voici la seconde version, bien plus aboutie, que nous nous proposons d'implanter dès maintenant à la base de la nuque de Erwan. Non seulement son autonomie est quasi illimitée, les risques d'enlèvements inexistants, mais il y a bien mieux : la base de données est cent fois supérieure à la version précédente. Quant à ses capacités, elles sont apparemment sans limites. Mais je vous propose de découvrir tout ceci, évidemment si Erwan est d'accord pour l'implantation !

Un silence gêné s'ensuivit, tout le monde, sans oser trop le regarder, attendant la réponse du jeune novice. Mais celle-ci ne vint pas, car ce dernier ne savait vraiment plus où il en était et quel devait être son choix. Il venait de réaliser que les *Voyageurs* le suivaient depuis le début, depuis cette course folle qui s'était terminée devant le kiosque, au pied du métro Montparnasse. Il venait surtout de comprendre que son destin ne lui appartenait plus tout à fait, qu'il n'était plus le Erwan d'avant, sans être encore non plus le Erwan d'après. Il avait peur. En même temps, la perspective de savoir se déplacer dans l'espace comme bon lui semblait le faisait rêver.

— Pourra-t-on l'enlever après, si je le souhaite… ?

La notion d'après aurait pu en surprendre plus d'un. Il voulait juste savoir si cet implant était définitif.

— Assurément, mais je pense qu'après l'avoir essayé, vous voudrez le garder !

— N'empêche, je tiens à avoir le choix.

— Je vous l'ai dit, il n'y aura aucun souci, répondit L'Architecte, catégorique.

— Alors, allons-y, rétorqua Erwan avec enfin un grand sourire, le même que celui d'un enfant à qui l'on vient de promettre un jouet dont il rêve depuis longtemps. Le Commissaire, toujours aussi pragmatique, ne montra rien de sa joie, surtout qu'il n'avait toujours rien vu des capacités de cette nouvelle version du casque du jeune novice. Il s'inquiétait surtout pour le second, dont le cas semblait plus complexe à résoudre. Il avait besoin de tout le monde pour sauver le site, et un « boulet » ne lui servirait à rien.

— Et pour Vince, avez-vous pu obtenir des avancées aussi… significatives ?

Une fois encore, ce fut l'Architecte qui prit la parole.

— Pour ce jeune homme, nos recherches se sont avérées plus ardues. Clairement, nous n'avons pas encore trouvé l'ultime solution pour qu'il puisse gérer de manière autonome ses différentes enveloppes. Pour avancer, nous avons besoin de réaliser des tests complémentaires.

— Vince ? lança le Commissaire avec autorité.

— S'il le faut, répondit le jeune homme, presque résigné, même si la Psy perçut dans son esprit bien plus de conviction que dans sa voix.

— Bien ! Tout a été dit. Au travail ! Je vous propose que l'on se retrouve ici en début d'après-midi avec Erwan, pour tester ses nouvelles capacités, après la greffe de ce matin. Quant à Vince, je le confie à tes équipes, Archi ! Nous verrons en fin de journée comment se sont passés vos premiers tests.

Le jeune Erwan fut immédiatement pris en charge et emmené dans la salle d'opération, au fond de la zone médicale. Tous les médecins, mobilisés, ne perdirent pas un instant avant de démarrer l'implantation. Tout le monde – novices compris – avait bien intégré que le temps pressait plus que jamais.

Ce matin-là, la grande salle à manger ne vit passer que des silhouettes stressées, souvent seules, distraites ou concentrées, selon les points de vue, n'assurant que le strict minimum d'une alimentation indispensable au bon fonctionnement de leurs cerveaux. Il fallait aller vite, et faire bien. Lorsque toutes ces solitudes se retrouvèrent dans la salle de réunion Critias, en début d'après-midi, ce fut pour retrouver un Erwan étonnamment survolté, impatient d'en découdre et de tester son nouveau jouet.

— Chers amis, débuta le Commissaire, de nouveau bien jovial, nous voici de nouveau réunis, cette fois pour je l'espère un grand évènement. Architecte ! Êtes-vous prêt ?! Peut-on dès à présent tester les nouvelles fonctionnalités de cet appareil ?

— Oui Commissaire, nous sommes fin prêts ! Lui répondit un Architecte lui aussi bien impatient. Et vous verrez, nous avons ajouté un petit détail qui va vous plaire : une caméra, embarquée dans son iris.

Alors, tout le monde se retourna vers Erwan. D'un seul mot, ce dernier prouva que ses nouveaux réglages s'avéraient parfaitement au point :

— Hall A ! Lança-t-il avec enthousiasme, avant de se retrouver, la seconde d'après, hilare, au beau milieu dudit hall. S'enhardissant, il voulut tester jusqu'au bout les capacités de son nouvel appareil.

— Gare Montparnasse ! Puis, constatant que tout fonctionnait à merveille, il enchaina les destinations avec une dextérité qui aurait fait pâlir le plus efficace des tours operators : « Arc de Triomphe », « Champs-Élysées », « Trocadéro », « promenade des Anglais », « plage de la baule », « Canebière », « sommet du Mont-Blanc ». À chaque mot, l'appareil réagissait immédiatement, et surtout, Erwan ne ressentait plus la moindre fatigue. Lorsqu'il décida de revenir sur le site, tout le monde souriait, manifestement rassuré par le potentiel extraordinaire de ce novice qui était en passe de ne plus en être un. L'Architecte, dont l'attitude transpirait la fierté, n'attendit d'ailleurs pas les félicitations du Commissaire – qui ne tarderaient surement pas à venir – pour dévoiler sa nouvelle surprise.

— Attendez ! Nous avons considérablement enrichi la puce implantée dans le crâne d'Erwan. Celui-ci peut, dans un périmètre encore restreint, d'une centaine d'années tout au plus, citer également une date, et s'y retrouver immédiatement. Cela ne fonctionne évidemment que dans le passé, précisa-t-il, réagissant à un discret mouvement de sourcil du Commissaire qui voyait déjà d'autres possibilités à explorer.

— Comment çà, une date ? Erwan jubilait.

— Oui, une date proche, comme le 25 août 44, jour de la libération de Paris, par exemple.

— Et pourquoi pas une date plus lointaine ? s'étonna le jeune novice, désormais bien gourmand.

— Nous ne maîtrisons pas encore l'intégralité des potentiels de votre équipement, et surtout sa capacité à vous ramener ici. Aujourd'hui, nos tests ont seulement été concluants jusqu'à la moitié du XIXe siècle.

Évidemment, Erwan ne résista pas longtemps avant de tester cette nouvelle fonctionnalité, et décida de retourner le jour de... sa naissance, le 15 mars 1985. Arrivé à la bonne date, il souffla le nom de l'hôpital où il avait vu le jour, Bichat, et atterrit dans le hall, qu'il avait déjà traversé d'ailleurs à peine quelques jours auparavant. Là, ému, il rechercha avec fébrilité sur les panneaux d'affichage de l'hôpital où pouvait bien se trouver le service de maternité. Dès qu'il l'eut trouvé, il se précipita dans l'escalier, sans attendre l'ascenseur pour rejoindre le 3e étage. Là, toujours aussi excité, il commença à déambuler dans les couloirs, à la recherche de ses parents, et de lui-même. À l'approche de chaque chambre, il ralentissait et, le cœur battant toujours plus, s'attendait à croiser à tous moments son père ou sa mère. Peu avant d'atteindre la fin du couloir principal, il tomba effectivement nez à nez avec son père, qui sortait précipitamment de la chambre N° 17, manifestement très affairé.

— Excuse-moi, murmura-t-il sans lever les yeux vers son interlocuteur. De toute façon, il ne pouvait pas reconnaitre Erwan, car à l'époque, il aurait été bien incapable d'imaginer la tête qu'aurait son fils trente ans plus tard !

Dans la chambre, sa mère, seule, allongée sur son lit, chantonnait doucement, comme elle l'avait toujours fait, la main posée sur un petit berceau transparent. Elle regardait avec un amour profond et indéfectible un petit bout d'enfant qui venait de naître. Il était là, avec quelques minutes à peine au compteur, allongé dans ce minuscule berceau, les yeux à peine entrouverts. Malgré lui, Erwan ne cessait d'avancer, comme attiré inexorablement par son passé. Sa mère se retourna juste au moment où son visage disparut derrière l'encablure de la porte, ne laissant à son regard interrogatif qu'un bout de son épaule droite.

— Jérémie ? murmura-t-elle d'une voix douce et faible, croyant simplement au retour de mon père. Il ne répondit pas à la question, et, terrorisé, s'empressa de prolonger le mouvement amorcé jusqu'au bout du couloir, qui donnait sur un escalier secondaire. Au moment de passer la porte battante qui débouchait sur un palier aussi impersonnel que triste, il entendit derrière lui le pas caractéristique de son père qui revenait vers la chambre, sa première chambre ! Devant lui, profitant de la fenêtre grande ouverte, deux médecins ou interne discutaient tranquillement autour d'un café et d'une cigarette, baissant légèrement la voix à son arrivée. Il en avait assez vu, et décida d'emprunter les escaliers pour rejoindre le rez-de-chaussée, lorsque l'un des deux médecins, au moment de passer à sa hauteur le regarda fixement, et lança sans la moindre émotion ni dans sa voix si sur son visage : Niveau-1 !

Surpris, Erwan ne bloqua pas son esprit comme l'Architecte et ses équipes lui avaient appris, et il se retrouva instantanément dans les couloirs souterrains de l'hôpital. Il était furieux contre lui-même, mais aussi contre l'Architecte, et ce maudit appareil réglé trop finement, qui réagissait même lorsque des gens à côté de lui disaient des mots aussi anodins que niveau -1. Il s'apprêtait à remonter par ses propres moyens vers le hall, lorsqu'enfin il comprit. Ils se tenaient là, une bonne demi-douzaine d'*Usurpateurs* – cela ne faisait aucun doute – dont la jeune femme que Pénélope avait réussi à mettre K.-O. à Mirapolis, une certaine AnnA. L'un des hommes, avant qu'Erwan ait eu le temps de réagir, lança dans sa direction un bien étrange objet. Celui-ci, comme un boomerang, s'arrêta juste à hauteur de son front, à peine à une poignée de centimètres de son visage, et resta là, en position stationnaire.

— 2015 ! lança-t-il, histoire de définitivement sortir de cette mauvaise impasse. Mais rien ne se produisit, ou plutôt rien de ce qu'il avait espéré. AnnA, pour une fois souriante, s'approcha alors de lui, et, lui montrant le fameux boomerang, compléta avec délectation son geste à sa parole :

— Une petite merveille d'invention ! Un appareil qui vous renvoie toujours là où vous vous trouvez. Il vous est donc impossible de fuir. Le ton rappelait vraiment celui du *Passe-miroir*, qu'elle devait trop côtoyer. Le jeune homme ne se trouvait manifestement pas vraiment en position de force. Il eut à peine le temps de se demander ce qu'il allait lui arriver qu'il sombra dans une sorte de sommeil artificiel.

Le Commissaire, au bout de quelques minutes, commença malgré lui à s'impatienter. Erwan prenait de plus en plus de liberté, et sa visite dans la maternité où il était né durait vraiment depuis trop longtemps. Il comprit pourtant très vite qu'il avait raison de s'inquiéter, et ce, exactement au moment où l'un des hommes de l'Architecte fit son entrée dans la salle de réunion. Sans se présenter, le regard fermé, l'homme se dirigea droit vers son responsable direct, et lui murmura mystérieusement quelques mots à l'oreille. Blême, ce dernier s'empressa de restituer immédiatement les propos qu'il venait d'entendre.

— Nous avons un problème avec Erwan !

— Vous croyez ? Rétorqua, ironique, un Commissaire qui comprenait que son intuition avait été la bonne.

— Il ne peut plus revenir ici.

— Son appareil est bloqué ?

— Non, Commissaire, il a été intercepté !

— Intercepté ?! Cela voudrait dire que…

— … Oui, Commissaire. Erwan a bien été intercepté, le jour de sa naissance, très probablement par des *Usurpateurs*. Nous n'avons plus aucun signal depuis quelques minutes.

— Un moyen de le localiser ?

— Aucun pour le moment. Le GPS de sa carte de visite est inopérant. Les batteries de son casque semblent elles aussi avoir été désactivées. Mais pour les désactiver, il faut… l'enlever de la base de son crâne !

— Mon Dieu ! glissa le Commissaire, regardant avec une inquiétude non dissimulée son ami Psychologue IV ; il ne manquait plus que ça. Un novice à peine formé, perdu dans la nature !

Chapitre XXXXII
Vince 4,
Site des voyageurs, toujours le 10 mai

Presque au même moment, les premiers tests sur Vince se passèrent particulièrement mal. Le jeune novice parvenait aisément à générer une, voire deux ou trois enveloppes simultanément, mais il restait incapable de les gérer, et, les unes après les autres, celles-ci s'effondraient sans vie dès que les suivantes apparaissaient.

Pour pallier cela, les hommes de l'Architecte, avec la complicité de l'un des membres du deuxième site des *Voyageurs*, spécialisé dans le clonage, avaient demandé à Vince de travailler sur sa mémoire courte, et de tenter de repenser, grâce à de simples exercices de respiration, à ses précédentes enveloppes, pour au moins les réveiller et les maintenir actives, à défaut de les gérer.

Vite épuisé, Vince s'avéra rapidement incapable de faire cohabiter ne serait-ce que deux de ses enveloppes. À chaque tentative, il ne parvenait même pas à maintenir la première, tandis qu'il prenait à peine possession de la seconde. L'unique satisfaction de cette première séance, considérée comme tous, même par lui-même, comme un échec, concernait sa capacité à démultiplier ses différentes enveloppes.

Compte tenu de son extrême fatigue, tout le monde fut d'accord pour s'octroyer une bonne heure de pause, et lui permettre de se reposer, tout en donnant le temps à l'équipe de l'Architecte de réfléchir à de nouvelles techniques.

Quelques minutes auparavant, Erwan, qui n'avait pas encore rendu visite à sa propre maternité, testait sa toute nouvelle puce et se déplaçait avec délectation sur plusieurs sites emblématiques de la capitale et même de la France. Tout le monde se félicitait du succès des tests réalisés avec lui, contrairement à Vince, resté seul dans la salle de réunion Critias, qui s'avérait incapable de faire fonctionner correctement son don. Était-il nul ? Ou bien, inutile ?

Un profond sentiment de rejet et de doute avait envahi le jeune novice. Pourtant, lorsque le Commissaire rentra dans la salle, il était dans tous ses états. Erwan venait d'être intercepté par des *Usurpateurs* une fois de plus très au fait de leurs agissements, Pénélope et Annabelle étaient parties on ne savait où dans le passé, à la recherche d'un autre novice, Aurélien, qu'elles venaient de récupérer et dont on ne savait pas grand-chose, et encore moins sur ses capacités et sa loyauté. Ils étaient tous les trois poursuivis par plusieurs *Usurpateurs*. Et, comble de mauvaise nouvelle, Vince s'avérait décevant car toujours aussi incapable de maitriser son don, et par conséquent d'apporter quoi que ce soit à la communauté, tandis que les menaces sur le site grandissaient… Rien, aucun signe positif ne permettait de rassurer le Commissaire, qui continuait de vociférer, debout, face à un Vince plus impuissant que jamais.

Le jeune homme prit tout ceci comme un véritable affront, se demandant si le Commissaire n'avait pas raison. Ce dernier, clairement exaspéré, exigea d'assister personnellement au second entrainement de Vince, expliquant qu'il avait besoin de ressentir un quelconque espoir, si infime fut-il.

La séance débuta à 15 h 30. Toutes les têtes « pensantes » des *Voyageurs* étaient présentes, ajoutant encore un peu plus de pression sur les épaules du jeune novice : le Commissaire, Psychologue IV, l'Architecte, entraineur D, x, y… L'heure devait être vraiment grave, car dans le même temps, un contact avait été établi avec les brigades du temps. Un premier contact, jamais simple, délicat, car cet organisme farouchement indépendant n'aimait pas avoir affaire avec d'autres entités justement, et détestait par-dessus tout que l'on puisse toucher au temps. Les *Voyageurs* rechignaient toujours avant de les solliciter. Le Commissaire, confiant dans les capacités de ses protégées Annabelle et Pénélope de ne pas jouer aux apprentis voyageurs du temps, avait préféré jouer avec le jeune novice la transparence plutôt que d'être rattrapé tôt ou tard par la patrouille… Du temps.

— Vous comprenez, débuta le Commissaire, d'une petite voix suave qui masquait mal une grande autorité et surtout beaucoup d'obstination, votre don d'ubiquité représente pour nous une formidable opportunité. Vous dupliquer comme vous le faites nous permettrait d'encore mieux brouiller les pistes, d'envisager de surprendre nos adversaires, de les mystifier définitivement. L'ubiquité, c'est bien mieux que les hologrammes… !

— Et si j'échoue ?! s'inquiéta Vince, qui pourtant connaissait déjà la réponse.

— Vous n'échouerez pas, c'est exclu… ici ! conclut le Commissaire, sèchement.

Vince savait désormais à quoi s'en tenir. Il n'avait plus qu'à aller chercher au-delà de ses limites la solution, la réponse à toutes ses questions et à celles des *Voyageurs*. Comme lors du premier test, on invita le novice à ne se dupliquer qu'une seule fois dans un premier temps, dans deux salles voisines. Comme à son habitude, Vince n'eut aucune difficulté à générer sa seconde enveloppe, par le simple cheminement cérébral dont il maîtrisait désormais parfaitement les rouages. Comme à son habitude également, il délaissa presque immédiatement sa première enveloppe et la laissa inexorablement s'affaler par terre. Pourtant, cette fois-là, quelque chose de nouveau se produisit. L'Architecte actionna les touches d'un mystérieux boitier, ce qui obligea Vince à « faire vivre » également sa première enveloppe.

— De l'autostimulation. Nous avons trouvé où Vince devait agir dans son cerveau pour maintenir sa première enveloppe active. Pour le moment, nous savons juste le stimuler artificiellement. Mais c'est juste une question de temps, d'ailleurs, cela va lui permettre d'identifier la zone à stimuler. Restera à lui apprendre à le faire seul, sans assistance.

— Et si nous le confrontions à une situation stressante qui l'obligerait à agir sur son enveloppe délaissée ?

— C'est une hypothèse intéressante. Cela dit, rappelez-vous, l'épisode des flammes dans l'accrobranche ne s'était pas avéré très concluant, rétorqua le Commissaire.

— C'est exact Commissaire, mais nous n'en étions qu'au début de son apprentissage. Aujourd'hui, la situation s'avère bien différente. Vince a gagné en maturité vis-à-vis de son don, et il sait beaucoup mieux utiliser ses capacités.

— Dans ce cas, que penseriez-vous du scénario du bannissement ?!

— Pourquoi pas ! Allons-y !

Les membres des *Voyageurs* convoquèrent Vince après le test, et lui firent comprendre qu'ils ne trouvaient pas de solution, et qu'ils décidaient de lui rendre sa liberté. Ce fut le Commissaire lui-même qui fut chargé de lui annoncer la nouvelle – l'air plus grave que jamais – accompagné dans cette déclaration pénible par les visages totalement fermés et déconfits des autres membres de la direction des *Voyageurs*.

Le jeune Vince, effondré, ne comprit pas cet abandon si soudain.

— Vous comprenez, nous ne pouvons pas nous permettre de perdre trop de temps à vous former, alors que nous savons tous ici pertinemment qu'il n'y a que peu d'espoir de vous voir faire des progrès significatifs dans les prochaines semaines.

— Vous ne pouvez pas envisager une issue aussi brutale ! Après tout ce que nous avons déjà vécu… ensemble ! Et, que faites-vous de mes souvenirs ?

— Quels souvenirs ?! Il nous suffit de vous ramener quelques jours auparavant, juste avant notre rencontre. Il n'y aura pas de souvenir.

— Vous ne pouvez pas faire ça, vous me l'avez dit vous-même !

— Vous avez raison ! Actuellement, nous ne sommes pas en mesure d'entreprendre une telle opération. Disons que nous allons vous faire confiance, avec une surveillance rapprochée et la perspective de vous faire subir ce recul dans le temps si nous le jugeons nécessaire et si vous trahissez notre… secret. Il nous suffira alors de demander l'intervention des brigades du temps.

Vince resta sans réaction. Devant les mines fermées des autres, il ne trouva pas d'autres arguments, et fut contraint d'accepter l'inacceptable, lui qui s'était enfin fait à l'idée que sa vie serait désormais étroitement liée à celle des *Voyageurs*. Son départ fut aussi précipité que glacial. À peine quelques « au revoir » gênés, des regards qui se détournent sur son passage, et un discret « bon voyage à vous » du Commissaire, et voilà le novice sur le chemin du retour, chez lui et… à la case départ ! Entouré par de simples fantassins exécutant froidement les ordres donnés par le Commissaire, dans une navette qui parut soudain au jeune homme bien austère et inconfortable, il rentra chez lui seul… et en silence, loin de l'effervescence qui y régnait la dernière fois qu'il était monté dedans. Un léger somnifère lui avait été administré, qui agissait seulement sur sa mémoire immédiate, effaçant de manière radicale l'intégralité de ses souvenirs du chemin du retour. Seul devant chez lui, incroyablement seul, il se retrouva devant la porte de son appartement, lui rappelant soudain que la dernière fois qu'il l'avait vu, elle avait explosé sous ses yeux. Sa clé dans la main, il hésita un instant, puis se décida à l'introduire, sans trop de conviction. La serrure fonctionna parfaitement, et il découvrit son appartement, intact, sans la moindre trace des combats de l'autre jour. Il ferma la porte doucement, comme s'il craignait de réveiller quelqu'un, puis, tout aussi doucement, alla s'asseoir hagard, sur le bord de son lit, dans sa chambre.

Là, dans un silence quasi total, seulement troublé par sa propre respiration saccadée, il tenta de se remémorer les évènements des dernières heures, autant pour se prouver qu'il se trouvait bien chez lui que pour comprendre les vraies raisons de son bannissement. Quel que fût le cheminement de son raisonnement, il arrivait systématiquement à la conclusion que son renvoi était absurde. Il allait se rebeller, retourner sur place pour s'expliquer, tenter de les convaincre, lorsqu'il réalisa qu'il n'avait aucun moyen de reprendre contact avec les *Voyageurs* ! N'y avait-il donc aucune solution, se demandait-il, lorsque son téléphone se mit à sonner. À première vue, il n'avait aucune envie de répondre, et il laissa son répondeur s'en charger. Au bout de deux bonnes minutes pourtant, il n'y résista pas, et décrocha son combiné pour interroger sa messagerie. Il y avait une bonne vingtaine de messages, ce qui était normal étant donné qu'il avait disparu depuis plusieurs jours sans donner la moindre nouvelle. Il y avait sa sœur, ses parents, sa petite amie, qui se demandait ce qu'il lui arrivait, trois copains qui venaient aux nouvelles, et surtout, le dernier message, laissé de nouveau par sa sœur. Un bien étrange message :

— Vince, c'est ta sœur Florence. Rappelle-moi vite s'il te plaît, c'est très urgent !

Vince, devenu au contact de ses nouveaux amis bien plus paranoïaques que la moyenne, crut au départ que cette voix appartenait à quelqu'un d'autre, car elle ne parlait pas avec son ton habituel. Il écouta plusieurs fois le message, avant de se convaincre qu'il s'agissait bien d'elle, et se décida à la rappeler.

— Allo !

— Florence ?!

— Vince ! Enfin. Mais où étais-tu passé ? Cela fait plusieurs jours que j'essaye de te joindre par mails, les réseaux sociaux, ton portable, ton téléphone, et…

— … Ce serait un peu compliqué à t'expliquer, surtout par téléphone justement ! Dans ton message, tu disais que c'était urgent ?!

— Oui Vince, j'ai la nette impression qu'il y a des types louches qui trainent en bas de chez moi et qui ne cessent de surveiller mes allées et venues.

— Des flics ?

— Non, franchement, ils me font plus penser à… c'est bizarre, mais ils rôdent en bas depuis une bonne semaine, depuis que je n'ai plus de nouvelles de toi.

— Florence ne bouge pas, j'arrive !

Sa sœur habitait dans l'une de ces banlieues cossues de l'Ouest parisien, au troisième étage d'un immeuble assez vieillot des années trente, dans une rue à sens unique, plutôt calme. Il mit trois bons quarts d'heure pour s'y rendre. Il devait être 14 h 45 lorsqu'il arriva au bout de la rue. Par réflexe, avant de se jeter dans la gueule du loup, il s'obligea à rester quelques minutes en embuscade, à observer les allées et venues des passants. Comme il ne se passa rien d'anormal, plutôt rassuré, il se décida à rejoindre le hall de l'immeuble de sa sœur. À peine arrivé à son étage, il la vit surgir comme un diable de sa boite avant même qu'il n'ait eu le temps de sonner à sa porte. Manifestement, elle l'attendait, apeurée, surement l'oreille collée contre sa porte à guetter son arrivée. Il était 14 h 55 lorsqu'elle ouvrit violemment sa porte.

— Vince, enfin ! lança-t-elle, tout en se précipitant vers la fenêtre du salon qui donnait sur la rue, avant qu'il ait eu le temps de refermer la porte derrière lui. Il s'attendait à plus de chaleur de sa part, mais compte tenu de sa nervosité, il ne chercha même pas à épiloguer là-dessus.

— Ils sont toujours là ! cria-t-elle sans se retourner.

— Mais où Florence ? demanda-t-il le plus calmement possible, tandis qu'il cherchait du regard des réponses aux affirmations de sa sœur, je n'ai vu personne en arrivant.

— Et pourtant, regarde bien. Là ! Ajouta-t-elle tout en montrant à son frère le miroir qui permettait habituellement aux voitures de voir les véhicules arriver de la rue perpendiculaire qui donnait sur la sienne. Là, effectivement, deux types semblaient attendre, assis dans une voiture.

— Ils sont présents tout le temps, et j'ai vraiment l'impression que ce sont toujours les mêmes. Comment peuvent-ils rester là, sans jamais se relayer ?

— Bien planqués en plus, murmura Vince, surpris que l'on puisse soudain attacher autant d'importance à sa sœur, qui avait une vie sans histoire.

— Tu as fait quelque chose ? Se risqua-t-il, plus machinalement qu'avec une idée précise derrière la tête.

La réaction épidermique de sa sœur ne se fit pas attendre.

— Tu plaisantes ! rétorqua-t-elle, vexée qu'il puisse penser une chose pareille.

— Bien sûr ! Je plaisante, répondit-il pour ne pas énerver davantage sa sœur, déjà suffisamment nerveuse comme ça. Elle aurait d'ailleurs très bien pu lui retourner la question, mais, perturbée, elle n'y songea même pas, pourtant cette idée fit plus qu'effleurer Vince. C'était même évident. Ils étaient là pour lui !! Ce qui l'étonnait, c'était que ces deux types ne bougeaient pas du tout. Durant un long moment, il les observa, et ne constata aucun mouvement de leur part. Pour en avoir le cœur net, il décida – contre l'avis de sa sœur, qui tenta de le retenir – d'aller sur place. Prudent, il entreprit de faire le tour complet du pâté de maisons, pour se retrouver à quelques voitures derrière celle des deux hommes. Avec une infinie prudence, Vince s'approcha, venant exprès du trottoir d'en face, histoire d'éviter de se faire repérer par leurs rétroviseurs.

Tandis que le jeune homme se trouvait désormais à deux mètres à peine de leur véhicule, un passant étonné de le voir ainsi accroupi derrière une voiture le dévisagea avec méfiance, au risque de le faire repérer. Dans la voiture, il ne se passait toujours rien. Le jeune homme, lui aussi parfaitement immobile, pouvait désormais voir distinctement les nuques toujours aussi immobiles des deux hommes. Au bout de longues minutes d'attente, il n'y tint plus et se décida à passer à l'action. Il s'avança froidement vers le véhicule puis, se redressant franchement, s'arrêta à sa hauteur, et toqua énergiquement sur la fenêtre du conducteur.

Toujours aucune réaction ! Étaient-ils morts ? Endormis ? Sans attendre, il tenta d'entrouvrir la porte du conducteur, qu'il découvrit ouverte, et comprit alors de quoi il s'agissait : Il se trouvait devant deux hologrammes, aux programmes relativement courts, qui bouclaient toutes les minutes, et donnaient l'illusion qu'il y avait bien deux hommes vivants dans la voiture.

Tout en revenant vers l'appartement de sa sœur, il retournait dans son esprit l'énigme qu'il venait en partie de résoudre, mais qui, paradoxalement, en générait d'autres, et plusieurs questions avec. Pourquoi avait-on voulu faire croire à sa sœur qu'elle était surveillée nuit et jour ? Qui était derrière tout ceci ? L'investissement de ce type de technologie était conséquent ; il ne pouvait s'agir que de quelqu'un qui cherchait surtout à le surveiller lui ! C'était désormais évident, même si le programme restait basique, et rapidement décelable pour quelqu'un qui se donnerait la peine de le vérifier comme il venait de le faire. Arrivé au troisième étage, toujours plongé dans ses pensées, une autre surprise l'attendait. Sa sœur se précipita de nouveau sur lui, sans lui laisser le temps de sonner à sa porte.

— Vince, enfin ! Lança-t-elle tout en se précipitant vers la fenêtre de son salon, ils sont toujours là !

Il se surprit à répondre la même chose que la première fois :
— Mais où, Florence ?! Je n'ai rien vu de tel en arrivant !

— Regarde bien, là !

Puis, quelques secondes plus tard, tandis qu'elle montrait de nouveau fébrilement le miroir de la rue perpendiculaire :

— Ils sont tout le temps là !

Vince regarda cette fois attentivement sa sœur, puis regarda sa montre, qui affichait 14 h 57 !

Volontairement, il décida de répondre cette fois autre chose que la première fois :

— Depuis combien de temps les as-tu repérés ?

Sa sœur parut hésiter avant de lui répondre :

— Cela fait au moins deux jours que je les ai remarqués. Puis, elle se mit à tourner en rond dans son salon, comme si elle cherchait quelque chose.

Un bug, se dit Vince, qui trouvait le comportement de sa sœur vraiment de plus en plus étrange.

— Florence ? lui dit-il avec un ton suffisamment inquiet pour l'interpeler. Sa sœur s'arrêta un instant, puis, sans vraiment entendre, recommença son manège et continua de tourner en rond, même si son regard, apeuré, trahissait une profonde angoisse, comme si elle se trouvait prisonnière de quelque chose ou de quelqu'un, et qu'elle tentait de trouver la sortie. Vince fit mine de sortir de l'appartement, comme la fois précédente. Arrivé sur le palier, il ne fit que simuler le bruit de ses pas dans l'escalier. Lorsqu'il revint discrètement dans l'appartement, sa sœur se tenait de nouveau le visage collé contre la fenêtre, les yeux rivés vers le miroir d'en bas.

— Florence ? murmura-t-il doucement pour ne pas l'effrayer tandis qu'il se trouvait à quelques centimètres à peine derrière elle.

Cette dernière aurait dû sursauter, mais elle ne sembla toujours pas l'entendre. Alors il insista d'une voix plus ferme tout en secouant cette fois vigoureusement sa sœur par les épaules.

— Florence ?!!

Il était 15 h 02. Il aurait dû se trouver dans la rue, mais il n'y était pas. Sa sœur, dans un effort apparemment surhumain, parvint à détourner son regard de la fenêtre et se mit à fixer son frère, avec un mélange de surprise et de terreur. Elle entrouvrit la bouche, mais le son qui en sortit n'avait rien à voir avec sa voix habituelle. Un timbre extrêmement grave, comme un bon vieux trente-trois tours que l'on faisait – pour s'amuser – avancer de la main plus lentement se mit à résonner dans la pièce.

— Prisonnière… du… temps, lâcha-t-elle enfin, avant de retourner inexorablement la tête et de fixer de nouveau la voiture dans la rue.

Il était 15 h 05. Vincent, stupéfait, aperçut alors sa propre silhouette en train de s'approcher lentement du véhicule où les deux hologrammes attendaient patiemment qu'il ne se montre.

15 h 06. Il ne pouvait laisser faire ça, et décida de créer une deuxième enveloppe. Celle-ci, comme il l'avait décidé, se retrouva dans la rue, à quelques pas à peine derrière lui-même. Clairement, il avait cette fois pris corps dans cette seconde enveloppe et commençait à délaisser sa première. Pourtant, il fut contraint de la maintenir, car la peur le stimula, provoquée par un troisième évènement qui l'obligea à agir enfin ainsi.

15 h 07. Une nouvelle personne venait de faire son entrée dans l'appartement de sa sœur. Son père venait d'apparaitre sur le pas de la porte !

— C'est impossible ! Se dit Vince, il est mort depuis plus de cinq ans ! Tout ceci est totalement absurde !

Le vieil homme, qui ne semblait pas le voir, se dirigea droit vers Florence. Cette dernière sursauta lorsqu'elle sentit des mains se poser sur ses épaules, et eut un vrai mouvement de recul lorsqu'elle le reconnut.

— Tout ceci ne peut pas être vrai ! hurla-t-elle alors.

Tandis que la première enveloppe de Vince se précipitait pour les séparer, la seconde devait réagir à un quatrième évènement inattendu. Il était 15 h 09. Les deux hommes venaient de sortir de leur véhicule et se dirigeaient droit vers lui, son enveloppe toujours cachée derrière une voiture, quelques mètres plus loin. Ils n'avaient manifestement pas encore repéré la présence d'une troisième enveloppe, en embuscade encore un peu plus loin, en train de s'observer lui-même. Tout ceci était extrêmement confus et Vince avait de plus en plus de mal à suivre les séquences simultanément.

Lorsqu'il s'approcha de son père et tenta de le saisir par les épaules pour l'éloigner de sa sœur, le corps de celui-ci devint en quelques instants un simple amas de poussière, déclenchant le hurlement hystérique et strident de Florence.

15 h 10. Les deux hommes s'approchaient dangereusement des deux Vince, désormais cachés tous les deux derrière la même voiture. L'un d'eux, à quelques pas seulement, interpella son collègue qui approchait par l'autre côté de la rue.

— Tu les vois ?

— Bien sûr que je les vois, ils sont vraiment si mal cachés !!

Vince, qui avait espéré être encore invisible, comprit alors qu'il était inutile de se cacher et se leva d'un bond, laissant son autre lui immobile, accroupi à ses côtés.

— Tiens, il ne joue plus à cache-cache, celui-là ?!!

— Occupons-nous de lui, dans ce cas ! Et les deux hommes de se précipiter sur Vince, qui se mit à courir comme à son habitude le plus vite possible, et même s'il n'était pas franchement mauvais à la course, il comprit très vite qu'il n'aurait aucune chance de semer ces hommes-là, qui semblaient courir bien plus vite que n'importe qui.

Pendant ce temps, là-haut dans l'appartement, Florence ne cessait plus de hurler, tellement fort, que plusieurs voisins, alertés, s'étaient attroupés sur le pas de la porte d'entrée, et regardaient à la fois le tas de poussière avec interrogation et Vince avec suspicion. L'un d'eux, un homme assez âgé pour porter avec élégance des rides et une calvitie prononcée, mais aussi plus courageux que les autres, s'avança de quelques pas à l'intérieur de l'appartement.

— Qui êtes-vous, Monsieur ? demanda-t-il à Vince avec le plus d'autorité possible, provoquant net l'arrêt des hurlements de Florence.

— Je suis Vince voyons, le Frère de Florence !

Le vieil homme, soudain ébranlé par cette réponse et beaucoup moins courageux, recula de quelques pas, comme s'il cherchait le soutien des gens qu'il sentait juste derrière lui.

— C'est impossible Monsieur ! rétorqua-t-il d'une voix cette fois bien moins assurée que la première fois.

— Et pourquoi ? répondit le jeune homme, de plus en plus en colère devant cette situation ubuesque.

— Je ne sais vraiment pas qui vous êtes monsieur, mais, en ce qui concerne le frère de Florence, ce ne peut pas être vous ! Nous nous sommes tous rendus à son enterrement la semaine dernière !

Vince réalisa soudain que faire partie des *Voyageurs* impliquait certes de grandes responsabilités, mais aussi quelques surprises, comme la fois où ils avaient appris qu'une puce était installée sur tous les novices, à leur insu, durant leur sommeil, pour savoir à tout moment où ils se trouvaient. Dans le cas présent, la situation s'avérait bien pire, car pour intégrer cette… confrérie, il fallait – toujours sans vraiment l'avoir décidé – accepter que votre vie d'avant soit achevée à jamais, que vous soyez proprement rayé de la carte, que vos proches mêmes vous croient morts ! Depuis le jour de l'annonce de sa mort, sa sœur avait perdu la tête, lui laissant plusieurs messages, se persuadant qu'il était encore en vie, et elle n'avait pas tort. À moins que ce ne soit lui qui ait perdu la tête ! Et si tout ceci n'était qu'une mise en scène, imaginée par un esprit machiavélique ? Mais pour quelle raison ? Peut-être pour l'obliger à se révéler, à enfin maîtriser son don, ses enveloppes… Compte tenu de l'investissement réalisé par l'organisation pour l'intégrer dans le cercle très fermé des Novices, ils ne pouvaient se permettre de le bannir si facilement, de le classer aussi vite dans le club surement très fermé des « novices qui n'en sont déjà plus ! » Autour de lui, la foule désormais compacte se montrait de plus en plus menaçante. Il n'avait plus d'issue que de combattre pour pouvoir sortir de l'appartement. Revoyant en accéléré l'ensemble de la scène, il eut alors la certitude que tout ceci n'avait été qu'une mise en scène orchestrée par ses « amis », car la révélation de sa propre mort ressemblait fort à une grande preuve de confiance et un clin d'œil appuyé. Avant de se faire lyncher par ses propres voisins, il embrassa d'un regard humide le décor, sa sœur effondrée, genoux à terre, toute tremblante et inondée de larmes, déjà consolée par une vieille voisine compatissante qu'il connaissait fort bien, le tas de cendres qui était censé représenter son père, les visages tordus de haine de ses voisins, qui semblaient avoir soudain perdu toute notion de peur. Ils le touchaient presque. C'était devenu irrespirable !

Quant à son autre enveloppe, elle courait toujours, peu à peu rattrapée par les deux mystérieux hommes. Alors enfin, il sut. D'un sourire, il prit congé de l'appartement, et son enveloppe non seulement s'effondra, exactement comme s'il venait de perdre connaissance, mais elle disparut aussi presque instantanément du regard de ses voisins, soudain abasourdis, perplexes.

— Sorcellerie ! murmura l'un d'eux.

Vince se retrouvait pleinement dans l'autre enveloppe, toujours en train de courir. Il ressentit alors seulement la fatigue, l'inquiétude, l'impuissance, mais aussi la joie paradoxale d'avoir enfin connu la réussite. Au détour d'une rue, il se retrouva nez à nez avec la navette, ce qui eut pour effet de faire fuir immédiatement les deux hommes qui disparurent comme ils étaient apparus, de nulle part.

Chapitre XXXXIII
Voyageur 13,
Site des voyageurs, le 10 mai en fin de journée

À son bord, par le sas ouvert, le Commissaire l'attendait, accompagné de son sourire ineffable, manifestement très content de lui, d'être parvenu – mais à quel prix ! – à enfin l'aider à révéler ses véritables capacités. Vince, une fois encore, avait traversé toutes ces émotions sans vraiment comprendre. Quittant sans regret la peur, il fut d'abord soulagé, pour ressentir ensuite de la colère, furieux d'avoir une fois encore été manipulé par ceux qu'il considérait comme ses amis. Arrivé à la hauteur du Commissaire, il le foudroya du regard.

— Quand donc me ferez-vous confiance ?! cria-t-il, comme une claque qu'il aurait alors tant aimé donner à son interlocuteur, qu'il respectait malgré tout, malgré lui.

— Mais nous te faisons confiance justement, sinon, nous n'aurions pas autant investi en toi !

Puis, tandis que Vince laissait définitivement mourir son passé d'un dernier regard derrière lui, et que la navette repartait comme elle était venue, dans un discret éclat de lumière, le jeune homme, les yeux rivés sur son hublot, son quartier, son autre vie ne put s'empêcher de revenir à la charge.

— Et quand me direz-vous la vérité, toute la vérité ?!

— Ah çà, c'est impossible, mon garçon, répliqua le Commissaire du tac au tac, soudain bien plus grave. Certaines vérités ne sont pas bonnes ni à dire ni à connaitre. L'avenir prochain te dévoilera tout ce que tu dois savoir.

Pendant ce nouveau trajet du retour, définitif cette fois pour Vince, qui resta obstinément plongé dans un profond mutisme, le Commissaire put enfin se laisser aller à quelques brefs instants d'optimisme. La situation n'était après tout pas si compromise. Certes, Erwan venait de se faire intercepter, mais rien ne prouvait que Pénélope et Annabelle s'en sortaient mal dans le passé aux côtés d'Aurélien. Quant à Vince, il était enfin opérationnel et rejoignait le club définitivement.

Lorsqu'ils approchèrent de la cave, Vince n'eut cette fois pas droit au bandeau, honneur qu'il nota malgré sa colère toujours aussi affichée. Comme à son habitude, le Commissaire tint absolument à fêter cet évènement avec un verre du cocktail maison, au bar, comme il l'avait fait avec chacun individuellement, sauf avec Erwan, car il n'en avait simplement pas eu le temps. Le comportement du Commissaire avait changé. Il se montra plus prévenant, plus direct avec lui. Lorsque la Psy, elle aussi toute heureuse de cette excellente nouvelle, les rejoignit au bar, la télévision ne cessait de ronronner, au-dessus de la grande table, dans l'axe des hublots. Certains attendaient manifestement les informations du 20H du monde du dessus avec impatience. Nos amis commencèrent à discuter de l'avenir de Vince, lorsqu'ils furent interrompus par les éclats de voix de l'un des *Voyageurs*, les yeux rivés sur l'écran de la télévision.
— Regardez ! cria l'homme à l'assistance.

Sur l'écran, à côté de la présentatrice du journal, une image surprenante attira immédiatement l'œil de tous les téléspectateurs, y compris celui du Commissaire et de sa voisine. Plus exactement une photo, mais pas n'importe laquelle, attira leur attention : une photo d'avion, qui venait apparemment de s'écraser dans une piscine municipale de la banlieue parisienne. Au-delà de l'incongruité de la situation, et évidemment de sa gravité, car la journaliste annonçait une bonne vingtaine de morts au sol, sans compter les passagers de l'avion, qui n'avaient pas encore pu être désincarcérés, un détail fit réagir immédiatement l'ensemble des *Voyageurs*, tandis que le Commissaire faisait discrètement signe à l'un des serveurs d'augmenter le son.

— … place à notre envoyé spécial, Thibault Renard, qui vient juste d'arriver sur le site. Thibault, avez-vous de nouvelles informations sur les causes de ce terrible accident ?!

— Oui, bonjour. Ici, c'est vraiment la désolation, comme si une bombe venait d'exploser. Un avion s'est écrasé il y a à peine une heure sur cette piscine municipale, faisant au moins trente morts. Heureusement, l'horaire très matinal a permis d'éviter le pire ! Mais le plus surprenant, et j'espère que vous pouvez le voir sur nos images, c'est que l'avion s'est écrasé… par en dessous, comme s'il venait du sous-sol.

Effectivement, on voyait dépasser l'avant de l'appareil au beau milieu de la piscine. Le Commissaire n'avait pas besoin d'en entendre davantage. Il savait désormais où se trouvait le monde du *Passe-miroir* : sous ses pieds, tout simplement ! Soudain, l'alarme se mit à retentir. Il n'y avait pas de temps à perdre. L'attaque commençait !

Fin de l'affrontement, le mardi 10 mai 2016, 20 h 02

Achevé d'imprimer chez SoBook le 11-07-2023

Linselles - France

N° impression : 852 955